中公文庫

贋食物誌

吉行淳之介

中央公論新社

目次

挿画　山藤章二
DTP　嵐下英治

贋食物誌

1　食欲について

目が覚めて、食堂へ行き、郵便物に目を通そうとすると文字がよく見えない。先日からにわかにそういう症状が出てきた。

その按配《あんばい》があまりに急激だったので、眼病かと調べてもらったが、ただの老眼だった。もう一度部屋に戻って、生まれてはじめてつくった眼鏡を持ってくる。

ある週刊誌を眺めていると、「オレの酒のサカナ」というアンケートにたいしてのいろいろの人の回答が並んでいる。味覚についての意見は、片寄るようだ。稲垣タルホ入道の持論としては、「食いもののことをとやかく言う男に、ロクなやつはいない」ということになる。

この頁では、三好徹がその傾向の意見を述べているが、河野典生さんの意見がおもしろかったので、引用させてもらう。

「ぼくは視覚や聴覚に関する質問にはよろこんで答えるのですが、嗅覚《きゆうかく》や味覚については、どうも困ってしまうのです。照れくさいというか、面映ゆいというか妙にいたたまれない気分になってくる。味覚嗅覚とも粘膜による感覚のせいか……」

この「粘膜による感覚のせいか」というところが、おもしろい。私も気分としてはそのことに賛成だが、実際には味覚についての随筆を読むのは好きである。食べ物にたいしての興味も、今年はとくに深い。去年一年寝こんでしまって、まったく食欲がなかったことの反動もあるのだろう。

河野典生にしても食欲がないわけではなく、それについて語るのが厭《いや》なのだろう。

ところで、私はしばらく食べ物が顔を出す話を書くつもりである。

今年は食欲旺盛《おうせい》になったために、対談という仕事がすっかり下手になってしまった。私の対談集の広告などに、「対談の達人」などという文字が使われていることがある。良い出来栄えのものがないわけではないが、それは相手を選ぶためである。もともと、私は人間嫌いに近いが、一方ジャーナリズムにつながっている人間なら誰にたいしても許す気持をもってしまうところもある。

くわしく考えれば、その中にも好き嫌いはある筈だが、そこらあたりは甚だ大ざっぱである。

したがって、それ以外の分野の人との対談は、ほとんど断わっている。これなら、うまくできるのも道理なのだが、ただ必要なのは、お互いの呼吸を計りながら慎重に話をすすめて行くことである。ところが、味覚が気になりはじめると、食べ物のほうに頭が向いてしまって、話がおろそかになる。

その上、このごろ酒が弱くなってきて、家で飲んだときには、かならず二時間ほど眠ってしまう。さすがに、対談の席では眠くはならないが、その替り「もうどうでもいいや」という気分がおこってくる。

料理と酒のバランスがうまく取れた場合には、

「ああ結構でした、もう帰ろうや」

と口走って、主催者側に引止められたりする。

まさか本気で言っているわけではなく、引止めるほうにしても真剣ではなく、馴れ合いの冗談のようなものだが。

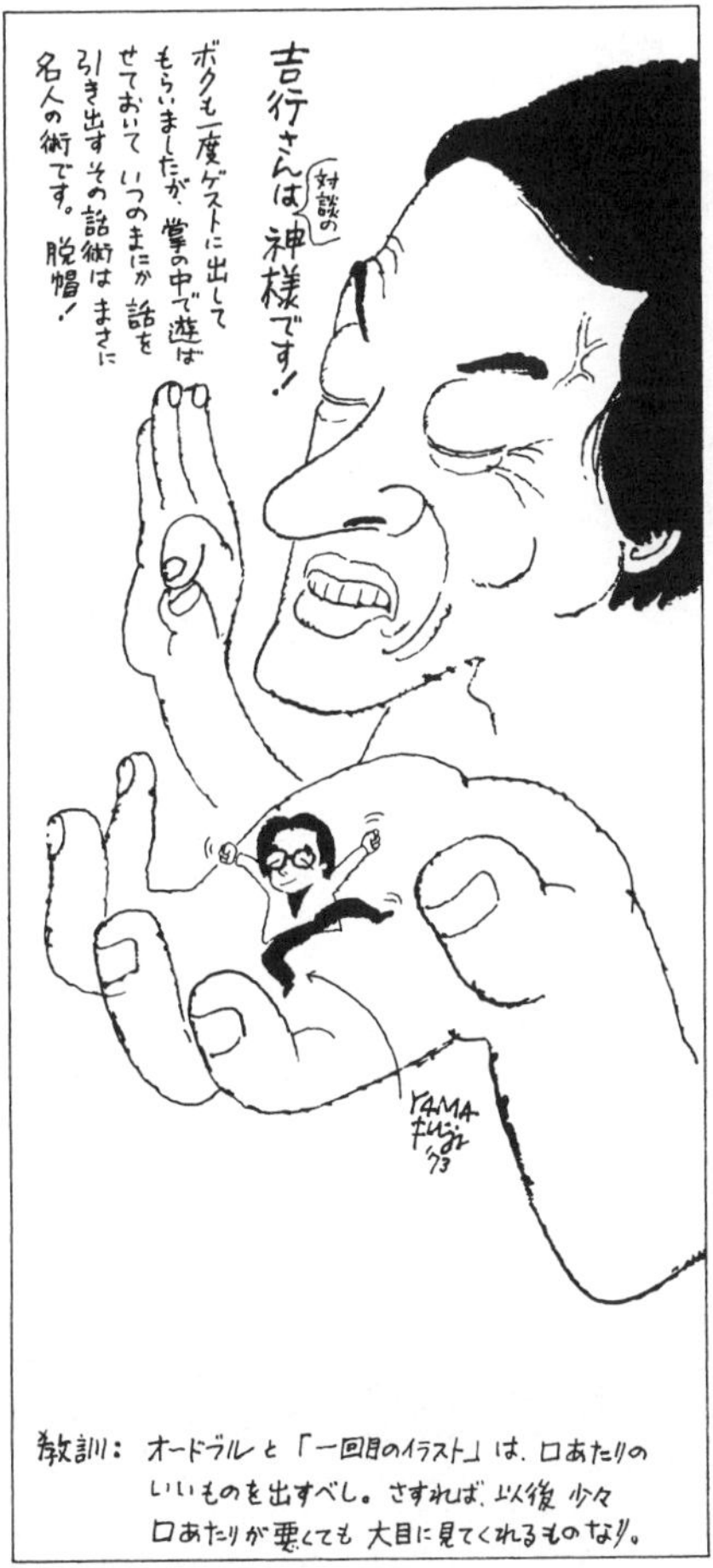
吉行さんは対談の神様です!
ボクも一度ゲストに出してもらいましたが、掌の中で遊ばせておいて いつのまにか 話を引き出すその話術は まさに名人の術です。脱帽!
YAMAFUJI '73
教訓: オードブルと「一回目のイラスト」は、口あたりのいいものを出すべし。さすれば、以後 少々口あたりが悪くても 大目に見てくれるものなり。

そこで、この前のときには、三十分間は料理を出さないことにしよう、と作戦を立てた。しかし、ゲストに気の毒なので、食前酒とオードブルだけは出してもらった。ところがこのごろのレストランは、一皿の分量が甚だ多いところが増えていて、このときもスープのあとで食べる筈の料理のようなものが出てきた。結果は同じになってしまい、今度はわざとマズイ家を会場に選ぼうか、と半ば本気で考えている。

2　生牡蠣（なまがき）

「飲んでます、飲んでます、オサベさんが水割りをもう七杯も飲んじゃいましたよ」

あるパーティ会場で、Mさんが報告にきた。「オサベさん」というのは、長部日出雄のことである。直木賞を受賞したので、その祝いをGの編集者OさんとMさんと私との四人でやろう、ということになっていた。

受賞後いろいろの週刊誌をにぎわしたように、オサベは有名な酒乱である。

そのパーティは三時半からだったから、そのあと食事をするのには都合がよい。

しかし、はやくも水割り七杯とは、といそいでオサベに近寄って声をかけると、

「いや大丈夫です。ぜったい大丈夫」

なにか、自分に言い聞かせているようにもおもえた。顔をみると、目を大きく開いて、黒目のまわりを白目がぐるりと取囲んでいる形になっている。これはあとで聞いたことだが、酔っぱらってくると目蓋が垂れ下ってくるので、おもい切り大きく目を開くためにそういう形になるのだ、ということである。いま考えてみれば、酒乱の前兆の一つなのだが、ともか

く本人が大丈夫というので、四人で会場を抜けてあるレストランへ行った。

「料理はなににする」

「今日は、ブドウ酒の白が飲みたい気分です」

と、オサベが言う。自分の好みをはっきりさせるのは良いことだが、これほど積極的に意見を述べるのは珍しい。私の知っている彼の酒乱予知法は、「ニタ－ッ」と薄気味わるく笑うことだが、その笑いはまだ出ていない。これも最近知ったことだが、あれは笑っているのではない。自分で抑制して縛り上げるようにしている筋肉が、「もう、どうでもいいや」とおもった瞬間ほどけてゆくために、笑い顔に似たものになるのだそうだ。

ついでに新知識を披露すると、彼とは十年ほどのつき合いだが、まだ酒乱の被害を受けたことはない。これは、私と一緒にいると、リラックスと緊張のバランスが長つづきするためなのだそうだ。そういえば、ある時間が経つと、彼は「ニタ－ッ」と笑い、「ぼくはこれで」と言うので、私もあわてて「ニタリ」と笑い、「さよなら」と逃げ去っていた。

ところで、ワインの白が飲みたいというので、とりあえず殻つきの生ガキを註文した。この店のハーフ・シェルは肉がしっかりしている。肉がすこしでもぐにゃりとしたらもう駄目で、こういうカキはフライにしてウスター・ソースをいっぱいかけて食べると、これも結構うまい。

長部日出雄の「ニタ－ッ」を警戒しながら雑談していると、彼の口からいろいろ適確な意見が出てくる。これはどうやら大丈夫らしい、と何気なくそれぞれの手もとの皿をみて驚いた。大きな皿から持ってきて食べ終った生ガキの殻が、私たちの皿には三、四個なのに、オサベの皿には一ダースばかり山積みになっている。こういうことは人によって解釈が違うわけで、あの貪欲なH・A氏なら当り前の状態だが、オサベとなると異常である。

しかし、その日は酒乱にまでは達せず、つづいて行ったバーで、「ここはどこだ」とときどき叫び、そのうち長椅子の上に、ロダンの「考える人」の彫像を横倒しにした恰好のまま動かなくなってしまった。後日そのことを教えると、「もうダメだ」と嘆いたが、その眠っている恰好は、硬質というか鉱物質というか、だらしないものではなかった。

もっとも、そういう言葉は慰めとしか聞えぬようで、なかなか納得しない。

3　鮪（まぐろ）①

昔の麴町区《こうじまち》、いまの千代田区の一部で、私は育った。つまり、東京山手の中流家庭の子供なのだが、これがいろいろ間違ったイメージを与えるらしい。

「どうも、おれは音痴に近くてね」

などというと、安岡章太郎が、

「おまえ、子供のころ音感教育をほどこされたのではないか」

と、たずねる。

小学校から帰ってきた私が、ヴァイオリンのケースをかかえ、付添いの女中に手を引かれて音楽の先生宅へ個人教授を受けに行く姿が、反射的に目に浮かぶらしい。

そう想像されているとおもうと、自分でも笑い出したくなる。

現実には、小学校から帰ってくるとカバンを玄関から投げこんで、塀《へい》や屋根に登ってしまう。一度、となりの家の塀から屋根に移ろうとして、片足上げたままの恰好で、地面に落ちた。

丁度、居間の前だったらしく、

「いまの音、なにかしら」

「猫だろう」

その家の家族の会話が聞えてきて、尾骶骨《びていこつ》を打って息のとまるくらい痛いのだが、ひどくオカしかった記憶がある。

要するに、放任主義であったわけだ。

坂の下に、市場があった。

これはまさしく「市場」であって、汚ない平家の建物にいろいろの店が雑居していた。床は崩れかかったコンクリートで、ところどころ土が露出している。

とくに、魚屋の前は水で濡れていて、生臭いにおいがしていた。

店の前に大きな樽《たる》が置いてあって、水の中にカズノコがいっぱい詰めこまれていた。一山何銭という安い値段である。

私はカズノコが嫌いで、見向きもしなかった。それが四十年後の今日、「黄色いダイヤ」とかいわれて、貴重品あつかいになっている。路地裏の家から出世して、大金持になった人物をみるようで、それはそれでいいのだが、あの味はいまでも好きではない。

もっとも、味の好き嫌いは主観的なもので、カズノコが好きな人に文句を言うつもりはまったくない。

マグロもいまはトロが一切れ何百円で、金を食べているようなものだが、昔は車夫馬丁の食い物だった、とはよく言われることだ。この場合の「昔」は、明治年間を指しているのだろうとおもう。私のころには、赤身のマグロは大きな顔で通用していたが、トロはまだ出世の途中であったようだ。

とくに、大トロとなると、鮨《すし》には使わなかったし、買手もすくなかったようだ。市場で五銭（いまの三十円くらいか）出すと、大きな切身が買えた。それをショウユに漬けておいて、網で焼くと脂が燃えて火がボウボウと立上る。これが、うまかった。こういう所帯染みたことをくわしく覚えているのは、お屋敷のお坊ちゃんでない証拠であり、またその大トロが大そう旨《うま》かったためでもある。

ところが、いまは鮨屋でトロをたくさん食べると、その店に気の毒である。法外な値段は取れないし、さりとてトロを置いてないと鮨屋の名に背く。場合によっては、客が一切れ食べるたびに、鮨屋がソンをすることも起るのではあるまいか。

「出世魚《うお》」という言葉があって、これは育つにしたがって、名前の変る魚である。別の意味で、カズノコとトロは、出世食品の両横綱といったところだろう。

4　鮪（まぐろ）②

話をしていると、突然なんの脈絡もなく、

「オゴってください」

と、いう男がいる。へんな男で、福地泡介という。以前は一緒に酒を飲んで、奢《おご》ったこともあったが、このごろはおもにマージャンのときに顔を合わせるので、オゴるヒマがない。

それにしても、マージャンはよい。酒場のテーブルの前に坐ると、フトコロの金が増えて帰ることは有り得ないが、マージャン卓に向って坐ると儲《もう》かることもある。

そのフクチと、電話で話していてマージャンの約束ができた。その前に、晩飯を食べておく気になって、

「オゴってやるから、めしを食わないか」

と誘ってみると、たちまち乗気になった。ところが、落ち合う店の場所を説明しても、わかり易いところなのに一向頭に入らない。

「もういいや、めんどくさくなったから、オゴってほしくない」

ひどい無精者で、浦島太郎のマンガを書いて、一頁分まっ白にして「竜宮城へきてみれば――絵にもかけない美しさ」と文字だけ書いたことがある。

オゴルとかオゴラれるとかの問題は、正確に話せば長くなるから、簡単にいえば、オゴればいい、というものではない。

愉快に奢ることは、まったく難しい。このとき私は鮨屋に行くつもりだったが、一人で食うよりフクチがいたほうが気分がよい。こうなると、オゴラせてください、という感じになってくる。

待ち合わせの鮨屋に定刻に行き、

「もう一人くるからね」

と、いうと、となりに小皿と箸《はし》が置かれた。赤貝のヒモをサカナに、私は酒を飲んでいる。十分ほど経つと、鮨屋のおにいさんが言う。

「おつれさんは、遅いですね」

どうやら、これから来る人物を妙齢の美女と誤解しているようなので、

「いや、いい加減なヤローでね、あてにならないんだ」

と答えて、ふとまわりを眺めると、隅のほうに、妙齢の美女が一人で腰掛けている。同じように、箸と小皿が傍に用意されていて、その女性も連れを待っているようである。

十分ほど遅れて、福地泡介が猫背の恰好で、しのびこむように入ってきた。椅子に坐ると、いきなり隅の女性に目をつけて、

「あの女、どういう人ですか」

と、たずねる。私にきいても知る筈がないことを、理解していない。もう十分に中年男に

なっているのに、青年のふりをして、モテルモテルと平素言っているのだが。

「待っているんだよ」

と、私は彼女の傍に用意されている小皿と箸を眺めて答える。

「誰を、ですか」

「おれが知るわけないだろ」

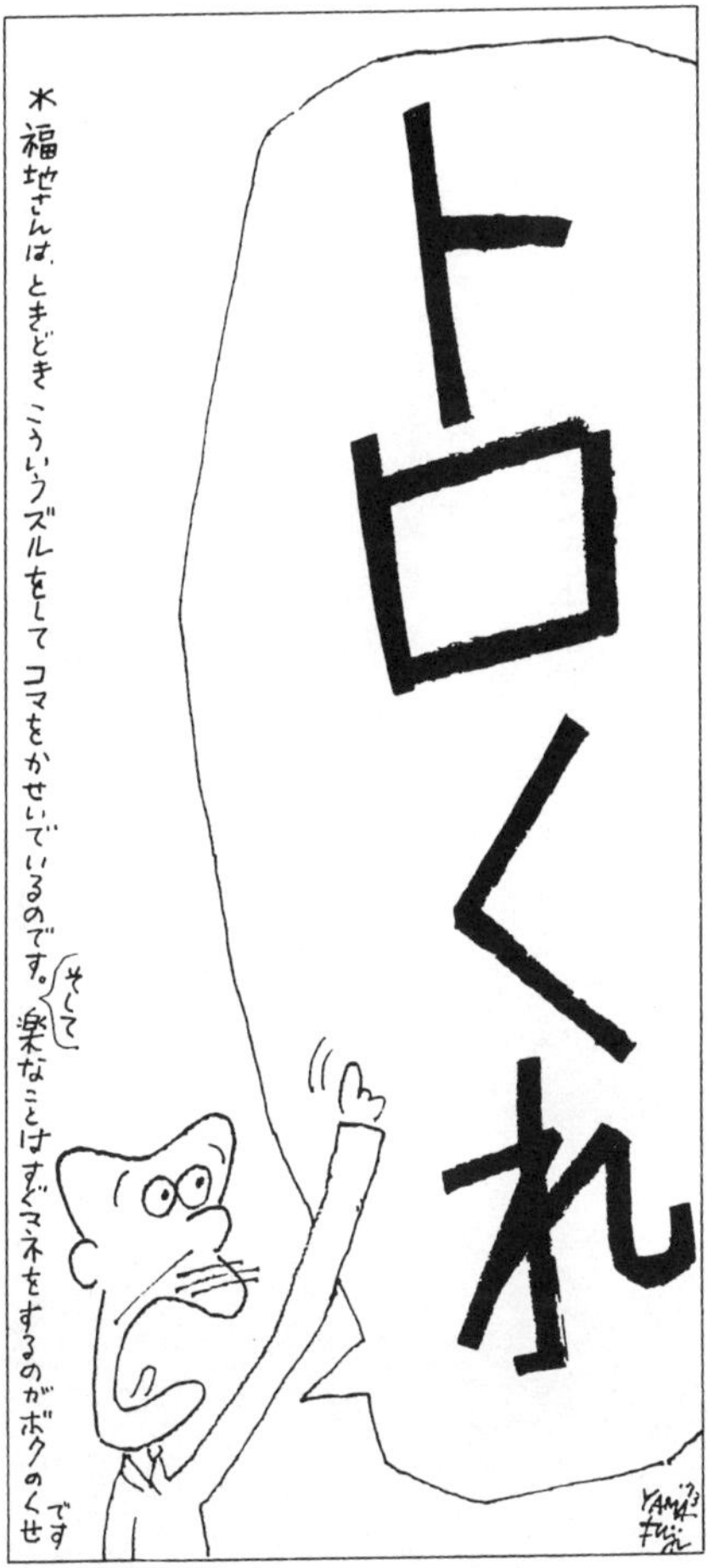

その論理の正しさに、はじめて気付いたようで、餓えた気分は腹のほうに移行したようだ。

「ぼく、ビール。それからトロを切ってください」

「ダメ」

と、私が言うと、彼はぼそぼそしているくせに、大きな声でいう。

「トロは高価《たか》いから、ダメだって」

私が前回で書いた、マグロと鮨屋の関係について、まるで分かってはいない。

5　イクラ（ＩＫＲＡ）

酒のおかわりをすると、

「まだ飲むんですか」

と、福地泡介がいう。たしかに、マージャンの前にしては飲み過ぎかもしれなくて、酔っぱらってバカな打ち方をしかねない。また、フクチのマージャン随筆のネタにされてしまう。

しかし、やはり飲むのだ。

「ええと、酒のサカナは……」

と、目の前にある赤い粒をみながら、一瞬言い淀《よど》む。「イクラ」か「すずこ」か、一度はっきり覚えた筈なのに、戸惑う。これは、最初に「すずこ」と覚えたのがいけなかった。鈴の連想から、粒が一つ一つ離れている錯覚を起す。「筋子（すじこ）」と教えてもらえば、粒がつながっている感じがはっきりして、迷うことはなかった。

いま辞書を引いてみると、意外なことにイクラというのはロシア語なのである。鮭《さけ》の卵を

クイズ：彼女をさんざん待たせた彼は、どんな作家のファンでしょうか？ その第一声で当ててください。
A
あっしは、もう、とうにけえったと思っておりやした…
B
ヤ、どうもどうもども、ども、どもどもども、どもども…
C
…………………バシッ！（女の頬をたたく音）
D
さ、まっすぐ行こう、例のホテル……
（こたえ）
A　笹沢左保
B　筒井康隆
C　大藪春彦
D　吉行淳之介

離して食塩水につけた食品で、キャビアの代用品、と書いてある。要するに、私の目の前にある赤い粒々はイクラなので、それに大根おろしを添えて皿に入れてもらう。

イクラ、といえば、鮨屋やそば屋で金を払うとき、「勘定」と言うのも厭だし、「お愛想」というのも気がすすまない。こういうときは、

「いかほど」

というのが正しい東京弁である、と誰かが書いていたが、それもなにか口から出にくい。結局、「いくらですか」と言うことになる。

ところで、隅の席にいる美女の連れは、まだ現れない。色の浅黒いその女性は、べつに時間を気にする様子もなく、ビールを飲んでいる。フクチはさかんに、その女性を気にしている。角力《すもう》の取組みの写っているテレビを見るふりをして、チラチラそっちを眺める。

「ちょっと」

と、その女性が声を出し、フクチがおもわず返事しかかったので、腕を引張って注意してやった。

「おビールをください」

はたして、彼女は鮨屋の若い衆に声をかけたのだ。もし、このときフクチが返事をしていたら、困ったろう。東海林さだおのマンガだったら、涙と鼻水をいっぱい出して俯向《うつむ》くと、「あの、おにいさん、ビールだって」と呟《つぶや》いている場面になる。

美女の待ち人は、まだ現れない。一時間近く経っている。私もだんだん気になってきて、

どういう人物が現れるのか興味をもった。

こちらも時間が迫ってきて、立上ろうとしかかっているとき、待ち人が登場した。

六十歳ちかい年齢か、頭髪も尋常、腹も出張っておらず、中肉中背、目鼻立ちも尋常、といった人物である。それだけなら、べつに話にもならないが、この人物の態度は瞠目《どうもく》に価した。

一時間以上も遅れたのだから、私たちならまず弁解することになる。その仕方がどの程度かは、個人差があるわけだが、なにか事情を説明する言葉がまず出てくることになる。

ところが、その人物は一言もその種のことを口にしない。といって、威張っているわけでもないし、またヤケクソに居直っている態度でもない。会ってうれしいという、いくぶんイソイソした感じがある。

女のほうも、咎《とが》めるところもなく、至極当り前の顔をしている。

「あれは、よほど金があるんだろうなあ」

と、私たち二人は意見が一致したが、もちろん正確なことは分かりはしない。

6　茗荷（みょうが）

記憶があいまいなのだが、親が馬鹿息子にすこし遠くの家へ行って、餅をつくキネを借りてこい、と言う。ついては、おまえは忘れっぽいから、「キネ、キネ」と声を出して繰返しながら歩いていけ、と教える。命令どおりにしていると、途中に溝《みぞ》があって、「ドッコイショ」と渡る。それ以後は「キネ」変じて「ドッコイショ」となり、相手の家に行って、

「ドッコイショ、を貸してください」

と頼む。

落語のマクラに使う話であるが、異説も多い筈で、読者のほうが精《くわ》しく覚えているだろう。同じく落語で、古来みょうがを食べると忘れっぽくなるというので、料理屋が客にやたらに食べさせる（なんのためだったか、忘れてしまった）。ところが、忘れてほしいものを忘れないで、勘定のほうを忘れられてしまったという話。これだけ書いても、いかに私が忘れっぽくなっているか分かるだろうが、けっして茗荷の食べすぎではない。要するに、齢のせいである。

以前は記憶力はけっして悪くなかった。ところが事情は変った。人間は二十五歳に達すると一日に十万個の脳細胞が死滅するようになる。この死滅がだいぶ進んだらしく、肝心なこ

とでも忘れてしまう。なお、この細胞は再生しないそうだが、脳細胞は三百億くらいあるそうだから、カラッポになることはない（この数字は、あらためて確認した）。

手の指に糸やカンジヨリを巻きつけておいて、忘れないように注意するという方法がある。それを試みたところ、たしかに指に巻きつけた糸には気がつく。しかし、なにを忘れないために巻きつけておいたのだったか、その内容をどうしてもおもい出せないことがあった。

昔から、放心癖はあった。これもなかなか厄介なもので、まだ二十代のころ、いま吸っていた筈のタバコが指のあいだから消えている。手品のようだ。あちこち探しまわったあげく、障子の桟《さん》の上に乗っているのを発見したりする。甚だ危険である。

ただし、放心癖と忘れっぽくなることとは別のものである。私の場合は、この二つが混り合っているようにおもえる。

今年から突然眼が悪くなって、老眼鏡を使うようになった。この前、眼鏡が見つからないので、探しているうちにふと気づくと、ちゃんと目の上にかけていた。頭の上にはね上げてある眼鏡を探すという話は、ときどき聞く。しかし、かけている眼鏡を探すのは話をつくりすぎてはいまいか、という疑いをもつ人もあるかもしれない。これには、論理的に説明をつけることができる。

私はいろいろ病気をしてきたが、眼だけは良かった。私にとっては、ものの形がはっきり見えるのが、当り前の状態である。

五十年そのことがつづいてきたので、にわかに目が悪くなったのは、きわめて不愉快な出来事である。眼が悪くなったことは、いつも頭から離れないのだが、一方自分の眼にいつもはっきりものの形が映っていた長年の習慣からも、また抜けられない。はっきり見えているのは、眼鏡のおかげだというのを忘れていて、

「はて、めがねはどこへ行った」

と探しまわる。

ここらあたりまでは、理屈がつくのだが、先日片手に握りこんだライターを、

「なくなった、なくなった」

といいながら、発見するのに手間取ったことについては、弁明するのが難しい。

やはり、忘れ癖と放心癖の複合したものだろう。

7　うどん①

この随筆は味覚について語っているわけでもないのに、タイトルは食べ物の固有名詞に統一することにしている。しかし、「うどん」というタイトルはいかにもコジツケなのだが、一応こういう題をつけてみた。

ある日の午後四時ころ、川上宗薫から電話がかかってきて、

「イワセが銀座でオゴるといっているから、つき合わないか」

と、いう。

イワセとは、岩瀬順三というＫＫベストセラーズの社長である。私はどうも気が進まなかった。イワセともカワカミとも、もう長いつき合いで気の置けない仲なのだが、その日は疲

れ気味であった。街へ出てゆくのが、億劫《おっくう》なのである。私としては、駅の近くのパチンコ屋へ行き、帰りに坂上のソバ屋で鍋焼《なべやき》うどんでも食ってから、原稿を書こうと思っていた。

カワカミが強くすすめるのだが、どうも気が乗らない。悪い予感がした、といったらよかろうか。

ここで、言いたいことがある。

「このごろ小説家は、銀座のバーで先生と呼ばれていい気になっている」

という言い方を、この十年くらいのあいだに何度も聞いた。もう陳腐な言い草になってしまっている。「先生」といわれて喜ぶ小説家は、何パーセントいるだろうか。バーにかぎらずそう呼ばれると、甚だ居心地が悪いので、以前はいちいち「それはやめてください」と頼んでいた。しかし、それも面倒くさくなり、「先生」とは称号ではなく相手にとって安直な呼び方だと悟り、あきらめることにした。若い女性から、「――さん」づけで呼ばれたほうが、どれだけ嬉しいか。むしろ、それを求めることのほうが贅沢《ぜいたく》というものだろう。

キャバレーへ行くと、ある年齢に達していれば、「社長」か「先生」かのどちらかで呼ばれてしまう。先日キャバレーへ行くと、さっそく、

「センセイ」

という。

「オレは先生ではない」

「あら、社長さんだったの」

「違う」

「じゃ、なんなの」

「副社長である」

というと、女の子は「副社長さん」と甚だ呼びにくそうに言っていた。

戦前は、小説家と知られると、貸家を借りることもできなかったし、年頃の娘のいる家を

訪問すると、相手はあわてて娘を隠したものだ。戦争中、新聞広告で「婿を求む、東大卒にかぎる、ただし文学部を除く」という新聞広告を見たことがある。もっとも、小説家と文学部とは、べつに関係はないが。

その本質は、じつはいまでも変っていない。銀座のバーでも、僅かな数の物好きなマダムが、小説家の出入りを許してくれているだけだ。明敏なマダムは、はっきり敬遠の姿勢であって、それが正しい。女ぐせは悪いし、

「自分の金で飲んでいるのだから、勘定を安くしろ」

と、言ったりして、メリットがない。

結局、その日はイワセと落合って、カワカミが待っているという店に出かけた。この店とも十年以上のつき合いで、ということは物好きなマダムがいるというわけで、店にとってはけっして上等な客ではない。

8 うどん②

やはり、その夜は坂の上のソバ屋で、鍋焼うどんを食べていたほうがよかったのだ。行く

先々で、ロクなことが起らない。まず最初の店で、私が被害者となった。もっとも、これは誰が悪いというわけでもなく、ことの成行きで、要するにツイていないわけだ。精しいことは書かない。イワセはその按配をみて、椅子にふんぞり返って、私にたいしその見解を述べるのである。

「時代は変りました。もうヨシユキさんの芸は、銀座では通用しないのです」

まったく生意気な男だが、憎めない。芸というのは、歌をうたったり手品をしてみせることではなく、要するに女の子を扱う手口を指している。店にはいろいろ気風があって、たしかに通用しなくなった傾向があるが、まだその気になれば「芸の力をみせる」ことのできる店もある。

この店で、代議士の山口敏夫と偶然会った。政治家・実業家とのつき合いは一切ないが、この人物とだけは交際がある。

一緒に、次の店へ行く。イワセにとって、三、四年ぶりの店らしく、顔見知りの女性もいない。「この男は、いまベストセラーを連続的に出している一種天才的な人物である」と、ヤマグチが説明している。色眼鏡をかけたいかがわしい風体で、外国旅行をすると麻薬運搬人かなにかに間違えられて、税関の検査にかならず手間取るという男なので、説明するのに手数がかかる。イワセのとなりに坐った女の子が、

「あら、そうなの。でも、どんな本を出してらっしゃるの」

「怪物商法」

イワセは、ふんぞり返って答える。

「知らない」

「では、ユダヤの商法」

「知りません」

しだいに肩がすぼまってきて、最後の切札を出した。

「では、では、ハウ・ツウ・セックス、だ」

「知らないわ」

彼は、感情の起伏のはげしい男で、たちまちナサケナイ風貌姿勢になってしまった。

〽うしろ姿もさびしくて……、というような流行歌があるかどうか知らないが、そういう歌詞をつくってやりたいような按配になった。

こういう店で、イワセのツケがきくかどうか。しかし、約束は約束であるから勘定はイワセなので、名刺を出してあとから請求してもらう段取りになった。

しかし、こういう按配では、名刺が通用するかどうか、疑わしい。

「おい、名刺の裏書きをしてやろうか」

と、からかってみた。『この男あやしいものではありません。万一支払不能の場合は、小生責任をもちます』というような文字を書くわけである。私がそういうと、さすがにイワセはいいセンスをもっていて、笑い出し、

「名刺の裏書き、というのはいいですなあ。随筆が書けますね」

というので、こうやって書いている。

結局、その夜は、

「どうやらずいぶんご馳走になったみたいだが、さっぱりそういう感じがないな。酷使されたあげく、日当ももらわずに帰る、というような気分だよ」

と私が言って、散会になった。岩瀬順三は、甚だ不機嫌である。

やはり、鍋焼うどんを食べていればよかったのだ。

9　鰈（かれい）①

十年ほど前、どこの主催だったか忘れたが、東京・別府間のヒコーキ旅行の招待がきた。別府に一泊してすぐに引返してくるわけだが、眼目はヒコーキの機内で試写会を催す、という点にあった。

いまでは、国外線のジャンボの中では、映画がスクリーンに写し出されているのは当り前のことになっているようだが、当時としては初めての試みだった。

このときの映画は、「飛べフェニックス」という作品で、なかなか面白かった。ヒコーキが砂漠に不時着して大破する。ここらあたりを、飛んでいるヒコーキの中で見るのも、おもしろい。

乗客の一人（映画のなかの）が毀《こわ》れていない機材を使って、小さなヒコーキをつくることを提案する。みな半信半疑なのだが、その男の自信に負けて、働きはじめる。苦しい作業がつづき、一人がその男に、「ヒコーキをつくったことがあるのか」

「ある」

「どんなやつだ」

「模型ヒコーキだ」

と聞かされて、おもわず砂の上に坐りこんでしまうところなど、卓抜であった。

このときは、柴田錬三郎先輩と阿川弘之にも招待がきていた。

当時、私たちはブラック・ジャックというトランプのゲームの一種に耽《ふけ》っていたので、三人で相談の結果ギャンブル旅行をしてみようということになった。

ブラック・ジャックは、通称ドボンという。なぜそういうか、誰かの説明によれば、これは船員のあいだではじまったゲームで、カードの数字の合計が二十一を越すと（絵札は十に数える）負けになる。つまり、甲板から手すりを越えて、海の中へ「ドボン」と落ちるようなものだ、という。

いかにも、もっともらしい解説だが、どうも怪しい。

自分の前にチップスが山積みになっているときは、皆ニタニタしているが、しだいに減ってゆくとまじめな顔になってくる。

最後の一枚の薄いまるい札が、テーブルに貼《は》りつくような形で残っているだけになると、

「おい、干潟《ひがた》のカレイみたいじゃないか」

と、からかわれる。

こうなると、誰でもかなり機嫌がわるくなってくる。

ヒコーキから降りて旅館に着くと着替えもしないでただちにゲームをはじめた。別府には何回か行っていて、城下《しろした》ガレイというのが旨《うま》いのを知っていたから、晩めしのとき食わせてくれ、と註文しておいた。この魚は、塩焼きにしても、薄づくりにしてポン酢で食べても、ほかのカレイより旨い気がする。

食事の時刻となり、そそくさと片づけ、またゲームがはじまる。とうとう徹夜となり帰り

のヒコーキの中でも、それをつづけた。

結局、私の大負けで終った。

以来、身分不相応なギャンブルからは、すっぱり縁を切った。

このときの機長が、数年後「ばんだい号」を操縦していて、墜落事故のため北海道で多数の乗客とともに亡くなった。そのことは、しばらくあとで知ったのだが、その後われわれ三人が大分《おおいた》空港に降り立ったときの写真をグラビアに載せた雑誌が、偶然本の山のあいだから出てきた。

ヒコーキの操縦席の窓から、その機長が顔を出して笑っている姿も、はっきり写っている。写真の中のわれわれ三人は、わが目を疑うくらい若い。

因縁話の一つといえるだろう。

10　鰈（かれい）②

別府の旅館の晩めしには、たしかに城下《しろした》ガレイが出たが、そのときの味は覚えていない。ゲームを中断しての食事で気ぜわしかったし、そのうえ負けいくさである。この例をみても、食い物の味というのは、そのときどきの食べる側の状態も大きく作用していることがわかる。

さらに具合の悪いことに、食事の途中で色紙をたくさん持ってこられた。

私は色紙を書くのが大の苦手なのである。書き記す文句が、頭に浮んでこない。人生訓のようなものは、なんだか構えているようで落着かないし、

『犬が西向きゃ尾は東』

といったような文句も、洒脱《しゃだつ》さを気取るという感じで気に入らない。

しかし、招待旅行を受けた弱味で、断わるわけにもいかない。諺《ことわざ》にあるとおり、「タダほど高いものはない」のである。食事が片づくとすぐにはじめたトランプのゲームを途中でやめて、

「とにかく、この色紙を書いてしまおう」

ということになった。ところが、ことごとに私と意見のくい違うアガワのヤローも、色紙についてはフシギに私の考え方と同じなのである。「いろは歌」などを書いてごまかしていたが、あるとき「いろはにほへと」と書こうとして、「あいうえお」と書いてしまったというエピソードがある。

三人とも悩んでしまった。とくに私は一時間くらい苦しんだ。そういう苦痛がじわじわと体の芯《しん》まで伝わっていったのだろう。

『樹に千びきの毛虫』

という文句を突然おもいついた。以来、無理に頼まれると、この文句ばかり書く。相手は、

困ったような曖昧《あいまい》な表情になるが、毛虫というのはいずれ蝶になるわけだ。木から千匹の蝶々が一斉に舞い上る光景を想像してもらえば、いくらか気持が和《なご》むだろう。もっとも、この理屈はあとから思いついたものだが。

そういう事情が重なって、その夜のカレイは味がなかったが、その後、もう一度別府へ行ったときのカレイは旨かった。

もともと、私はカレイが好きである。焼くと、身が盛り上ってハジけるようになり、箸にかたく触れてくるようなのがいい。

あるいは、「煮おろし」といって、一たん揚げたカレイの上に、ワケギをこまかく刻んだものを混ぜた大量の大根おろしを、薄味の汁に入れてごく短時間煮たものをそそぎかける。ダイダイをそこに搾《しぼ》りこむ……、なんだか料理教室のようになってきた。

そのなかでも、城下ガレイはなぜ旨いか。ここに最近手に入った一枚の紙があって、そこに字が並んでいる。活字ではなく、原稿をコピイしたものである（この紙については、次回で書く）。そこから、引用させてもらう。

『天下の逸品と言われているこの城下がれいは、別府温泉から海岸ぞいに北に十二キロ、日出町の海岸に残る城跡のすぐ下でとれるところからの命名で、魚種としてはごく普通のマコガレイです。

ところで、この城下がれいが特においしい理由として、海底の二、三カ所からかなりの量の湧水《ゆうすい》があり、砂泥まじりの海底にはカレイの好む餌《えさ》が大変多いからだといわれています。

つまり、良質の淡水が注ぐ海には必ず旨い海産物が育つと言われることの典型的な実例ということになりましょうか（中略）。旧幕時代には年々将軍家へ献上されていたというこの由緒あるかれいを、じっくりお味わい下さい』

11　青柳（あおやぎ）

一年間分いくらという金額を払いこんでおくと、毎月幾品かずつ全国各地の旨いものを届けてくれる、というシステムがある。

どういうわけか、どういうわけか、私はこのシステムに乗り気でなくて、これまで入会したことがなかった。ところが、どういうわけか、今年のはじめ入会してみた。

気軽に旅行できない健康状態が若いころからつづいていて、わが国のどこになにがあるのかよく知らない。

ディスカバー・ジャパン（この言葉も突然時代に合わなくなってしまったが）風の知識欲が先で、居ながらにして旨いものが食えるという期待はあまり持っていなかった。

私が参加した元締は、「味の百人会」というところで、月額二千何百円かである。この金額は安いといってよいだろう。

たとえば四月に届いた品を例記してみる。前回に書いた「一枚の紙」というのは、これらの品物に添えられているものである。

○城下がれい――汐干《しおぼし》。大分県日出町（大分空港より全日空便）。

○えぞ鹿のくんせい。北海道大雪山。

でもあった。

○きびなご。鹿児島県阿久根。

○もずく。能登半島七尾湾。

こういうシステムで届けられる品物に旨いものはあるまい、と予想していたが、そうでもない。もずく、というのは料理屋で食べても、うまいまずいが極端だが、このもずくは美味であった。

城下ガレイも結構であった。

会員が何人いるのか知らないが、このように東西南北の品物を、なかにはヒコーキを使って集めて、さらに会員宅に直接いちいち配達するとなると、ずいぶん費用がかかるだろう。一カ月二千何百円かでは、そんなに利益が出るとも思えない。

なんのために、こんな厄介なことをしているのだろう、と考えていて、考えの及んだ先は品物に添えられた説明書である。

文章や文字の形から推察すると、かなりの年齢の人とおもえる。

この説明書がなかなか面白い。文章がやや古めかしいところにも、味がある。たとえば、「小柱《こばしら》のうにあえ」の解説を引用させてもらうことにする。

『殼付では「バカガイ」、むくと「青柳」、舌（足）を引っぱって素干《すぼし》にすると「姫貝」、味付けをして乾燥すると「桜貝」と、その変幻自在な変身ぶりは全く美事なものですが、なにか親の不始末を子が一生懸命かばっているような、いじましい感じさえしてしまいます。

さて、この青柳の貝柱のことを小柱といい、天ぷらのネタとして欠かせないものの一つですが、これを主原料に、ねりうにと数の子のバラ子を加えて調味したいわゆる創作吟味の一つです』

いかにも、愉しみながら書いている文章である。「親の不始末を……」というあたり、ユーモアがあってよろしい。

あるいは、利益が出ないのを承知で、この解説を書く趣味のために、こういう会をつくっ

たのではないか、とおもいたくなる。

ところで、うかつなことだが、私はテンプラのかき揚げやナマのままで食べていた小柱が、青柳の貝柱だとは知らなかった。

青柳は苦手の貝の一つで、あの色合いとにおいが嫌なのである。しかし、小柱のほうはむしろ好きな食べ物で、ソバ屋で酒を飲むときしばしばサカナにしている。

小柱のことを知ってからでも、その貝柱にたいして偏見はもたない。親は親、子は子、といったところか。

12　みる貝

ずいぶん以前のことだが、夜中に車を走らせていて渋谷の道玄坂の上あたりにさしかかった。

となりの席には、バーの女性が乗っていた。たまたまその女の家が私の家の近くにあるのが分かったので、ついでに乗っていらっしゃい、ということになった。口説くつもりはなかった。

道玄坂を上り切ると、また下り坂になる。その坂の下あたりに「中将湯」の工場があって（いまはどうか知らない）、坂の上までにおいが漂っている。

「中将湯」というのはいかにも古めかしい名前の婦人病の薬だが、いまテレビのコマーシャルに登場しているから、若い人でも知っているだろう。そのにおいは、漢方薬を煎《せん》じているような、くせの強い、いささか物悲しいものに、私には感じられる。

「ああ、中将湯のにおいがする」

と、車の中で私は何気なくそう言った。その瞬間、女の荒々しい声がきこえた。

「なによっ」

男の場合だったら、「てめえ、なんだってんだ、それがどうしたってんだよう」とでもなりそうな、兇暴《きょうぼう》さをはらんだ声である。

咄嗟《とっさ》には、なんのことやら分からなかった。

「なによ、って、ここらあたりにその工場があるから、においがしてるじゃないか」

と言うと、

「あら……」

にわかにその女はおとなしくなり、いかにも具合の悪そうな様子になってしまった。ここで、私は分かった。目下、その女は婦人病にかかっており、朝晩その薬を飲んでいる、という以外に考えようがない。

腹の中では、大そうオカしかったが、黙っていた。女も黙っていて、やがて自分の家の傍で降りて行った。このとき、私がこの女を口説こうとおもっていたら、もっと面白い按配になっていたことになる。やはり、そういう気持は萎《な》えただろう。

その女の顔も名前も、どうしてもおもい出せない。ただ、どこの店の女性かだけは、ふしぎに覚えている。

この薬のにおいと、ミルガイや青柳のにおいとが、似通っている。

薬のにおいを嗅《か》いでも不快感はないのだが、ナマの貝を食べようとしたときにこのにおいが口の中に拡がると、どうもいけない。ナマものの湿った感じに、においが絡まりつくところが、苦手なようである。

一方、このにおいがなんともいえず好きだという人もいる。

先日、ある料理屋へ行くと、そこの女将《おかみ》が、

「今日の貝はよく肥えていて、おいしいですから」

と、註文もしないのに、オマケとしてミルガイを皿に盛って出してくれた。好意を受けなくては申し訳ない、と我慢して二、三片食べてみたが、やはりいけない。

「どうも、このにおいが苦手でね」

と白状すると、その女将は、

「わたしはまた、これが大好物なんです」

食べ物の好き嫌いは、私にはほとんどないので、この場合は例外といえる。

嫌いな食べ物というのには、案外深い意味があるもので、母乳で育てられなかった人間は、牛乳が飲めない場合が多い。これは牛乳アレルギーである。

あるいは、私の遠い元祖の一人がミルガイを獲《と》りにいって、溺《おぼ》れ死んだケースでもあるのかもしれない。

13 筍（たけのこ）①

アレルギーというのは、このごろ公害病の一つと言われて、耳馴れた言葉になってきた。私はもう何十年もその症状に苦しめられていて、昔は「アレルギー」といっても意味が分かってもらえなかった。このごろは、その点便利になってきた。

もっとも、正確な意味は私自身何度頭に入れてみても、忘れてしまう。ただ、漠然と、そういう病気がある、とおもっている人が多いことだろう。

私たち古い患者は、アレルギーとは「病気」ではなくて「症状」なのだ、と教えられてきた。まだ原因が不明なので、「症状」はたしかに現れているが、「病気」という言い方はできない、ということだった。

自分のからだ具合がわるいことを説明する場合、便利になってきたのだが、一方せっかくのものが安っぽくなってしまったような気分も起ってきた。

先年、あるドクターとアレルギーの薬について、ラジオで対談したとき、

「あなたのは、アトピー性でしょう」

と、その先生が言う。アトピー性というのは、先天的体質によるものを指す。

「そうかどうか、簡単に分かる方法があるから、ちょっと腕を出してごらんなさい」

腕を出すと、マッチ棒の軸の四角い方で内側の皮膚をこすって、一本の線をつけた。

「ふつうの人なら、この線が間もなく赤く脹《は》れます。ところがアトピー性の人の場合、青黒くなります」

なるほど、その線が青黒い色になってきた。それが、三年ほど前のことである。その後、しだいに「アレルギー」の流行期に入ってきて、まるでカルダンがデザインしたスカーフか

赤線の方はまだ始末がいいけど
青線のタチの悪いヤツは……
ヤーネ
中年て……
のヤロー
そうそう
YAMA FUJI '73

なにかを見せびらかすように、

「あたし、アレルギーで……」

という女に、何人も会った。一九七二年は一年間、大アレルギーで寝こんでしまい、そういう言葉を聞いてもただ黙ってウナズクだけの気力しかなかった。

今年になって、上手な治療を受けたので、ずい分元気になってきた。そのころ、またしても、

「アレルギーなの」

という女が現れたので、私は気分を害し、

「アレルギーと心やすく言うが、これにもいろいろ……、ちょっと腕を出してごらんなさい」

と、その女の皮膚をエンピツの尻で乱暴に引掻《ひっか》いてやった。

はたして、赤く脹れた一本の線ができた。

「こういう按配《あんばい》に赤く脹れるのは、まだ始末がいいんだ。それにくらべて、この吾輩なんぞは」

と、腕まくりして、ゆっくりと痛くないように線をつける。

ところが、なかなか希望の色に変ってこない。

「この線が、ほら、よく見ていてごらんなさい。いまに、青黒くなる……」

「はてな」

と言っているうちに、その線が赤く脹れはじめた。

「ありゃりゃ」

と言うと、同席していた男が笑い出した。

落語に「ガマの油売り」の噺《はなし》があって、内容は説明するまでもないだろうが、それをおもい出した（この連想については書かなくてもいいことなのだが、もしイラストの山藤のヤローの頭にも、この連想が起ったとすると、どんなヒドイ絵を描くか分からないので、付け加えておいた）。

それでは体質が変ったのか、といえばそうでもないらしく、いまボールペンの尻で線をつけてみると、いつまでも白いままだ。

14　筍（たけのこ）②

アレルギーには、アレルゲンといって、その症状を引き起すモトがある。これは人によって違い、衣類だけを例にとっても、絹がダメな人も木綿の人もナイロンの人もいる。

なにがアレルゲンか調べる方法があって、その物質から抽出したエキスを、皮内に注射する。大きく赤く脹れた場合は、おおむねそれが危険なものだとおもえばよい。

こういうテストが手軽に受けられるようになったのは、この数年のことである。それまでは、一つ一つからだで思い知ってゆかなくてはならなかった。

戦後五、六年経って、いくらか世の中が落着いてきたとき、はじめての酒場に一人で入ってみることがあった。その店を見まわして、勘定がいかにも高そうな気配を感じたときには、

「ジンのストレートをください」

と註文することにしていた。これだと、法外な値段を請求するわけにはいかない。それはよかったのだが、翌朝になると、皮膚が赤くただれている。何度も繰返しているうちに、ようやくジンが私のアレルゲンの一つだと分かった。カクテルには、ジンをベースにしたものが多いので、いまでもパーティなどに行ったときにはこわくてカクテルのグラスに手が出せない。

今年の秋、マージャンをやっていて弁当を註文すると、オカズに細切りの肉・タケノコ・ピーマンが絡まり合っているのが入っていた。

タケノコは私のアレルゲンの一つで、エキスの皮内テストをしたとき、大きく脹れた。しかし、そのオカズでは甚だ複雑にからまり合っているので、そこから肉とピーマンとを引き出してくるのは不可能事である。

「いまの季節なら、タケノコはカンヅメのものだろうし、今年はだいぶ元気だから、大丈夫だろう」

と、そのまま食べてしまった。

やはりダメで、ゲームが終ったころに、頰っぺたにオデキが一つできた。アレルギー性のオデキというのも存在しているらしく、この場合はすこしも痛くないが、治りにくい。

数日後、病院へ行って報告すると、

「タケノコは、まだ半年はムリですな」

と、先生にいわれた。

しかし、ジンとかタケノコとかならば、それを口に入れなければよい。衣類にしても、私はキヌが危いのだが、それを身につけなければよい。

空気のエキスもできていて、この皮内テストをしてみると、大きく赤く脹れた。

「あなたには、空気はいけませんな」

「はあ」

「当分、吸わないでいてください」

と先生が言った、というのはもちろん冗談だが、空気のエキスのあるのは本当である。正確にいえば、空気中には五種類のカビが浮游《ふゆう》しているのだそうで、そのカビがアレルゲンになる場合がある。

私の場合は、そのうちの三種類がいけない。

こういう場合には、「減感作」といって、少量のエキスを皮下注射することを繰返して、過敏性を取ってゆく。しだいにエキスの量を増やすのだが、はじめのころは、一日置きくらいに通院しなくてはならない。

しかし、天候気候の変化が原因のものとなると、これはもう方法がない。

転地するにしても、そこが体質に合うかどうかは、行ってみないと分からない。

15　蟹（かに）①

最近の発見を、報告する。

江崎レオナ博士は、エサキ・ダイオードを発見（あれは発明というのか）して、ノーベル賞をもらった。

もっと前には、ペニシリンやストレプトマイシンの発見がある。

ところで、私の発見というのは、あまりにアホらしいので、発表するのをためらう気分になってきたが、我慢して書く。

先日、テレビで大相撲をみていた。横綱が土俵入りをしている。

両腕をゆっくりと大きくまわして、掌を叩き合わせる。そのとき、発見した。腋毛《わきげ》がない。三横綱とも、そうである。

女の場合、成人してからも腋の下にも発毛しないケースが少なくない（私はこういう女を好む……が、そんなことはどうでもいい）が、男は違う（これは、科学的にホルモンの点から説明できるが、長くなるので省略）。となると、剃《そ》ったことになる。

角力《すもう》は長年見ているが、はじめて気付いた。もっとも、中入りがだいぶ過ぎてからテレビのスイッチを入れることが多いから、土俵入りを見る機会はすくなかった。これまで注意力散漫だったのか、あるいはそういう形がこのごろ取られるようになったのか。

それでは、横綱以外の力士はどうか、一所懸命目を凝らしたが、なかなか見えない。角力は脇をしめるのが基本の一つらしいので、観察するのが難しい。

ようやく、大受が登場したとき、はみ出している腋毛がみえた。

それにしても、腋毛は有ったほうがよいか、剃ったほうがよいか。審美的には、ないほうがよいような気もするが、大の男が脱毛術をほどこしているというところがなにか似合わない感じもある。

子供のころ、避暑地で村角力をみていると、一人の男のまわしがはずれた。満場爆笑なのだが、私のそばにいた別荘の令嬢が二人、

「あら、毛がみえるわ」

「あらあら、オホホ」

と、嬉しそうに忍び笑いをしている声が耳に入ってきたのを、覚えている。嬉しそうなのであって、オカしそうではなかった、と子供ごころに感じ、女というのは澄ました顔をしているくせに、好色でロコツなものなのだなあ、と恐怖を覚えた。

まわしの下の毛と、腋の下の毛とは、違うけれど似通っているところもある。似通っていなければ、剃るという発想は起らない筈だ。

観客サービスとしては、むつかしいところである。

成熟した女性に、あらたまって、

「きみ、胸毛って好き」

と質問すると、ほとんどの場合、

「嫌い」

という答えが戻ってくる。しかし、これを額面どおり受取ってよいかどうか。人の好みはさまざまで、本気でそういう女もいるだろうが、あの好色な雌が毛むくじゃらの雄に興味を

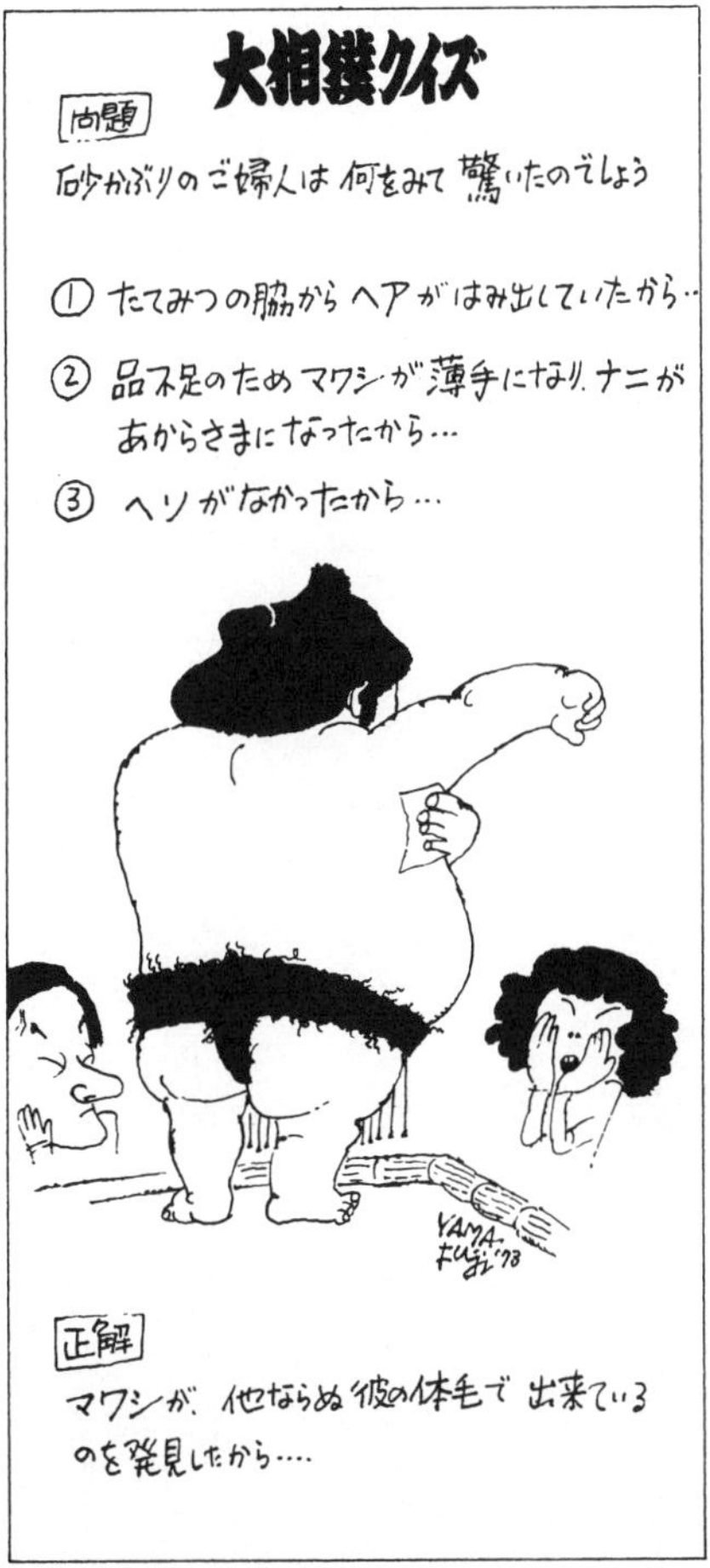
大相撲クイズ
問題
砂かぶりのご婦人は何をみて驚いたのでしょう
① たてみつの脇からヘアがはみ出していたから…
② 品不足のためマワシが薄手になり、ナニがあからさまになったから…
③ ヘソがなかったから…
YAMAFUJI '78
正解
マワシが、他ならぬ彼の体毛で出来ているのを発見したから….

もたない筈がない。本気の返事だとしても、意識下がどうなっているか分からない。

胸毛とかモジャモジャの体毛とかは、あまりにナマナマしすぎて、「嫌い」としか返事のしようがないのかもしれない。

ところで、「蟹」はどうなったか。力士と蟹と似ているとでもいうのか。

いや、似ていません。その件は、次回で。

16　蟹（かに）②

日本人というのは、概して体毛のすくない種族といえる。深夜映画をみていたら、アメリカの思春期の少女が二人出てきて、

「あら、あんた、脚の毛を剃ったわね」

「剃らないわ」

「剃ったわよ」

というような会話があって、盲点をつかれた気分になった。わが国では、とくに毛ぶかい少女はこっそり剃ることもあるだろうが、アメリカでは日常の会話で、こういう言い方をす

る。少女のこの言葉を言い替えれば、「色気づいて、いやらしいわ」となる。

マージャンをやっているときには、手の甲から腕にかけての毛が目につく。

「この毛蟹は……」

と、ある女性が生島治郎のことを言う。彼は、マージャンのとき目立つ部分に、毛が密生している。言うほうの女性としてはそれ以上深い意味はない筈だが、毛蟹をひっくり返して

腹をみると、そこには毛が生えていない。彼も同じく胸毛はない。野坂昭如も、ほぼ似たようなものである。

「上げ底」

と、私は彼らのことを言っている。カステラなどの箱で、ぎっしり詰まっている様子をしていて、よく調べてみると底が上っていて中身は半分ぐらいしかない。それを称して「上げ底」という。

ところで、最近またもう一つの発見をした。アメリカ映画で、ボディビルの男が端役で登場することがあるが、例外なく喜劇的に扱われている。たとえば、主人公がシャワーを浴びていると、となりのシャワーにボディビルの男がきて、筋肉をぐりぐり動かしてみせる。あちこちの筋肉が、独立した生きもののように動く。

片腕を曲げて、筋肉を誇示するポーズを、さまざまな姿勢でつくって見せる。となりの主人公は唖然《あぜん》とした表情で眺めている。男性美を誇示しているポーズが、喜劇的要素を招き、さらには裏返しになって女性的な感じさえ与える。

発見というのは、こういうことではない。これは、見ていれば分かる。ボディビルの男の肌はスベスベしてピカピカしている。あれは、オイルでも塗って、筋肉が目立つようにしているのだろう。間違っても、胸毛などない。有名な日本人の一人に、胸毛とボディビルの筋肉と兼ね備えていた人物がいたが、例外である。

これは、毛の薄いアメリカ人にかぎって、ボディビルを志すのか。あるいは、毛を剃ってしまってオイルを塗りこむのか。おそらく後者であろう（これが発見）。

ここから話がややこしくなってくる。

ボディビルの写真帖《ちょう》というのがアメリカにあって、さまざまの男がいろいろのポーズをとったのが載っている。この写真帖は、ホモの相手の見本帖だと聞いたことがある。ホモについては、いくら説明されても十分理解することができないのだが、ニューヨークなどの街角に立っている男で、ハスラーという商売があるそうだ。

「ハスラー」というポール・ニューマンの名画があって、この場合は玉突きのプロを指す言葉だが、街角のハスラーはホモの男性役をつとめる、という。

ボディビルの男は、女役をつとめる、という。しかし、それだから、体毛を剃るという論理は、この世界では成立つまい。

もっとも、少年愛というのがあって、少年の肌は体毛が濃くては困るが、さりとて筋肉隆々でも困るだろう。複雑怪奇で、私にはついに分からない。

17　蟹（かに）③

蟹とか蝦《えび》とかは、その文字からして薄気味わるい。どちらも、その文字の形のなかに「虫」というのが入っている。

二つとも、人間が掴《つか》めるくらいの大きさだからまだ無難であるが、象くらいの大きさだったら、見ただけで恐怖を感じるにちがいない。

虎というのは、とてもコワイものだ、と親から何度も話を聞かされていた子供がいた。恐ろしい、というだけで、その姿かたちは絵でも見たことがなかった。

そういう子供が、ある日、生きているエビを見て、

「あっ、トラだ」

と、叫んだ、という話がある。たしかに、エビやカニの類の形態には、そのくらいの実力はある。トラなどは、縮小すればネコになってしまう。

故・三島由紀夫が、自分が生れてきたときの光景を見たといって、『仮面の告白』という作品のなかで描いてみせたことは有名である。胎内から出て、産湯をつかわされたときのタライの縁を見た、と彼は書く。『下《おろ》したての爽やかな木肌の盥《たらい》で……』と書きはじめるが、これで、もういけない。こういうウソの場合、「盥」というような名前を使ってはいけない。

名前を教えられるまでは、トラかエビか区別がつかないのが本当なのである。しかし、あれだけ明敏な人が、どうしてこんなに単純なところで躓《つまず》いたのか、かえって不可解である。

話がそれたが、トラとエビの話は、友人の石浜恒夫に聞いたものである。

彼は長いあいだ、エビが原因のアレルギーに苦しめられていたので、とくにその話を読むか聞くかしたとき身にしみたとおもう。

石浜のエビ・カニのアレルギーはかなりなもので、たとえばラーメンを食べて発作を起す。エビの入っていないソバなのに、と確かめてみると、ダシに干しエビが入っていた、という按配である。

カニの肉片を直接唇の上に載せたりしようものなら、みるみるうちに大きく脹れ上ってしまう。

そのうち、その症状がノイローゼ性になってきた。たとえば、夜汽車でとなりの男の席の下でガサゴソ音がする。なにごとかと気にしている石浜に気づいたとなりの男が、席の下から竹の籠を引出して、

「ここには、松葉ガニが入っていましてね……」

と、そのカニのうまさについて長々と解説をしはじめた。それだけで、もう大分気分がおかしくなっている。

そのうち、その男が、

「なにか曖昧《あいまい》な顔をしているけど、疑うのならいまここで食べてみますか」

と、その竹の籠を膝《ひざ》の上に乗せ、紐《ひも》をほどこうとする。ガサゴソとカニの動く音がする。

石浜は、あわや発作を起しかけた、という。

もう十数年昔の話である。私が同病者だというので、大阪在住の石浜が、そういう報告をしばしば手紙に書いてくる。そのうち、私もエビにたいしてノイローゼ的になり、発作を起すオソレが出てきた。

当時、三浦朱門・曾野綾子の結婚式がおこなわれ、石浜も私も出席した。

フルコースの料理が出されはじめ、ボーイが肩に乗せるようにして運ぶ大きな銀盆の上に、ずらりと伊勢エビが並んでいた。

その大きなエビが、それぞれの皿に取り分けられるのだが、石浜と私の皿だけには舌ビラメの料理が出された。

花ムコの配慮で、ありがたいのだが、周囲は奇異な眼で私たちを眺めている。

18　蕎麦（そば）

わが国古来からの風習で、「引越しそば」というのがある。この明確な意味を、いま辞書でしらべてみると、

「今度おそばに参りました」

ということで、近所にくばるのだ、と書いてあった。要するに、語呂合わせのシャレを含んでいる。

それでは、「年越しそば」は、どういう意味合いか。

『細く長かれと祝って、大晦日《おおみそか》の夜または節分の夜に食う蕎麦』と、辞書に出ている。

ただ、この日本語には、いろいろ考えさせられるところがある。「細く長かれと祝って」という文章は、なにか落着かないが、それはともかく「細く長い」のは目出度いことだと最初からきめているところがある。

この反対語は、「太く短かく」であるが、「太く長く」という考え方はないのだろうか。外国では、どういう言い方があるか知りたいが、わが国では「太い」場合は、「短かく」なくてはいけないらしい。

「太く長く」などという考え方は、あまりにズウズウしく天も人もともに許さない、というわが国独特の貧しさが感じられる。

せめて、「年越しうどん」くらいの太さがあってもよいだろう。

「年越しスパゲッティ」はいいが、「年越しマカロニ」は許せない、という考え方がイタリヤにあるかどうか。

話はうどんに移るが、戦前には「キツネうどん」はあったが、「タヌキうどん」というものは存在しなかった。これを忘れている人が、年配の人にも案外多い。戦前は、天ぷらの揚げ玉を容器に入れて置いてあって、食べる人の好みによって、素《す》うどんにそれを入れていた。当然、揚げ玉の代金は無料である。

「タヌキうどん」ができたのは、昭和二十五年くらいではなかったか。

当時、私は毎朝百円持って、会社へ行っていた。月給が八千円くらいだったから、それ以上の金を持って出勤することは不可能である。

その金で、昼めしどきになると、近所のソバ屋へ行く。残りの金でパチンコをやって、タバコを取る。毎日そのことの繰返しであったが、ある日そのソバ屋に忽然《こつぜん》として「タヌキうどん」なるものが出現した。前の日までは揚げ玉の容器があったのだが、それが姿を消し、

あるのです!!
「揚げ玉をご自由に」といううれしいそば屋が…
東京神田は古本屋街附近の、九段通りから
ちょいと入った所にある店です(店名は忘れた)
熱烈なたぬきファンの僕はもちろん
たっぷりと入れさせてもらいました。
でも、期待に反してあまりうまくな
かった! なぜなら、それは夏のことで
もりそばだったからです…
もりそばに揚げ玉は合わないものですね!
揚げ玉
YAMA FUJI

値段も十円くらいだったか、高くなっている。

忘れっぽくなっているから、あるいは私の勘違いかもしれない。

しかし、そういう「タヌキ」が現れたとき、

「ああ、ソバ屋まで、こんなミミッチイことをする世の中になったのか」

と、長嘆息した記憶が鮮明だから、間違いないとおもう。以来一度として、「タヌキ」なるものを食べたことがない。

それにしても、なぜ「タヌキうどん」というのだろう。おそらく「キツネ」があるから、「タヌキ」と命名したという、ごく単純な解釈が正しいのではあるまいか。しかし、客の側としては、化かされて余分に金を取られている、という気分になる。

ソバ屋の主人には頑固者が多い。

ノリをかけるとソバの風味を消すから、「ザルそば」（正しくは、ザルはノリの問題ではなくて、容器の形を指す、と聞いたが）は自分の店ではつくらない、というようなところはたくさんある。

そのくせ、「タヌキなんぞは、うちではつくらない」という店がないのも、不思議におもえる。

19　餅（もち）

昭和四十八年の終りから突然、暗い時代になってきた。雰囲気《ふんいき》も暗いが、石油節約で街の燈も暗い。三十年前の戦時中をおもい出す。しかし、どうせおもい出すなら、面白いことをおもい出してみよう。

太平洋戦争がはじまったころ、私たち東京の中学生のあいだに、突如「赤マント、あらわる」、という噂《うわさ》がひろまった。

「赤マント」というのは、大きな真黒いマント（二重まわし、というのだったか）を着た怪人で、女学生の前にいきなり出現する。

怪鳥が翼を大きくひろげるように、その黒いマントを開くと、裏地は真赤な布である。そのマントの中に、すっぽり女学生をかかえこみ、頬ずりする。おまけに、その怪人はレプラなのである。この病気はいまでは薬で治ってしまうが、当時はこわい病気の横綱クラスで、鼻は崩れて穴だけになってしまう。

そういう人物に頬ずりされては、これはたまらない。刺戟《しげき》的なおそろしい事件で、きのうは三人、きょうはすでに二人犠牲になったといい、そのうち女学生だけでなく中学生もやられるという噂になった。

心のどこかではデマだろう、とおもっているのだが、中学生のあいだで恐慌がおこるくらい迫真力のある話になってきた。

結局、デマだと分かったが、

「赤マントは、デマである。まどわされてはいけない」

という訓示を、先生が全校生徒に与えた学校もあった。

このデマは、暗い時代にふさわしいが、その時代を一層暗くしたとは言い難い。中学生たちは半ばは信じながら、なにしろ赤マント氏は一人で活躍しているので、順番がまわってくることもあるまい、とタカをくくる。しかし、もしや街角でバッタリ、ともおもい、刺戟を受けへんにいきいきしていた。あのデマの創作者は、ある種の活気を世の中に与えた。

そのころ、また中学生のあいだに、女学生が電球を使ってオナニーしているうちに、その球が破裂して、落命したという噂がつたわってきた。中学生たちはまたしても色めき立ち、さっそく私はその話にオチをつけた。

「おい、その電球が破裂したとき、どんな音がしたか知っているか」

「さあて、分からないなあ、おまえ知っているのか」

「陰《いん》にこもった音がしたにきまっているじゃないか」

都会では都会風に、田舎では田舎風に、中学生の悪たれどもは、ロクなことは考えていない。これは、昔も今も同じである。

そのころ、またまた事件が起った。今度はデマではなくて、新聞のカコミの欄で報道された実話である。

銭湯の番台に坐っていた若い女が、モチを食べていて、咽喉《のど》にひっかかり、あわや窒息しかかって大騒ぎになった、という小事件である。

ただ、それだけのことなのだが、中学生の妄想《もうそう》力は無限である。

そのとき、その女は男湯のほうを眺めていたにちがいない。

吉の湯の番台のおやじは、時々、女湯の方をみて赤ンべえをするので近所の評判になっている。
〈カコミ欄より〉
〈中学生の結論〉
「赤ンべえをし返したくなるようなモノを見たにちがいない……」

「うっ」

と、咽喉がつまるようなものを見たにちがいない、ということになった。

「彼女はなにを見たか」

と、中学生たちは、いろいろと論議する。

この話は、いま思い出してみても、おもわず笑い出してしまう。

20 フルーツ

ときおり、未知の読者からの便りがくるが、なかに面白いのも混っている。本日一枚のハガキが届いたので、名前は出さずに引用させてもらう。女名前であるが、高校一年生くらいであろうか。

『この間土曜日にＮＨＫでやっている日本なんとかという番組で「堀部安兵衛」の解説をやっておられた先生を拝見しました。せびろを着てネクタイをきちんと締めて偉そうでした。しかし私はなんとなくおもしろかったという感じでした。すみません。なんか私は、自分でＪ・ヨシユキという作家のイメージをつくりあげてしまっているようです。

ところで「ミッチャンミチミチウンコシテカミガナイカラテデフイテモッタイナイカラナメチャッタ」というのをごぞんじでしょうか。先生は下がかった話がおきらいではないと、遠藤先生が書いておられたので、失礼にあたる、あまりに下品すぎるとも思いつつも、書かしていただきます。この「ミチミチ」という部分ですが、私は小さいときから、そのなんといおうか、出る状態のときの擬音法だとばかりおもっておって信じてうたがおうともしなか

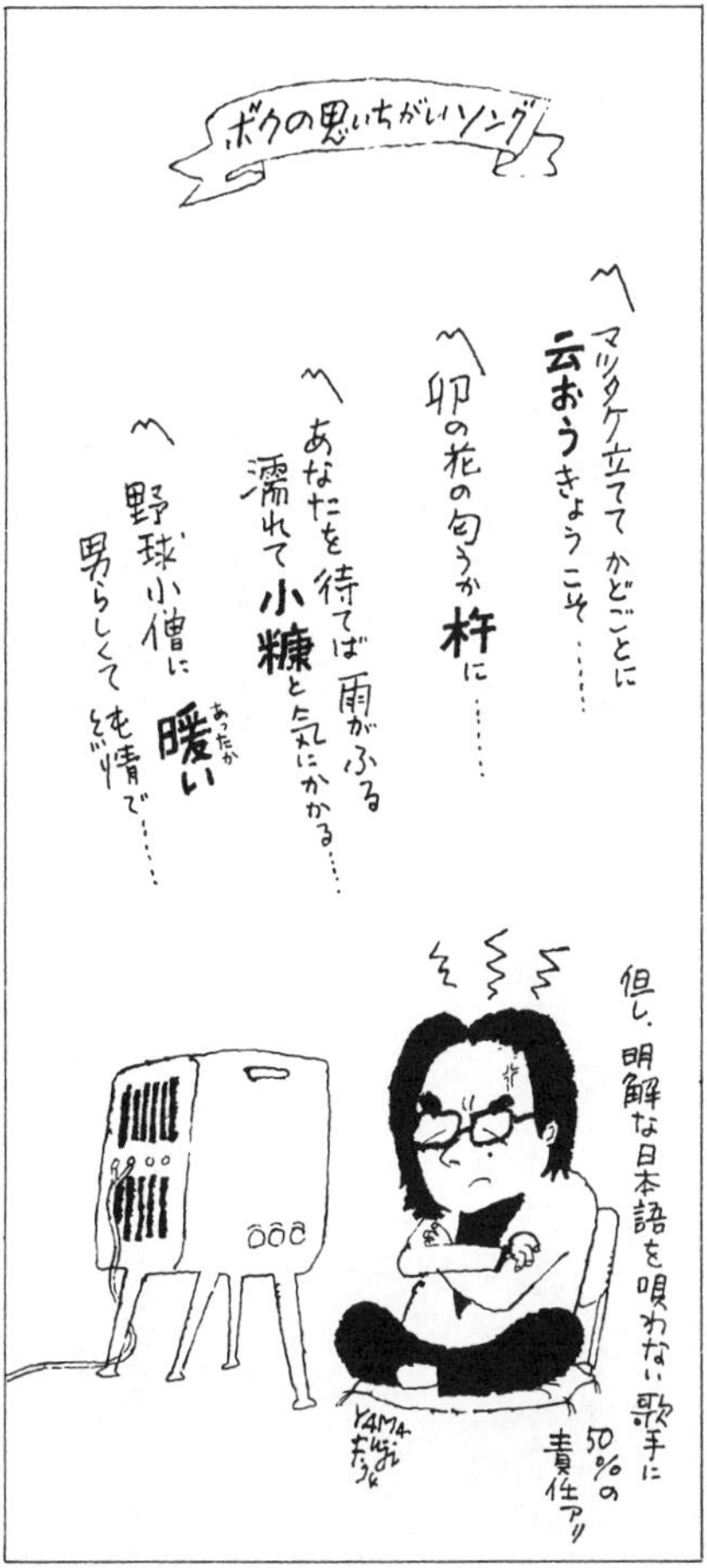
ボクの思いちがいソング
〽マツタケ立てて かどごとに
云おう きょう こそ……
〽卯の花の匂うか 杵に……
〽あなたを待てば雨がふる
濡れて小糠と気にかかる……
〽野球小僧に 暖い《あったか》
男らしくて 純情で……
但し、明解な日本語を唄わない歌手に
50%の責任アリ

ったのですが、先日なんのひょうしかに、これが話題にのぼって（吉行註・トイレットペーパー不足についての話からであろうと推察する）、友人はみんなミッチャンが道道やったのだというのです。私もなるほどとおもいました。しかし私としては、小さいときからの解釈の方がおもしろいと思います』

本人の言うように、あまり上品な内容ではないが、きたならしくない書き方が、よろしい。

たしかに、思いちがいというのは、おもしろいものだ。前後の文句を忘れたが、

「薄霞《うすがす》む」

という言葉の入っている歌がある。

これを、「臼が棲《す》む」と、信じこんでいた人がいる。

私もひどい思い違いをしていたことがある。「ウルワシ」というキャバレーがあるが、あの店は戦争中からあって、御茶ノ水と神田のあいだの高いところを走っている電車の窓から眺めると、その看板が見えた。

当時は、軍隊のヒコーキは荒鷲《あらわし》と呼ばれていて、〽ブンブン荒鷲、ブンと飛ぶぞ、というような歌も流行していた。

「ウルワシ」は、その「アラワシ」の親戚《しんせき》のようなものだ、と私はおもいこんだ。具体的に、どんな鷲なのかは、考えたことがなかった。

以来、二十五年ほど経ったある日、不意にあの「ウルワシ」は「麗《うるわ》し」であろう、と悟った。

こんなに長いあいだ気付かなかったことに、自分でも驚いた。

キャバレーといえば、金がないころポケットの金を頭の中で計算しながら飲んでいるとき、

「フルーツを取りましょうか」

と女の子にいわれると、顔青ざめてあわてて断わったものだ。キャバレーでフルーツの皿が出てくると、勘定がひどく高くなる。

先日、パーティに出席していると、接待役の女の子（だいたい銀座のバーから出張している）が、「なにか食べるものを持ってきましょうか」というので、首を横に振った。

「フルーツでも」

「フルーツは高価《たか》いからダメ」

と、断わった。

もちろんパーティでの飲食物は無料だから、これは冗談を言ったわけだが、その底に悪い記憶がからんでいることも事実である。

フルーツとは、酒場においては「果物」の訳語だけではない。

21 甘霙（あまみぞれ）①

豪傑とか剣豪とか呼ばれる人物が、たとえば茶店に入って、ドッカと腰をおろすと、

「酒をもて」

といえば似合う。

「あるじ、アマザケをもて」

となると、落着かない。

しかし、酒の飲めない豪傑もいないとはいえない。堀部安兵衛の養父弥兵衛は下戸《げこ》であった、という。

赤穂浪士四十七人が目的を果したあと、四カ所の大名屋敷にあずけられて、裁きを待つことになった。泰平の世に、武士らしい振舞いということで、どの大名も丁重に取りあつかった、という。

たとえば、二汁五菜の食事が供され、夜になると「薬酒」という名目で、酒が出た。酒の飲めない人たちには、甘霙が出た、とは研究書の一節である。甘霙とは甘酒のことで、風流な名だが、そういえば醱酵《はっこう》した麴《こうじ》のつぶつぶは霙《みぞれ》に似ている。

酒粕《さけかす》を湯で溶いて甘味をつけたものを、甘酒と呼ぶこともあるが、結局そっちはインスタ

ント製品ということになるだろう。

そういう待遇をしたということは、罪人あつかいにしていない、と考えてよい。

浪士側にしても、切腹させられるとはおもっていなかったようだ。

いま私は、テレビの「堀部安兵衛」で、時間が足らなくて話せなかった部分を書いている。

ただし、日本歴史について私がくわしいわけではなく、安兵衛を以前に小説に書いたことが

30年程前、高輪泉岳寺の前にあった今川焼屋の看板にこんな傑作があったとか……
餡はタップリ討入りで
値段は堀部安兵衛で
味は大石内蔵助
ダンナ いい娘がいますヨ！
値段は安岡章太郎
位置は植草甚一で
感度は吉行淳之介

あるので、そのあたりだけいくぶんの知識がある。

切腹ときまったとき、奥田孫太夫という勇ましい働きをした武士が、

「自分は切腹の作法を知らぬから、教えてもらいたい」

と、同僚に頼み、

「いまさら、そんなことをしなくてもいい。そのときになって、前の刀に手を伸ばせば、介《かい》錯《しゃく》人が首を切ってくれる」

そう教えられた、という。

毛利家でも、浪士を十人あずかって丁重に待遇していたが、切腹の当日には扇子を十本紙に包んで支度しておいた。これは「扇子腹」という方法で、やはり介錯人に百パーセント頼ることになり、義士にはふさわしくない。

討入りから切腹まで三カ月近くあったのだから、そのあいだに作法を学んでおくことができた筈である。となると、やはり浪士側では、切腹を予想しなかったという考え方も出てくる。

なにしろ二百八十年前のことで、正確なことは分からない。

当時の義士の人気に反撥して、難癖をつけているのかもしれないと疑われる研究もある。

大石内蔵助は、敵の目をごまかすために、遊び呆《ほう》けているふりをしていた、というのは有名な話である。

しかし、大石は根っからの遊び好きだった、その証拠には……、という研究書もあり、そ

の証拠にはなかなかの説得力があるが、長くなるので省略する。

しかし、大石は大へんな寒がりで、討入りの日に大雪が降って閉口した、という意見となるといささかアヤしい。あるいは、当日はよく晴れた月夜で、雪など降らなかった、という説もあるし、雪は宵のうちだけ降って、あとは月夜となった、という説もある。

いずれにせよ、牡丹《ぼたん》雪が絶え間なく舞い下りていないと、芝居ではサマにならない。

22　甘　霙（あまみぞれ）②

故・川端康成がノーベル賞を受けたとき、故・伊藤整と奥野健男と三人でテレビに出て、一時間川端文学について話し合った。

以来はじめてテレビに出たことになるから、五年ぶりである。

私は「テレビに出るのは嫌い」と称していて、それはウソではないが、百パーセント嫌いではない。五年に一度でも出るのは、九十パーセントくらいの厭《いや》さ加減ということになる。

私がテレビに出ないのは、四つの理由がある。それは省略するが、理由があるということは、論理的に嫌いな部分もあるわけだ。

これが講演となると、論理もなにもなく、ひたすら生理的に厭なので、どんなに義理があっても断わってしまう。毎年、秋になると、あちこちの学校から講演依頼がくる。なかには「センセイのお仕事には、常日頃注目しております」などお世辞のよい文面があって、これがガリ版刷りになっている。

名前のところだけ、ペンで書くようなシカケになっていたりする。

その名前がしばしば間違っていて、「介」が「助」になっている。柴田錬三郎先輩は、「錬」が「練」になることがあるらしい。甚だしいときは、紫田練三郎となっていた、という。

「ムラサキダネリサブローと書いてきたやつがいる」

と、渋い顔で言っていたことがある。

こういうときには、

「これはおれではない」

と呟《つぶや》いて、中身も見ずに破り捨てるのだそうだ。間違えられること自体不愉快だが、私の場合、「助」となると全体の文字のバランスがひどく悪くみえる。一番上の「吉」という字の劃数がすくないので、一番下が字劃が多いと落着かなくなる。

「織田作之助」の場合は、その正反対の例で、これは「介」よりも「助」のほうが安定がよい。

こういうのは、そのまま破り捨てればよいが、丁寧な文章が印刷でなくて書いてあって、返信用封筒が入っていたりすると困る。

返事を書くのも面倒くさいので、甚だ困る。さいわい、夕刊フジのこの欄の前の執筆者であるシバレン先輩が、都合のよいことを書いてくれた。「話術について」という回に、『ヨシユキは、たった一度も講演をやったことはない』という文章があった。さっそくそれを沢山コピイに取って、そういう依頼がくると返信用封筒に入れてポストに入れている。

昨年暮、
某局のモーニングショーに出た。
ゲストに誰かを当てさせる「ご対面」の
コーナーがあって、当日は高見山
と婚約者が出演。そして ご対面
の相手が、「同じ日に、同じ式場で
挙式するカップル」というだけの
なんともバカバカしい思いつき。
毎日、毎日（のこととて）充実した内容は
望むべくもないが、それにしても……
考える人も考える人なら
司会する人も司会する人
出る人も出る人なら
高見山の子供を想像して描けと注文されて描く人も描く人

今年からは、この回をコピイに取っておいて、送ることにする。

映画が落目になってかなりの時が経ち、数年前ある撮影所へ行ってみると、西部劇に出てくるゴースト・タウンのような様相を呈していた。テレビは、いまある意味で時代の花形といえる。テレビに出られないうちは、まだダメと考える風潮が世間にできている。電話でテレビの出演依頼を受けたとき、

「テレビには出ないことにしています」

と答えると、

「えっ、テレビに出ない」

と、真底おどろいたような、「せっかくチャンスを与えてやっているのに」という声を出す人物もいる。こういう人物のいるテレビ局には行きたくないのも理由の一つで、そうなると不出演の理由は五つになる。

しかし、前の四つの内容は書かないのだ。

23　コロッケ

　五木寛之のエッセイを読んでいて、おもわず笑い出したことがある。

　ある日、テレビ局から五木のところに電話がかかってきて、料理番組に出てくれという依頼があった。「私の得意料理」とかいう番組だそうである（記憶で書いているので、いくぶん違っているかもしれない）。

「得意な料理はありますか」

　と、五木が答える。

「どういうのでしょうか」

　彼は、その内容を説明する。まず、テーブルの上にトースターを用意する。前の晩に、肉屋で買ったコロッケを取出す。

つめたく、固くなっている。これを両の掌のあいだで押し潰《つぶ》す。そうしないと、トースターの割れ目に入らないからである。

　トーストにする食パンくらいの厚さにしたコロッケを割れ目に入れ、電流が通じるように把手《とって》を押し下げる。そうしておいて、しばらく待っていると、
　ポン

と、熱くなったコロッケが飛び上ってくる。それを皿に移し、ソースをかけて食べる……。

五木が説明しおわると、電話の相手の声が曖昧《あいまい》になり、

「いやあ、それは、どうも。ではまた」

と、いうことになったそうだ。

しかし、私が番組のプロデューサーだったら、こういう卓抜な内容のものは、けっして敬遠はしない。

それにあの二十五円くらいのコロッケは、うまい。なまじ、値段が高くて肉の多いものは、私の趣味には合わない。ジャガイモが大部分で、ときどき肉ともおもえぬ小さなコリコリした粒が歯に当るものがよい。

この小判型のコロッケに、ソースをだぶだぶかけて、熱いめしのオカズにする。

ソースはウスター・ソースにかぎる。トンカツ・ソースとかいう、甘くてドロドロしたものは戦後の産物で、昔はああいうものは存在していなかった。

私がそういう見解を述べると、ある食通（とくに名を秘す）が反対意見を出した。

「そんなのはダメだ。コロッケというのは、まるくふわっとフクラんで、中身がとろりとしたものでなくちゃ、食べられたものではない」

そういうものにも旨《うま》いのはあるが、私が問題にしているのは「コロッケ」のことで、その食通のいうのは、しいていえば「クロケット」とでもいうものか。

こちらが塩せんべいの話をしているときに、生クリームを使ったケーキを礼讃しているよ

うなもので、だから食通は困る。

秋山庄太郎も、このコロッケの愛好者である。マージャンのはじまるときに、黙って紙包みを差出すときには、中身はかならずコロッケである。

夕飯の支度どき、肉屋の店先は女性で混雑している。女ばかりの列ができていて、そこに日焼けした秋庄がその巨体を加える。テレビによく出るので顔を知られていて、

「あの人、なにを買うのかしら」

と、女性たちは注目している。

彼の番になると、

「コロッケ、十ケ」

と、低音というか、ダミ声というか、とにかくそう言って買ってくるらしい。

24　焼き鳥①

教えたくないことだが、とくに教えよう。

もっとも、私もアナウンサーの鈴木健二さんに教えてもらったことだ。その鈴木さんも生理学の権威（あるいは、ほかの部門の大家だったたか。名前は忘れた）に教えてもらった、という。

手当りしだい、まわりにいる人をつかまえて、

「ジャンケンポンのグーを出してみてください」

と、言ってみる。

相手が男の場合、百パーセント親指の第一関節が曲った形になって、握り拳ができる。

女の場合となると、九十パーセントはその指の関節が伸びる。

これは、なぜか。その学問的説明を鈴木さんにしてもらったかどうか忘れたが、要するに子宮の有るか無いかでこの差ができる、という。子宮がいろいろ複雑なプロセスのあげく、この親指の腱《けん》を引張るので、関節が伸びるのだそうだ。

当然、男には子宮がないから、内側に曲ることになってしまう。

こう書いてくると、あるいは鈴木さんにカラカワれたのではあるまいか、と疑いたくなるが、とにかく実験の結果はそのとおりになる。

ただ、女性の残りの十パーセントをどう解釈すべきか、聞き忘れた。

バーへ行って、試してみる。

「きみ、ちょっとジャンケンの……」

と言って（私のひそかな愉しみを公開することになるので、教えたくなかったのだ）、傍の女の子の親指が曲ってしまうと、疑いが頭を掠《かす》める。

以前、私の知っている男娼が、あるバーに勤めていた。ゲイバーではなく、普通のバーであって、客はもちろん同僚もその人物が男であることを知らなかった、という。経営者は心得ていたかもしれないが、同僚が知らなかったというのはおそらく本当であろう。私はその人物の裸をみたことがあるが、細身のきれいなからだで胸も椀を伏せたようなよい恰好であった。どう見ても、女のかたちをしていた。

話がややこしくなるが、こういう時代には、本ものの女が女装の男とウソをついて自分を売出すことも有り得る。しかし、その男娼の場合は、ウソでない証拠物件があって、それも私は見た。

そういう経験があるので、親指の曲る女に会うと、

「もしや……」

と、疑惑に捉《とら》えられる。

本ものの女で、しかも親指が曲るケースについては、いまのところ結論がでない。

以下は、私の発見である。たくさんの男女に、ジャンケンをしてもらっているうちに、気付いたことがある。

男はいまのところ、百パーセント親指を外に出して握る。出すものは舌でもイヤという吝《りん》嗇漢《しょくかん》に試みたが、やはり親指を外へ出す。

ところが、女にはしばしば親指を内側に握りこんでしまう人物がいる。五十パーセントくらいの割合か。それではテストにならないので、

「親指を外へ出して、もう一度」

と、頼む。

結局、親指の関節の按配についての説明はその女にしなくてはならないが、内側に握りこむことについてたずねられたら、

「ひと度《たび》、籍を入れたら、ぜったい抜かない性格なのである」

とか、出鱈目《でたらめ》の返事をしておけばよい。

25 焼き鳥②

女には子宮がある。

男には子宮がない。

この相違がジャンケンのような事柄にまで反映しているところから説きおこして、テツガク的思考を展開しようとおもったが、それは別の場所で発表することにして、今回も子宮の話を書く。

ところで、「子宮」と「焼き鳥」と、どう関係があるのか。レストランへ行って、鳥の丸焼を註文してしみじみ眺めると、これが子宮の形をしている。ヤキトリ屋へ行って、モツ・ハツ・ガツと食べ、つづいて「コブクロ」を註文すると、豚の子宮を切り刻んだ肉片を串に刺して焼いてくれる。

しかし、ヤキトリ屋で、なぜブタを食わせるか。

こういう質問にたいしては、まじめに答えてもつまらない。

その返事をいま即席で、二つ三つつくってみた。

まず、一見論理的な答え。

ヤクザとは、なぜそういうか。八九三を合計すれば二〇になる。つまり下《しも》ヒトケタはゼロなので、これをブタといって花札のオイチョカブでは最低の数字である。なんの役にも立たない。

「どうせおれはブタだ、極道者だい。こうなりゃ、なにをやったってかまやしない」

というわけで、焼き鳥と銘打ってブタを食わせている。

次も、論理的な答え。

ヤキトリ屋で食ってもブタとはこれいかに！

トンカツ屋に入ってても注文トリがくるが如し！

最近来た投書の一部
拝啓 吉行様。

貴殿を毎回々々、あんなに美化して描く画家も画家なら、そういう人物と一緒に仕事をする貴殿も貴殿だ。深く反省せよ。

「諸君は、死んだブタが二枚の羽根を生やして天国へ昇っている絵を見たことがあるだろう。すくなくとも、マンガでは見たにちがいない。空を飛んでいるからには、これは鳥である。ブタは鳥なのだ、だからヤキトリにするのである」

次は、返事をしているほうでも、論理の按配はさっぱり分からないが、なんとなく感じのある言い方。

「なぜ、ヤキトリなのに、ブタなのか」

ブタか、

トリか。

ぽんと一つ、両手を叩き合わせて、音を出す。

「さて、鳴ったのはブタのほうか、もしくはトリのほうか」

ここでお断わりをするが、禅について研究している方は、本気で怒らないでいただきたい。ナンセンスについて怒るほど、ナンセンスなことはない。

半世紀も、私のように文筆業をつづけていると、ときたま思いがけないことで怒られる。もう十年以上も前になるが、鼠小僧を主人公にしたユーモア時代小説を書いた。サシエは風間完で、その絵はユーモラスな傑作であった。

その小説で、碁を打つ場面が出てくる。

リアリズムの小説ではないから、当然絵のほうもリアルなものではない。

そのとき投書がきた。

「あの碁盤の線は三十三本ある。碁盤は十九本ずつに古来きまっておる。ああいうデタラメな絵を描く画家も画家であるが、そういう人物と一緒に仕事をするオマエもオマエだ。深く反省せよ」

それには困った。

返事の出しようがない。

こういう人物に、ピカソの一時期の絵、たとえば鼻が五つで眼が十個ほどある人物像を見せたら、怒りのあまり悶絶《もんぜつ》するだろう。

ところで、今回書こうと思っていた子宮の話が、どこかに行ってしまった。

26　焼き鳥③

先日、生島治郎と対談したとき、

「子供のころ感銘をうけた本はなにか」

と、たずねられた。

「海野十三《うんのじゅうざ》の短篇だが、題名は忘れた」と答えて、その内容を説明した。

そのときの説明が不十分だったので、あらためて書いてみる。

ある科学者の実験室に、一人の貴婦人が訪れてくる。この女は夫がある身なのに、科学者の子を孕《はら》んでしまった。おまけに、これを機会に離婚するから、結婚してくれ、とその科学者にせまる。

男としては、そんなスキャンダルにまきこまれたくない。スキャンダルが、学者としての名声を傷つけてしまう。

逃げ腰になった男をみて、女は「それなら子供を産んで、あなたの子だと世間に発表する」という。

男としては、どうしてもこの胎児を処分しなくてはならない。

実験室から男が出てゆき、女ひとり残される。狭い密室である。間もなく、どこからともなく不気味な金属音がきこえてきて、その音がしだいに強くなってくる。

物体にはそれぞれ固有の振動数というものがあって、Aの物体にBを貼《は》りつけておくとすると、振動を強く与えられた場合、それぞれの揺れ方が違うのでAとBとは離れてしまう。

もっと具体的にいうと、おヒツに飯粒を貼りつけて、これに強烈な音波を送って振動させると、最後には飯粒がポロリと剝《はが》れ落ちる。

この短篇の場合、子宮はおヒツで、胎児が飯粒だと考えればよい。

実験室に閉じこめられた女は、ついにはからだに異変を覚え、流産してしまう。

やがて、ドアを開けて現れた科学者の顔に、無念の形相ものすごく、女はその胎児を投げつける。

「そのどこに感銘したのですか」

と、イクシマがいう。彼はトリック重視の推理小説にたいして反論をもっていて、それを紹介すると長くなるから省略。

「どこといったって、トリックといい、無念の形相ものすごく、というところといい……」

と私は答えたが、彼は一向に感心してくれない。

後日、その対談を読んだ佐野洋から、電話がかかってきた。

「めずらしい短篇を覚えていますね。あれは『振動魔』という題名です」

この題名も、すばらしい。さすがに、佐野洋も私も本格推理の傑作を持っているだけあって（私の場合は、頭の中に持っているだけだが）、話が合う。

「たしか、春陽堂文庫で読んだけど、よく知ってるね」

と、私が言うと、

「いまは、ハヤカワ・ミステリーのSFを集めた短篇集に入っていますよ」

「なぜ、SFなんだろう」

「さあ、とにかく面白い作品だけど、いま読み直してみると、文章などもかなり粗雑ですな」

当時、私は子供ごころにそういうことは可能だろう、と考えていた。

SFと聞いて意外におもった。

ところが、先日ラジオを聞いていると、アメリカで低音波のすごいのが開発された、と放送していた。これを使うと、人間の内臓を破壊するおそるべき殺人機械になる、という。とすると、四十年前では、SF的発想であったわけか。

27　納　豆（なっとう）①

人間の声には、職業とその人の精神構造が滲《し》みこんでいる。

あるとき、ある病院の待合室の椅子に腰かけて本を読んでいると、すこし離れたところから話し声が聞えてきた。

その声音を聞いて、「あ、この人は自分と同じ職業だな」とおもい、眼を上げると中村光夫さんが立ち話をしていた。私は自分のカンに満足して、また本を読みはじめた。

「声柄」という言葉があるが、それによって人柄まで判断できるかどうか、私はできる気でいるのだが、はたしてどうか。

七年ほど前のある日、男の声で電話がかかってきた。

「もしもし」

という声だけで、これは同じ職業の人ではないな、と分かる。

「じつは、あたしは刑務所に二年入っていまして、今度出てきました。そのときに日記をつけていたので、それをセンセイに買っていただきたい」

歓迎できる話ではない。

刑務所のことはよく知らないが、おそらく日記をつける場合には検閲があるだろう。とすれば、その内容は期待できまい。

ただ、その「声柄」がなかなか良い。生来の野次馬根性で、会ってみたくなった。

「私は材料を使って小説を書くことは、ほとんどないので、その日記を買う気はない。ただ、些少《さしょう》の拝見料だけなら差上げましょう」

中年の男があらわれた。

近県のヤクザの親分で、賭博の手入れをされて二年間ムショに入っていた、という。ロイド眼鏡をかけ、下町の商店主といった実直そうな風貌の人物で、きちんとネクタイを締めている。

藁《わら》づとに入った納豆とヨーカンを、土産にくれた。すっかり足を洗って、カレーライス屋でもささやかにやってゆきたい。一度バクチを開帳すれば、そのくらいのモトデはすぐ集まるが、それはもうやりたくない。なんとか金を集めて……、というようなことを言い、いかにも真実味のある表情なのだが、当然私は疑っている。

「約束どおり、拝見料は差上げますが、かりにその日記を材料につかうということで買うとしたって、カレーライス屋のモトデの何十分の一にもなりませんよ」

と、念を押しておいた。

その男は、十冊ほどの大学ノートにこまかく書きこんだ日記を持っていたが、予想どおり内容は平凡であった。

半月ほどして、彼が突然訪れてきた。前と同じように納豆をもっている。あれは、藁に入

っていないと、どうも感じが出ない。そこまでは有難いのだが、

「財布を入れといた上衣を盗まれて、帰りの汽車賃がなくなりました。すみませんが、貸してください」

仕方がないので、世間話をして、金を渡した。三度目に訪れてきたときは、納豆は持ってきてくれたが、なにも要求しなかった。雑談のあげく、彼がこう言う。

「センセイ、ヤクザとつき合うときは、もうここまで、とピシャッとやらなくちゃいけませんよ。キリがなくなります」

それは、私も知っている。

いったい彼の目的は何だったのか。小説家という種族を痛めつけてやろう、とでもおもっているうちに気が変ったのだろうか。

その後、カレーライス屋開店のチラシを送ってきた。いまでも、年賀状がくる。

28 納　豆（なっとう）②

「となりの町に、悪いヤクザがいましてね」

と、その親分がいう。

悪いヤクザとはなにか、といえば、シロウト衆をひどい目にあわせるから、という解釈である。

そのヤクザを懲らしめよう、ということになった、とその親分が話しはじめた。もっとも、この話もウソか本当か分からない。

いろいろ私は疑うわけだが、しばしば考え過ぎ、といったところがある。

しかし、まず疑うことにしている。ときに、ダマされてもいいから、あっさり信じてしまえ、という気分になることもあるが、このタイミングがむつかしい。

その親分がとなり町のヤクザをコラしめようということになったので、そこで出入りがあった。相手の親分を、刺してしまった。

深夜の刑ム所 囚人と看守の
しゃれた「ヒトコト」を考えて下さい
例: ① オレの部屋のドア. 調子悪いから直してくれョ!
② 非常口 どこですか?
③ 看守さんもアノ道なんだってネ 寄ってかない?

コラしめるつもりなので、殺す気はなかったのだから、もののハズミということになる。

どうやら死んだらしい、と分かったが、一応病院に運んで行こう、ということになった。通りかかったタクシーをとめて、親分が頭のほうをもち、子分の一人が脚をもって車の中に担ぎこんだ。

運転手があわててドアを閉める。そのドアに、子分が自分の脚をはさまれて、

「痛い！」

と、叫んだ。

この声が、運転手の耳には、担ぎこまれた人間が、

「痛い！」

と叫んだように聞えていた。したがって、警察でそのように証言した。

死体が叫ぶわけはないので、タクシーに担ぎこまれたときは、まだ生きていた、ということになる。そういう判断が下された。

子分がドアに脚をはさまれたのは、幸運だった、といえる。

以下は、私には法律の知識がないので、その親分の説明である。

車内に担ぎこんだとき、すでに死体だったのと、そうでなかったのとでは、雲泥の差ができてくる。もしもそのとき死体だったら、

「殺人罪」

痛いと叫んで、その後で死んだなら、

「傷害致死罪」

死体が叫んでくれたおかげで、ずいぶん罪が軽くなった、という。

もしも……、と私は考える。その子分が頑健で、めったなことでは驚かないような男だったとして、ドアに脚がはさまれたくらいでは一向に感じなかった、とする。

「おい、運転手さん、落着いてくれよな」

くらいで済んでいたとしたら、事態はまったく違っていたことになる。

人生は、「もしも」に満ちている。そこがまた面白いところで、「もしも」と考えてその面白さにおもいを至すのは結構だが、悔むのはめめしいことであるのだ（オヤ、説教調になってきた）。

マージャンのときも、

「もしも、あのときセオリーどおりのカンチャンで待たないで、シャンポンにしておけばなあ。そうすると、リーチ、一発ツモになったんだがな」

などとボヤクと、

「あとでゆうのは、フクスケの頭」

などと、かならずカラカワれることになっている。

29　鯖（さば）①

早生れと遅生れとあって、私は四月十三日生れなのに、親がなにを考えたのか四月一日生れとして届けを出した。

つまり、戸籍面ではエープリル・フールの日に生れたことになる。

そのために早生れになってしまい、十三日生れで届けた場合にくらべて、一年早く小学校に行くことになった。世間では三月三十一日までが早生れとおもっている人が多いが、それは間違いである。

六、七歳のころの一年の差というのは、発育に大きな違いがある。

いまでは百七十センチ六十キロだから、中肉中背になっているが、当時はチビのほうであった。

チビのくせに、やたらに気が強く、毎日殴り合いの喧嘩《けんか》ばかりしていた。

アメリカ映画などでは、殴り合いをして片方がひっくり返っても、また起上ってきて、どちらかが動けなくなるまでつづく場面がしばしば出てくる。

わが国では、とくに当時は相手が倒れれば、そこで勝負がきまる。これは、大相撲という伝統の影響であろうか。

私には、敏捷《びんしょう》なところがあったので、かなり大きな図体の相手でも、倒した。あまり負けたことがなかったので、クラス随一の男とケンカをしてみた。場所は体育館だったが、一瞬の間に組み敷かれ、ポカポカ殴られた。あまりに簡単に結着がついたので、殴られながら内心あきれていたが、それでも懲りない。そういう按配が中学二年までつづき、ある日フト悟るところがあって、一切ケンカをやめ

昭和十九年、当時 国民学校二年生のボクは
三重県に疎開をしていた。
東京の子は ただでさえいじめやすい上に、早生まれ
で小さいから。組し易しとみたか 級のボス
が相撲を挑んできた。一本勝負で負け
たら、彼の家来になれというのだ。それは
幼なじには、まさに男の一大事であり
前の晩は 眠れなかった。
そして…… 勝った！
爾来、あんなに血のたぎるような
興奮は経験しない。
YAMA Fuji '44

た。

それでも相手が殴りかかってくる場合には、この上なく弱い。

これは一つ話になっていて、私の友人たちはみな知っていることだが、二十代のころヤクザに殴りかかられた。相手のゲンコツが私の頬をかすめたとたん、五メートルほどすっ飛んでみせた。

相手はあまりの弱さにあきれ返って、そのまま立去ってしまった。

以来、弱さに徹することにしている。

一方、近藤啓太郎は、背も私より十センチくらい高く、いかにも強そうである。事実、カッとすると相当な戦果を上げてきた。

そのコンドウが、ある日しみじみと言った。

「おい、結局世の中は、おまえみたいに弱くしていたほうがいいなあ」

どうしたのか聞いてみた。

コンケイは、千葉鴨川《かもがわ》に住んでいて、月に二回くらい列車に乗って上京してくる。その車中の出来事を話してくれた。

二十年前くらいにはじめてコンドウに会ったときには、鴨川中学の絵の先生をしていた。その前には、漁師の手伝いをしていた、というので、生れてからずっとその土地で過していたのだとおもった。

私もけっして上品なほうではないが、彼にはそうおもわせるだけの、なんというか、ま、感じがあったのだ。

ところがよく聞いてみると、これが違った。

東京育ちで上野の美校を出て、戦後は三鷹の大邸宅に住んでいた、という。食い詰めて家を売り、鴨川に移住したわけである。

彼には一種の巨大癖があって、大荷物を送ってくれるので開いてみると、ワカメやヒジキが詰まっていたりする。

上京のときにも、獲《と》れたての魚を籠に入れて、しばしば持ってきてくれる。

30　鯖（さば）②

千葉鴨川のコンドウの家へはじめて行ったのは、三十歳くらいのときだったか。

そのとき、食卓にサバの塩焼きが出て、私はすこぶる奇妙な気分がした。東京育ちの身としては、サバはシメサバとか味噌煮のほかは食べたことがなかった。

もともと私はサバは嫌いではないが、苦手な魚である。

〽青きはサバの肌にして、

黒きは人の心なり。

とか、その正確さは保証しないが、そういうナニワ節の文句がある。

青い魚は、健康人でもときどきジンマシンを起す。私にとっては、こわい魚である。ところが、コンケイ宅で食べた塩焼きは、別の種類の魚としかおもえなかった。

海のそばの土地の獲れたばかりのサバやアジやカワハギの旨さは、東京では味わえない。

千葉からコンドウが上京してくるときの列車に、話を戻す。

グリーン車にコンドウが乗っていると、三人連れの男たちが彼のボックスに坐った。グリーン車は、座席指定である。

一番年上の中年男は、律義な商店主という風貌である。三十年配の男は大学出の会社員風、二十すこし過ぎの若い男がややガラがわるいとみえたが、気にもしないで新聞を読んでいた。

そこへ、一人の男がきて、切符を出してみせながら、

「この席は、わたしのですが」

と言う。

三人とも、黙っている。男は重ねて、

「どいてくれませんか」

そのとき、会社員風が威勢のよいタンカを切った。

「なにをっ、てめえ」

以下、こういうタンカの文句を私はよくわきまえないのだが、要するに殴り飛ばされたく

ないのなら、とっとと立去ってしまえ、という意味のことである。その男は、驚いて逃げてしまった。

そのとき、年上の男が、すこぶるおだやかなゆっくりした口調で、

「それだから、おまえたちはダメなんだ」

と、たしなめて、どこそこ組の何某を見ならえ、という話題になった。

その何某は、平素とまったく違わない態度で名古屋まで行き、人を一人刺し殺してきたではないか。

ようやく、ヤクザの親分とわかったが、その親分は訓戒を垂れながら、チラとコンケイの顔をみる。

こわいのでおもわずお世辞笑いをしかかるが、うっかり笑うと、「なにがオカしいんだ」といわれそうな気がする。いそいで新聞に目をおとすのだが、さっきから読みつづけていた新聞をいつまでも眺めているのも不自然になってきた。

困ったことに、カバンには本も雑誌も入っていない。親分の視線をしばしば感じて、どういう顔をしてよいものか閉口した。

コンドウは、堅気にはみえない。千葉あたりの親分衆の感じに近いところもある。そのことに自分で気付いて、その親分が子分の不始末を同業者に弁解しているのか、とも考えたそうだ。

とにかく、その親分はまったくヤクザにはみえなかったそうで、世間にはどこにどういう人物がいるか分からない。

「やっぱり、徹底的にヨワイに限る」

という感想が、その車中でコンケイの頭に浮んできた、という。

31　鰤（ぶり）

ある日、ある人から電話があって、

「釣れたばかりの素晴らしいブリが手に入ったから、届けましょう」

というので、有難く頂戴することにした。

やがて、その人が大きな魚を持ってあらわれた。まず、魚の顔を眺める。同じ種類の魚でも、顔の良し悪しがあって、それが味にも関係してくるという。

どういう顔がウマイのか私にはよく分からないが、やはり品《ひん》のいい顔のほうが味がよいという説がある。たしかに、いかにもマズそうな面《つら》をしている魚がいるが、あまり立派な顔もどうなのだろうか、と疑っている。

そのブリは、立派な顔をしていて、その漢字のとおり「魚」へんに「師」だけのことはあったが、味のほうはどうだろう。その刺身の味についてはよく分からなかったが、照焼きにしたら大へん美味であった。

戦後、マズくなったのは、ニワトリとある種の魚である。これは養殖のものが出まわっているせいだ。ブロイラーなどというものは、昔は存在していなかった。あれは肉ではなくて、科学的合成による食品のような味がするし、イヤなにおいがする。

紀州熊野灘《なだ》の網元の息子に生れたジャーナリストがいて、この人が教えてくれたことがある。魚の背のところの肉に、赤黒い部分があって「血合《ちあい》」というが、養殖の魚にはその血合が僅かしかない。

なぜかというと、その部分が魚のエネルギーの源であって、荒海で揉《も》まれた魚ほど、血合が多いのだそうである。

養殖の魚には、その部分がほとんどなく、身がだらしなくなっており、締まっていないのでマズい、という。

その人物と、伊豆の北川《ほっかわ》へ行ったことがある。帰りに彼はその朝の漁でとれたブリを一尾買い、私の家へ同行して台所で料理してみせてくれた。鮮やかな庖丁《ほうちょう》さばきで驚いたが、ブリの襟《えり》のあたりから、小さい三角形の赤黒い塊が出てきた。

「これは、『星』といって、一匹に一つしかない。それになかなか旨いのだ」

と、彼は言う。

それにしても、ブリの漢字はなぜ「魚」へんに「師」なのだろう。稚魚から成長するにしたがって名前が変ってゆく出世魚で、成長し切ったものがブリと呼ばれる。もろもろの子わっぱどもの親分といった感じで、「師」という文字が入っているのだろうか。

いま電話をかけてその人物にブリの名前の変り方を聞いてみた。さすがに明快な答えがただちに出て、関東では「ワカシ・ツバス・イナダ・ワラサ・ブリ」となり、紀州では「ワカナゴ・ワカナ・ツバス……」と呼ぶ。ハマチは関西の呼び名で、イナダに当るが、養殖を可能にしてから全国的にハマチの名がひろがった、という。

いまの若い衆にも、この血合が僅かしかないような人間が多くなっているようだ。「いまどきの若い者」という言葉を、若いころ聞かされたときには、

「そういう言い方をするとは、なんてバカなやつだろう」

と、おもったものだった。

鰤 ブリ
獅 シシ
カクエイ
「文部大臣よ、魚やケモノに師があるのに人にないのはおかしい。ただちに教科書に入れなさい！」
'74 YAMAFUJI

山本五十六だったか、「いまどきの若い者などと申すまじくそうろう」とか言ったそうだが、自分がこの齢になってくると、

「いまどきの若い衆」

という言葉を口にすると、複雑な快感が出てくるようになった。

その若い衆を頭から食べてみたとすると、どうもあまりウマくないような気がする。

32 鮒（ふな）

ある日、吉村平吉さんが一升瓶《びん》をさげて、はるばる浅草から訪れてきた。吉村さんは通称平《へい》さんといい、二十年近い知り合いである。

野坂昭如とも平さんは親しいつき合いで、ノサカの傑作「エロ事師たち」を題名に借用して、「実説・エロ事師たち」を昨年出版した。

この本が日活ロマンポルノの原作となって、主人公のポンヒキに扮《ふん》した殿山泰司さんが絶妙だというので、観に行こうとおもっている。

吉村さんは「週刊サンケイ」にエッセイを連載中であるし、ご存知の方も多いだろう。ワ

セダを出て放蕩《ほうとう》しているうちに、一つには金がなくなり、一つには買う側より逆の立場のほうが面白そうだとポンヒキ稼業に入った（目下休業中）という人物である。

私の家に入ってくるとすぐに、

「となりに神社がありますな、あれはなんというお社《やしろ》ですか」

「知りませんなあ」

日本の役者は、かなりのダイコンでも、なぜか
アウトロー を演らせると うまい。
きっと やさしいのだろう。
だから、作家が 演じても 相当やるに違いない。
（中には本物より本物らしい人もいるようだ……）
クミガシラ
タンカバイ
オシウリ
ヒモ
'74 YAMA Fuji

近所に有名な美術館があるが、この土地に移って六年のあいだ近付いたことがない。絵画館だったらすぐ出かけるのだが、コットウの類が陳列されているらしいので、一向に興味のない私は足が向かない。

「いま、しばらく眺めてきましたがね、あれはなかなか良い神社ですよ」

「ははあ」

「わたしは、神社やお寺の建物に昔から興味がありましてね。神社仏閣評論家、というのはどうでしょう」

いろいろ評論家も出て、「皇室評論家」から「銀座評論家」という肩書きまで見たことがあるが、それはまだ出ていない。

「そうねえ、あまり売れそうにもありませんなあ」

と返事した。

あとでよく考えてみると、テレビなどでしばしば出演の機会があるかもしれないし、写真をたくさん使って、

『吉村平吉著・日本の神社仏閣』

という本をつくれば、案外ベストセラーになるかもしれない。

吉村さんは、私より少し年上か。白髪まじりの頭も品がよく、昔から好色な感じがすこしもしない。知り合ってずいぶん経ってから、なかなかの色好みと知って驚いたことがある。

そういえば、平さんとワイダンをした記憶がない。その日も、高雅なる会話ではじまった。

平さんは、一升瓶のほかに平たい包みを持っていて、

「これは日本橋のしかるべき店のツクダニです」

「ツクダニなら、いまとても良いのがあります。きのう、速達で送ってきた」

「速達のツクダニですかあ。送り主は、はっきりしているんでしょうな」

ツクダニの類には、あまり興味がないのだが、このフナのツクダニはやや辛口で、じつに旨い。

「うーん、このベトつかない焼き方は、大したもんですな。よほど丁寧な仕事ですね」

「ツクダニづくりが趣味の人の作品かもしれない」

「どこの店ですか」

「千住」

「千住の鮒、ですか。こいつはいいな」

「王子の狐」という落語があるが、「千住の鮒」というのもたしかに感じがある。それにしても、「ツクダニ評論家」というのは、まだ現れていない。

33 濁酒（どぶろく）①

平さんの提げてきたのは、市販のドブロクである。

話はおのずから敗戦後のドブロク密造時代のことになった。

カストリ全盛のときであるが、近県で密造して官憲の眼をくらますために、オワイの桶《おけ》に入れて運びこんできた、という噂《うわさ》があった。それを信じたくなるような、独特のにおいがしたものだ。

当時は、カストリよりドブロクのほうが格が上で、それを呑ませてくれる家を探し当てると、嬉しかったものである。看板など出ているわけもない当り前の小さな家屋で、客は座敷のあちこちかたまって、ドンブリに入った白い色の液体を飲んでいる。

十分醗酵《はっこう》するヒマなど待てないので、ドンブリの底のほうからブツブツ泡《あわ》が立っている。ドンブリ一杯の値段が、昭和二十三年ころたしか四十円だった。これを四杯も呑むと、胃から腸管にかけてぎっしり白い粒が詰まり、それがいつまでもブツブツ醗酵をつづける感じになる。牡丹《ぼたん》雪のようにベトツク酔いがいつまでもつづき、勤めの身としては翌朝が辛かった。

「あれは、猫イラズが入っていたそうで」

と、平さんが言う。

「え」

「いや、米を醱酵させるためのイースト菌が手に入らないときは、ごくすこしばかり猫イラズを入れると、その代用品になるのだそうで」

真偽は不明だが、ありそうな事柄である。毒も微量なら薬に変じることもあって、砒素《ひそ》なども治療に用いられている。

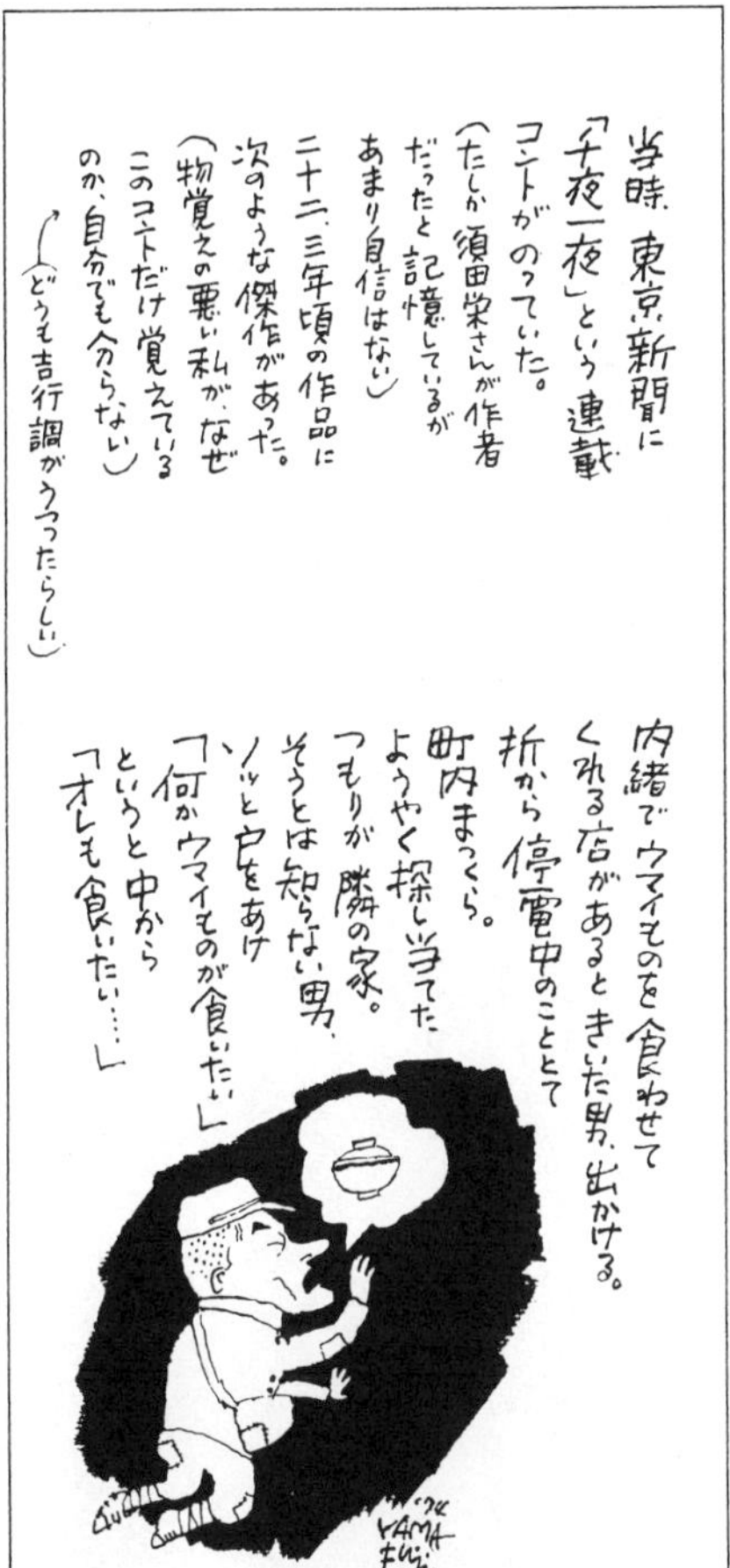
当時 東京新聞に
「千夜一夜」という連載
コントがのっていた。
（たしか須田栄さんが作者
だったと記憶しているが
あまり自信はない）
二十二、三年頃の作品に
次のような傑作があった。
（物覚えの悪い私が、なぜ
このコントだけ覚えている
のか、自分でも分らない）
（どうも吉行調がうつったらしい）
内緒でウマイものを食わせて
くれる店があるときいた男、出かける。
折から停電中のこととて
町内まっくら。
ようやく探し当てた
つもりが 隣の家。
そうとは知らない男、
ソッと戸をあけ
「何かウマイものが食いたい」
というと中から
「オレも食いたい……」
YAMAFUJI

吉村さんと話をしていると、いろいろタメになる。

「うちのドブロクは、猫イラズじゃなくて、ちゃんとしたイースト菌だと威張っている店がありましたよ」

「ははあ」

「それから、水道の水を使うといけないんだそうで。なんでも、水に混っている消毒薬がイーストを殺してしまうといいますな」

私たちは、鮒のツクダニを肴にドブロクを呑んでいる。メダカを大きくしたようなフナが五匹ばかり串に刺さっていて、これが旨い。平さんはそのフナをしみじみ眺め、

「この店は、ツクダニつくりに情熱をもやしていますなあ。それで思い出したけど……」

ドブロクが市販されるようになってからも、密造をつづけている老人がいたそうだ。売るためでなく、趣味のためだから、量はすくない。ポリエチレンの容器に仕込んで、大切そうに床の間に飾ってあった、という。

「そのポリ容器が、ピンク色をしていて、およそドブロクと似合わない。こういうところが、フシギなようなオカしいような」

要するに、中身のことだけが気にかかっていて、容れ物などには頭が向かないのだろう。中身の出来栄えの悪いときには、甚だしく落胆していたそうだ。

「つまりは、盆栽づくりと同じで、趣味の人というわけです」

その老人がドブロクを日本酒の空瓶に詰めてくれるので、平さんは密造とバレるといけな

いので、しっかり風呂敷に包みこんで持って帰らなくてはならなかった、という。

「なぜ、市販のドブロクの空瓶に詰めないのかな。そうすれば、咎《とが》められる心配がないのに……」

と言って、私はすぐ理解した。

市販のドブロクの空瓶なんぞに、苦心の作品を詰めるのは、その老人のプライドが許さないのだ。

34　濁酒（どぶろく）②

「それにしても、なぜドブロクというのかなあ。ドブ、というほうは何となく分かるような気がするけど、ロクとはなんだろうな」

と、平さんが独り言のようにいうので、辞書をもってきて調べたが、語源については分からない。ただ、そのとなりに同じ「どぶろく」という項目が並んでいて、ひどく難しい見馴れない文字の下に「六」と書いて、「酔いつぶれた者」と出ていた。

「ま、どうでもいいや。それより、平さんは花電車とやったことありますか」

と、私が聞くと、

「いいや、とんでもない」

「べつに、とんでもないことはないでしょう」

「しかし、経験ありませんな」

「知識としてで結構ですが、どういう按配になるのだろう。喰い切られるみたいになるのかしら」

路面電車がなくなってしまった東京では、若い人は「花電車」といってもよく分からないかもしれないが、このほうの語源ははっきりしている。

第一義は国民的な特別の慶事のときに、都電（当時は市電である）を台と車輪だけにして、その上にデコレーションをつけたものである。

私の記憶では、皇太子誕生のとき、この花電車が走ったような気がする。当時住んでいた市ケ谷界隈《かいわい》を通過するのは、午後七時ころという情報が入ってくる。待ち兼ねていると、

「三十分ほど遅れるそうだ」

という情報がまた入ってきて、イライラする。

花電車が出て間もなく、今度は省線（国電）市ケ谷駅が火事になった。さっそく見物に出かける。テレビもプロ野球もまだなかったので、当時の子供には見物するものがすくなかった。

この花電車には、もちろん乗ることはできない。そこから転じて、「見せるだけで乗せな

い」つまり、秘戯を見物させる女を指して、そう言うようになった。挿入《そうにゅう》したタマゴを一メートルくらい飛ばしてみせたり、バナナを切ってみせたりする。

「あれはですな、あらかじめバナナに糸で切れ目を入れてある場合が多いそうです。実際に切る場合には、指で千切ったような形になっちゃう」

と、平さんが教えてくれた。

言われてみればそのとおりで、刃物を使ったような切口になることは、構造からいって不可能である。しかし、あの切口を思い浮べたから、「花電車とやると……」という疑問が浮んでいた。

前回で、吉村さんとはワイダンをしたことがない、と書いた。この会話は学術研究的なもので、以下ますますテツガク的になってきた。

「聞いた話によりますと、ああいう女はふだんはまったく、普通の女と同じだそうですよ」

「だって、バナナが……」

「あれは精神を集中しなくてはだめで、相手が男だとそうはできない」

「なるほど、気持が移ってしまうわけか。それでは憎んでいる男が相手だったら、集中できないかしら」

「そこが微妙なところでして、相手が品物でないとダメなようで」

「品物とおもったら、どうだろう」

「やっぱり、人間と品物では、どこか気配が違うのですなあ」

男女の間で、相手を物体視することは、どうも不可能なようである。

35　泥鰌（どじょう）

新カナ旧カナ論議がさかんだったころ、新カナ論者がこういう意味のことを言った。

「ドジョウの旧カナは、ドゼウであるが、さらにその前にはドヂヤウと表記した。一概に旧カナというが、それほど曖昧《あいまい》なものなのである」

私はその言葉を信じていた。

ところで、四分の一世紀経ったころ、テレビで泥鰌屋の主人が発言していた。

「どぢやう、と書くと、四文字になる。四は縁起がわるいので、どぜうと三文字になるように書いている」

してみると、「どじょう」の旧カナは、最初から「どぢやう」なのであるか。

子供のころ、私は本好きで、ずいぶんの量の読書をした。しかし、いまでもその内容が記憶に残っているものは、微量である。

少年倶楽部《クラブ》で読んだ話だが、若い衆が集まって、どじょう鍋《なべ》をしようということになった。各人いろいろと持ち寄ったとき、豆腐を一丁持ってきた男がいた。

鍋からすこし湯気が上りかけたころ、その男は豆腐を切らずに四角いままで鍋に入れたが、間もなく急用をおもい出した、といって、その豆腐を持って帰ってしまった。

「トウフの一丁くらい……、ケチなやつだなあ」

と言い合っていたが、やがて煮立った鍋の蓋を開けてみると、ドジョウが一匹もいない。みな唖然《あぜん》とした。

読んでいた私も、唖然とした。

子供のころ、私は手品好きで、デパートの手品のタネ売場をずいぶん見てまわった。しかし、このタネは子供の小づかいにとってはかなり高価で、たまにしか手に入れられない。その上、私は指先が自分でも意外なくらい不器用で、せっかく買ったタネを活用することができなかった。

この話が記憶に残っているのは、手品を見ているような内容だったからにちがいない。要するに、鍋の水が熱くなってきたので、ドジョウがつめたい豆腐の中にみんな潜りこんでしまい、そういう豆腐を持ってその男は帰ってしまった、という種明しになる。

ところが最近になって、同じ手つづきで泥鰌豆腐をつくり味つけしたものが、実際にあることを知った。ただし、その話からヒントを得て考案した料理なのか、料理のほうが昔からあったのか、私は知らない。

先日、テレビの料理番組で、ゲストの婦人が柳川鍋をつくってみせていた。

ふつうの柳川と違うところはドジョウを割《さ》かないで、生きているのを丸のまま煮え立っている鍋の中に投げこみパッと蓋をしてしまう。

おそらく、鍋茹《ゆ》でにされて身悶《みもだ》えするドジョウのエネルギーが内にこもって、味が良くなるという発想なのであろう。

残酷な感じもするが、考えてみれば、生身の頭に釘《くぎ》を打ち込んで固定させ、縦に庖丁《ほうちょう》で割いてしまうのも残酷であり、結局は殺して食べるのだから考え出したらキリがない。

「泥鰌を酒で殺す」

と、いう。

この場合の「殺す」は、ザルに入れたドジョウに酒を振りかけて、ピンピン跳ねるのをぐったりさせる、という意味である。「味を良くする」という感じも加わっているようだ。

麻酔を使って手術するのと、生身のまま切り裂くのとでは、後者のほうが残酷といえる。

しかし、ドジョウの場合は酒で麻酔をかけても、結局は食べてしまうのだ。

36 猿（さる）

殺す、という行為の残酷さは一応自明の理ときめておいて、殺し方の残酷さは息が絶えるまでのプロセスにある、と私は考えている。

たとえば、マシンガンの弾丸を千発打ちこまれて、からだが穴だらけになって死んだとすると、それは一見残酷な光景である。

しかし、殺される当人としては死ぬまでの苦痛は、きわめて短かい。とくに不意打であったとしたら、神経的苦痛もゼロである。

やはり、一寸刻み五分刻みのナブリ殺しが、最も残酷といえるだろう。さかさに吊《つる》して、まずナイフの横腹で咽喉《のど》のあたりをスーッと撫《な》でて、

「これから殺すぞ」

という意思表示をする。

つぎに、耳を切り、鼻を削《そ》ぎおとし、手足を捥《も》いでゆき、最後にひとおもいに心臓をぐさりと刺せばまだ救われるが、そんなラクはさせない。腹を裂いて内臓をはみ出させ、そのまま放置して死ぬのを待つ。

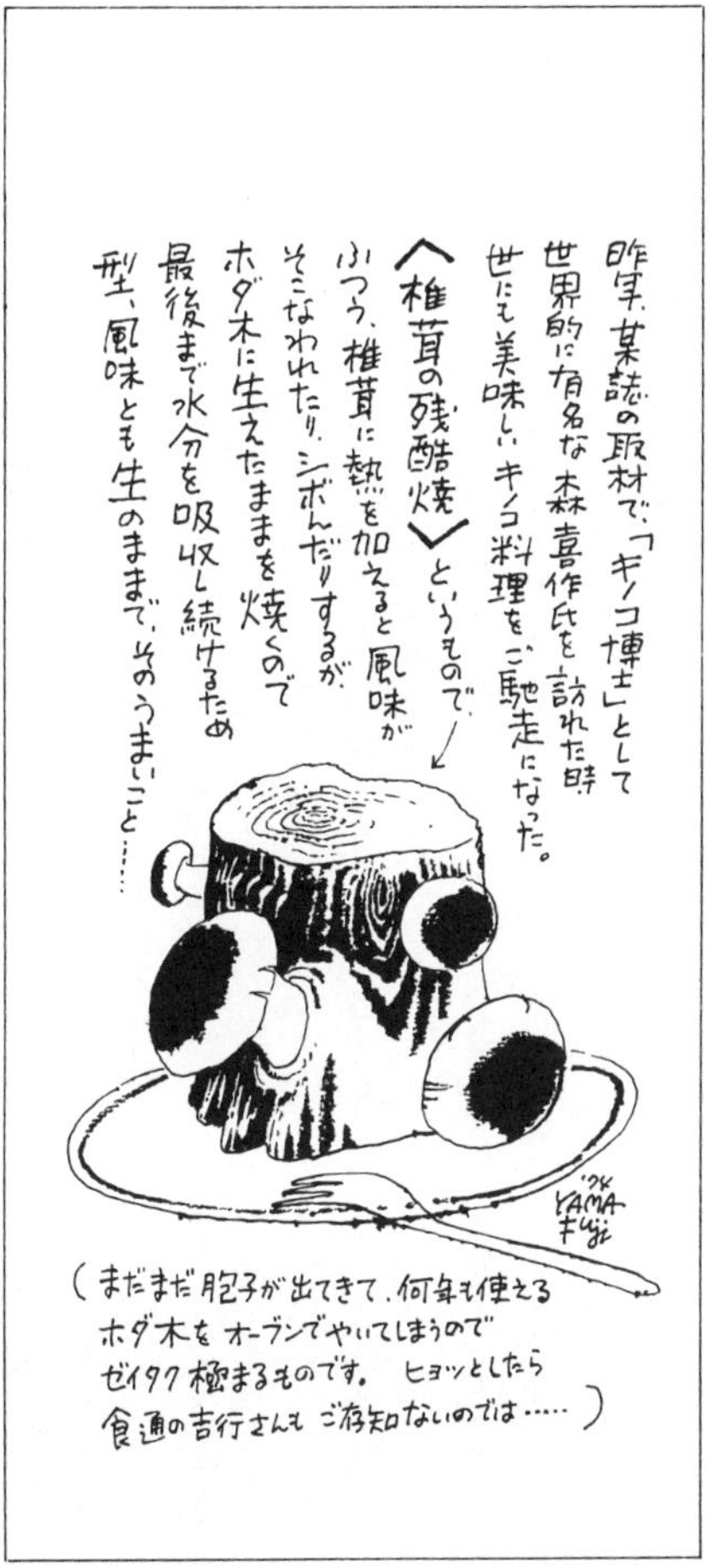
昨年、某誌の取材で「キノコ博士」として
世界的に有名な森喜作氏を訪れた時
世にも美味しいキノコ料理をご馳走になった。
〈椎茸の残酷焼〉というもので、
ふつう、椎茸に熱を加えると風味が
そこなわれたり、シボんだりするが、
ホダ木に生えたままを焼くので
最後まで水分を吸収し続けるため
型、風味とも生のままで、そのうまいこと……
（まだまだ胞子が出てきて、何年も使える
ホダ木を オーブンでやいてしまうので
ゼイタク極まるものです。 ヒョッとしたら
食通の吉行さんも ご存知ないのでは……）

人間の一生というのはおおむねそういう形のもので、人生はまことに残酷。五十歳にもなるとそういうことが分かってきて、一生を振り返って泣けてくる。と同時に、死ぬことがこわくなくなってくる。ただし、やはり苦痛の長びく死に方はイヤだ。

泥鰌豆腐についていえば、鍋の水がしだいに熱くなってきて、フト気付くと近くに冷たいトウフがある。そこに潜りこんで、やれやれ助かったとおもっていると、鍋の中はどんどん熱くなって、トウフと一緒に煮こまれて落命してしまう。

ただ、ドジョウの精神肉体面での苦痛の按配がよく分からなくて、形は一見残酷風だが、じつは大したこともあるまい、と平気で食べてしまう。

昔のシナに、生きているアヒルを灼熱《しゃくねつ》した鉄板の上にのせる料理があった、と聞く。熱いので、アヒルは足をバタバタさせて、その水かきの部分に全身のエネルギーが集中したまま死ぬ。

その水かきのついた部分だけを切り離して食べると、すこぶる美味だそうだ。

こういうのも、残酷さを感じるよりも、人間の知恵を示している料理法という気分のほうが先に立つ。

しかし、ドジョウもアヒル料理も、その残酷さに耐えられない、という心もちになる人もいるだろう。

周知のように、精進料理は肉も魚も使わないが、生臭いものを使わない、というだけのことなのか。あるいはそういう気分が根本にあるのか。

フランスに、フォア・グラという手のこんだ料理があって、いまわが国で食うためにはカンヅメしかないが、甚だ高価である。訳せば、「肥大してブヨブヨした肝臓」ということになる。ガチョウを動けないようにして（板の上に足を釘づけにするともいう）、口から飼料をそそぎこむ。

腹一杯になっても許さない。咽喉の底まで管をつっこんで、餌《えさ》を詰めこむ。その結果何倍もの大きさになったガチョウの肝臓をつかって、ペーストをつくる。これに、松露《しょうろ》という真黒いキノコの一種を添えて食うと、すこぶる美味（ただし、私はカンヅメしか知らない）である。

ただし、サルの残酷料理というものについては、私は敬遠である。

昔のシナに、生きたサルの首を板の穴から突出させて、頭蓋骨を割り、脳味噌を食べるという料理があったという。そんなものは、とてもいけない。サルの気持が分かるような気がするからだ。

37　天麩羅《てんぷら》①

テンプラという食物の名を聞くと、反射的におもい出す事柄がいくつかある。

昭和十九年の夏に、高校生（旧制）だった私に、召集令状がきた。

本籍が岡山だったので、その地の歩兵第八聯隊《れんたい》に陸軍二等兵として入営するわけである。

友人たちのあいだでは、令状が届いたのは私が最初だったので、数人集まって送別会を開いてくれた。

物資の欠乏は、現在もアヤしい雲行きになっているが、当時とは比較にならない。

しかし、どういう時代にも、有るところには有るもので、そのうちの一人が自家製のテンプラを重箱に詰めて持ってきてくれた。

戦時中としては、ケンランゴウカな食物で、いまでもその按配が目に浮ぶ。

衣《ころも》の厚い狐色に揚がったテンプラで、あれはゴマ油だけを使うのでそういう色になる。

「当節の色の白いカルイ感じのテンプラなど、食えたものではない。テンプラはやっぱりキツネ色でずっしりしていなくては」

と、江戸っ子はしばしば口にするが、狐色のテンプラにはたとえてみれば下町の商家の頑固爺という風貌がある。

一方当節のテンプラは軽井沢でテニスをしていても似合うところがある。

しかし、そういう感じも、味についても所詮好みの問題で、とやかく言う気はない。

ただ、量がすくなくて満腹感が味わえるのはキツネ色のほうであることは、確かである。

窮乏の時代に都合のよいテンプラであった。

ところが、送られたほうの私が、四日間軍隊にいただけで帰ってきてしまった。甲種合格

「おい！留公！おめェは何が好きだ…」

「てんぷらっ」

「なにお？」

「てんぷらッ！」

「ひでェつばきだネ。もちっと軽く云えないの」

「なら てんふら〜〜」

文楽、志ん生ほどではないが、このところ、三木助や可楽が再評価されているようだ。むろん、二人とも好きな噺家だが もうひとり
昭和三十年に逝った三代目柳好の明るく粋な芸風をなつかしむ人が少いのは残念でならない

だったから、自分でも夢想もしないことが起ったわけだ。

私自身気付かなかったゼンソクを軍医が発見してくれたのである。

東京に戻ってきて、さっそく送別会をしてくれた友人に一人一人知らせた。

ある男は私が脱走してきたか、とおもったそうだ。またある男は、羨望《せんぼう》のあまり一晩眠れなかった、と告白した。

重箱をもってきてくれた男は、

「テンプラをソンした」

と叫び、さらに悪いことに、間もなく本人に召集令状がきてしまった。

このとき集まった連中の半分は、死んでしまった。テンプラの男は健在で、いまでもつき合いがあってときおり会うが、かならず一度は、

「あのときもっていったテンプラは……」

という話題が出る。

戦後の一時期、テンプラを食うとかならずゼンソクの発作を起していたことがある。理由はよく分からないが、あのときのタタリかもしれない。

才巻エビという小柄のものの場合、私は尻尾《しっぽ》にも塩をつけて、酒のサカナに食べてしまう。エビの殻の腹にはモジャモジャしたところがあって、ふつうは捨ててしまうが、この部分を揚げて出してくれる店がある。そういう店はめったにないが、ある店では「蜘蛛手《くもで》」と呼び、ある店では「もさ」と言う。

「なぜ、もさ、というか」

と、たずねてみたが、その職人も分からなかった。

もさもさが詰まって、もさとなったのか。

この部分を揚げると、油がイタむのでつくるのを嫌う、という。

38　天麩羅②

テンプラと聞いて、反射的に頭に浮んでくることのその二。

故・梅崎春生が、なるほどとおもえる意見を述べていたが、手もとに本がないので記憶で書く。

テンプラが食べたいと出かけて行って、その店が休みの場合、すぐにべつの食物屋へ足を向けることは甚だ困難である。なぜなら、気持だけでなく体のすべてがテンプラに向いていたので、すぐにはそれを切り替えられない……、そういう意見であった。

同感である。

ただし、健康なときでなくては、このように一つの食べ物にたいして思い詰めることはできない。

一昨年は、大アレルギーで食欲皆無だったが、死ぬ気もないので、そそくさと食事を済ます。食べ物を胃に入れると、人間は僅かに汗ばむ。この汗がアレルギーに悪く作用して、しばらく苦しむ。錠剤のようなものを一粒飲めば、一週間くらい食事しなくてもよいことになれば有難いのだが、とおもっていた。

その反動で、昨年はいろいろのものを思い詰めた。しかし、一つのものを繰り返すと、今度はその店の前に立っただけで、その味ばかりでなく食べたあとの気分まで分かってしまうようになる。

「一年間、ロクにものを食べていないのだから……」

少々のゼイタクは許されてもいいであろう、とテンプラ・ウナギ・スシ・日・西・中料理と食べているうちに、ある日突然アンカケうどんを食べたくなった。

しかし、大の男がアンカケうどんというのは、いささかテレくさい。

昔、安岡章太郎と街を歩いていて、アイスクリームが食べたくなった。

彼もつき合ってもいい、というので、「リズ」という喫茶店に入った。

二人とも、その店名の意味が分からないので、

「リズって、どういう意味」

とたずねると、濃く化粧したウエイトレスが、バスガイドのような口調で、

「世界の恋人、エリザベス・テーラーのことでございます」

悪い予感がしていると、デコレーションだらけのアイスクリームが運ばれてきた。一番上にサクランボの砂糖煮がピンク色をして載っている。これをヤスオカと向い合って食べていると、なにかホモ同士のような感じで甚だ居心地が悪かった。

アンカケうどんを食べたいとおもったとき、すぐに浮んだ記憶はこのアイスクリームである。オカメそばとかアンカケとかは、男の食い物としてはどうも具合がわるい。

しかし、思い詰めているのだから、あきらめるわけにはいかない。行きつけのソバ屋へ入り、隅の席に坐ってさりげなく註文する。

「アンカケうどん」

ようやく手に入ったドンブリをかかえていると、うしろの方から、女の声が聞えてきた。

「あら、葛《くず》のサラッとしたアンカケって、イキなものなのよ」

私と同年輩ぐらいの男と若い女とが、近くに坐っていたのだ。

「いい齢をした男がアンカケを食ってやがる」

とでも言った男の声が耳に届いたとおもって、女がその場を取りつくろったにちがいない。

ほんとうは、アンカケなどに関しては余計な気を使わずに自由に振舞えばいいのだが、なさけない性分である。

39 煙　草①

一日に四十本ほど、タバコを喫う。ただし体調のわるいときは、ケムリを口に入れる気分になれず、一本も喫わない。

健康のバロメーターともいえる。

銘柄については、なんでもよいが、あまり元気のないときには両切のピースには手が伸びない。こういうとき、シニアー・サービスというイギリス煙草なら喫えるところをみると、味が分からないのでなんでもいい、というわけでもない。

一時元気のよいとき、細巻き葉巻を愛好したことがあって、脂っこいものを食べたあとの

"私の好きなタバコ" ①
Menthol Fresh
Harem
FILTER CIGARETTES
MADE IN CHEN-MAI
健康のため ヤリすぎに 注意しましょう
玉本さん
YAMA

一服を愉しんだ。

その後元気がなくなって、アンソニー・アンド・クレオパトラというリトル・シガーをその名前に釣られて買ってみたが、一本喫っただけで残りは一年間そのままになっている。

他人のたくさんいる場所、たとえばヒコーキの中とかレストランで葉巻を喫うのはエチケット違反という。癖の強いキツイにおいが、まわりに拡がるためだろう。

専売公社がバックになっているPR原稿をうっかり引受けて、閉口したことがある。いざ原稿を書こうとして、依頼書を読んでみると、「婦人に喫煙をすすめる印象を与えるもの」は書いてはいけない、という項目がある。

子供のころ、私の母親はとてもきれいな喫い方で、タバコを愉しんでいた。それがもう四十年以上昔のことである。アメリカには「ヴォーグ」、イギリスには「コックテール」というタバコがあって、赤・黄・青など五種類の紙巻きになっている。箱を開くと鮮かな配色が目に映り、愉しげであるが、男性用とは思えない。

なぜいけないのか、理由をたずねてみると、そういう原稿が活字になると、オシャモジ主婦連から抗議がきて、うるさいためだそうである。

まったくあのババアども（といっても、おそらく私より年下の女が多いだろう）は、なにを考えているのか。赤線地帯を取り潰《つぶ》したババアたちの行動については、是非善悪はさておき、その気持を理解することはできる。

しかし、酒もダメ、タバコもいけない、ということになると、彼女たち自身もそれらを嗜《たしな》むことができない理屈になる。欲求不満の向いどころは、一層悪い方角に行きそうだ。酒場では、ホステスの喫煙を禁じているところが多い。お行儀が悪いから、という理由らしいが、ホステスが酒を飲んで勘定を増やすことのほうは奨励していることを思い合わせると、分からなくなる。

もっとも、彼女たちが飲んでいるのは色のついた水の場合もあるが、それを責めては気の毒である。「腹も身のうち」だから、毎夜幾杯も酒を飲んでいては体がもたない。酒場でホステスが一番熱心に耳をかたむける話題は、胃腸の健康法と性病の知識だという説もある。となると、タバコを喫っているヒマに、酒を飲め、ということかと疑いたくなる。善意に解釈すると、タバコを片手にグラスをかたむける恰好は、やはり男のものであって女には似合わない、ということか。

客のタバコにマッチをつけるしか芸のないホステスがいるが、

「あたしが喫いつけてあげるわ」

と親切そうに言う女もいる。

こんなときは、モテたとおもってはいけない。その女の子自身が、タバコが喫いたいときなのだ。

「何度も火をつけるフリをして、喫っていなさい」

と、私は言う。

40 煙草②

大雪の前に異常乾燥がつづいていたとき、車のラジエーターの水が減っていて、オーバーヒートしかかった。あやうく直前に気付いて水を補給したが、それでも運転しているとすぐに過熱気味になるところをみると、原因はほかにもあるようだ。

その二日後に、芥川賞の選考会があることになっていた。委員の一人である私としては、当日は品川の自動車会社まで運転してそこに車を整備に出し、あとはタクシーで築地の会場まで行くつもりでいた。

そういう段取りのために、その会社に予約したのは、車の異変に気付く前であった。当日、品川までのあいだに故障して動かなくなる場合のことを考えて、早目に家を出た。さいわい途中でトラブルがなかったので、一時間以上時間が余ってしまった。映画を見るには時間が足りないし、仕方がないので三原橋のパチンコ屋に入った。

時計をもってくるのを忘れてしまったので、店の中の壁に一つだけある電気時計がみえる範囲の台でしか、玉を打つわけにはいかない。もっとも時間潰しのためなので、台を選ぶ必要もない。あまり玉が入らないで、二百エンずつ何度か買っているうち、突然当りはじめた。やたらに玉が出て、この調子ならあと十五分も打てば千個にはなる按配になってきて、チラチラ時計を眺めながら指を動かすが時間がなくなってくる。

玉を交換し、手を洗い、歩いて会場まで行くと、十分前に到着する計算の時刻になった。ハイライトを十三箱、パチンコの景品が入っていると一目で分かる紙袋に入れてくれた。

その紙袋をぶら下げて歩いているうち、これではいささか不謹慎である、とおもいはじめた。二十年前に、私は四回目の候補のときその賞を受賞しているが、いつも選考の日は落着

かない厭《いや》な心持であったので、候補者の皆さんにも申し訳けない気分になった。

しかし、パチンコをして、なぜ不謹慎か。パチンコはいまでは健全娯楽になっているが、選考の直前チンジャラジャラと遊んでいる感じが、悪く私の心に作用してきたのだろう。

歩きながら、オーバーの左右の内ポケットに四個ずつ詰め込んでボタンをかける。外側のポケットに左右二個ずつ、残った一箱をセビロの上衣のポケットに入れて、紙袋は道傍の屑《くず》籠《かご》に捨てた。

なにくわぬ顔で、会場へ行く。料亭の仲居に外套《がいとう》を渡すと、あちこち膨らんでガサゴソ音がした。

私が委員になって三年目だが、こういう会は疲れる。あとは、酒を飲みたくなる。井上靖さんに誘われて、安岡章太郎と三人で銀座のバーへ行く。

世間話をしながらウイスキーを飲み、タバコをプカプカと喫う。上衣に入れておいた一箱のハイライトは、会場でも喫っていたので間もなくカラになってしまった。

「タバコお持ちしましょうか」

と、ホステスが言う。

「いや、おれのオーバーから持ってきてくれ。どのポケットに手を突っこんでも、ハイライトがたくさん入っているから」

そう頼むと、彼女はふしぎそうな顔で席を立った。やがて、一箱のタバコを手にして戻ってくると、

「ほんとだわ。あちこち、いっぱい。どうしたわけでしょう」

この賞の選考がおわると、底のほうから神経が立ってしまっているので、数日のあいだは睡眠不足になる。

41　煙　草③

文学賞に関連した話を書いているうちに、おもい出したことがある。

七年ほど前、「芸術選奨」という賞を文部大臣から貰ったことがある。といえば、たいていの人は驚く。私も驚いた。

対象になった作品は、主人公である中年男の運転する車の中で、女子大生がオシッコを洩らしてしまい、それがキッカケになって愛欲関係に入るところからはじまる小説なのだから、「寝耳に水」の諺《ことわざ》どおりの気分であった。

不可解なので、調べてみた。賞の選考はしかるべき評論家がおこなって、文部省は口をはさんでいないと分かったので、さからわずに貰っておいた。あとで作品の内容が分かってから、あるいは担当の人は上司に叱られたかもしれない。

授賞式の日、文部大臣から賞状を手渡されたとき、新聞社のカメラマンのあいだから笑い声が起った。やはり奇妙な出来事で、この賞だけは、いくら頑張っても私のところにはこない筈の性格のものであったのだが。

当時、ときどき出かけていた同伴ホテルがあって、小さい建物なのだがそのころとしては珍しくエレベーターがあった。

この種のホテルでは、サービスしないことが最上のサービスといわれている。

違った女を連れているときに、

「毎度ごひいきに」

などと言われては困るし、

「なにかご用は」

と、しばしば部屋に顔を出されても迷惑である。

客の顔に見覚えがあっても、知らぬふりをしているのがエチケットであり、サービスである。

活字に興味をもっている人以外には、私は顔を知られていないし、活字文化圏の人の数は甚だすくない。このホテルでも、知っているが知らないフリをしているという気配はなかった。

ある日、勤めたばかりの若い女がエレベーターに一緒に乗って、部屋まで案内してくれた。清楚といってよい感じで、白い割烹着《かっぽうぎ》も甲斐甲斐《かいがい》しくみえる。

この若い女をその後観察していると、すこしずつ汚れがついてきて、半年経ったころにはすっかり様子が違ってしまった。割烹着のポケットに投げやりな感じでタバコの箱が突っこまれているようになった。

やはり、同伴ホテルに勤めているということは、影響の受け方がこんな按配になるものなのかなあ、という感慨をもった。

"私の好きなタバコ" ③
sm
menthol
filter
CIGARETTES
sm
団鬼六さん
健康のため セメすぎに 注意しましょう

文部大臣の賞というのは、小説家にとってはどうということもないものなのだが、新聞は大きく報道する。とくに、私の場合は異例の感じだったので、見出しに名前が大きな活字で出た。

顔写真も出た。

そういう新聞が出てしばらくして、そのホテルに出かけた。係りの女は毎回同じとはかぎらないのだが、その日はその女の番に当ってエレベーターに乗った。

それまでに、話をしたことがないのだが、エレベーターが昇っているとき、女がおもわず口から出たという按配で言った。

「このたびはお目出とうございました」

その女は、しばしばやってくる不良と思っている人間が、文部大臣に賞をもらえると知って、自分たちの職業に自信をもったのだろう。

そのために、祝いの言葉がおもわず口から出たのであろう、と推察した。

42　煙　草④

一日に四十本ほど喫うタバコは、主として、ハイライトであるが、昨年一年間タバコ屋で買ったことはなかった。パチンコ屋の景品でまかなったが、パチンコ屋荒しをするほどの腕前ではない。八十円払って、その店でハイライトを一箱買っていたくらいの計算になる。

一日に二箱といえば、一カ月に六十箱、つまり三カートンである。昨年最大の収穫は二百エンで二カートンだが、いつもそういうわけにはいかないから、収支つぐなうくらいの計算になる。

ギャンブルの欲求に、私は烈しく襲われることがしばしばである。十年間ほど、花札のコイコイに凝っていたが、いまはマージャンとブラック・ジャックである。ところが、マージャンをやるためには、半日を必要とする。仕事の忙しいときは、そういうことはやっているわけにはいかないので、パチンコ屋へ行く。二時間も玉を打てば、その欲求を消すことができるので、都合がよい。

三十分足らずで、上と下の玉受け皿が一杯になることはしばしばある。ここで交換すれば、ハイライト一カートンになるが、「おれは儲《もう》けにきているわけではない」と、そのまま打ちつづける。

ここからが、プロとアマの腕の違いがはっきりするわけで、プロなら打止めに向って進むわけだが、私はしばしばスッカラカンになってしまう。

となりの台の前に、がっしりした体格の若い男が悠然と立って、仔細《しさい》に釘の按配を眺めはじめたことがあった。かなり長いあいだ点検していて、やがて深く頷《うなず》くと、打ちはじめた。その様子は、

「デキル」

とか、

「もしや名のあるおかたでは」

とでも言いたいようなものだったが、玉を弾《はじ》きはじめると、たちまち敗退して立去ってしまった。あれは、運の悪いプロだったのか、単なる気取り屋だったのか、いまでも分からない。

玉が上下の受皿に一ぱいになったころ、ピタリと入らなくなることがある。その理由については、昔からいろいろ言われているが、結局私にはよく分からない。

パチンコをしていると、しばしば女のことが頭に浮ぶ。パチンコはもともと性的イメージに絡まるところが多いが、とくにチューリップ式になって橙色《だいだいいろ》の唇がパクパク開閉するようになってからは、一層それが強くなった。

もっとも、誰でもそう感じているとはかぎらないようなのだ。先日、若い男が台に向って、罵《ののし》っていた。

「このヤロー、出やがれ。なぜ出ないんだ」

なかには男と見做《みな》して罵っているのがいるなと思ったのだが、女に向ってヤローと罵ることもあるそうだ。

　頭に浮ぶ女の按配も、玉の出具合によって、いろいろの形を取る。たくさん出ている玉が、じわじわ減りはじめるときに浮ぶのは、友好的につき合っていた筈の女の隠されたトゲにつ

"私の好きなタバコ"④
hi-rai-te
FILTER CIGARETTES
稲垣足穂さん
健康のため
ホリすぎに
注意しましょう
YAMAFUJI

いてである。

「あのとき、あの女が、ああ言った裏の意味は、こうであったに違いない」

などと、思い当る。

もともとそういう疑いは持っていたのだが、それが確信となって入りこんでくる。すると、ますます玉は減ってゆき、「あの女は……」とほかのことにも思い当り、マゾヒスティックな気分になってゆくうちに、玉をみんな穴の中に打ち込んでしまう。

とぼとぼと帰途につく。行きは急な坂を登らなくてはならないが、帰りはその反対になるので、前のめりになって交互に脚を出しているうちに家に着く。

43　鯵（あじ）

パチンコ台の前に立って玉を弾いていると、肩を叩かれた。振り向くと、旧友の村島健一が小学生の息子を連れて立っていた。

「アジの干物のいいのが手に入ったんでね、いま君の家へ行ったらここだというんで、ちょっと覗《のぞ》いてみた。アジは君の家に置いといたから、そのままつづけてくれ」

といってくれたが、疲れてきて丁度切り上げどきだとおもっていた。

三百個ほどだったが玉を息子にプレゼントして、景品に替えるように言った。

喫茶店でコーヒーを飲んで、雑談したのだが、親子で大小の自転車に乗ってきている。

このところムラシマは心臓神経症に悩んでいると聞いていたので、

「自転車はよくないだろう」

12月×日　夕刻、突然の訪問客二名（吉行氏とフジH部長）あり。妻が留守の折とてあわてる。きくところによると不意討ちはお二人共通の趣味とか……。ワルイ趣味である。
「私は、知り合いといえども突然訪問されると甚だ不機嫌になる場合がありまして……」
「私なんかもそうですヨ…」
言行不一致だ!!

「良いわけはないだろうな」

と、笑っている。

「二十分くらいかかったか」

「いやいや、とっても。一時間くらいだったな」

よく聞いてみると、遠まわりの道を走っているので、近道を説明して別れた。

家に帰って、そのアジの干物を焼いて食べると、旨かった。アジとかカマスの干物で旨いものは、醬油をかけずに食べることができる。そこが、うまいまずいがおのずから分かる点である。

また、ある日パチンコをしていると、うしろから声をかけられた。振り向いてみると、知り合いの青年O君が立っている。

このときも切り上げどきとおもっていたので、近くのソバ屋へ行ってビールを飲みながら雑談した。

O君はおもしろい男で、以前はサックのセールスマンをしていた。といっても、私の家にセールスにきて知り合ったわけではない。

そのうち、その商売にもイヤ気がさしたらしく、

「今度は、バキューム・カーの運転手をやろうか、とおもってます」

と、かなり本気で言い出した。

「それも、おもしろいだろう。若いころは、いろいろやっておいたほうがよろしい。おれが

いまでも残念におもっているのは、二十代にバーテンダーをやっておかなかったことだ」

二十代の私は、僅かの額の住民税が払えなくて、税務署がしばしば差しおさえにやってくるような生活をしていたので、バーテンの仕事を経験していたとしてもフシギではなかったのだ。

O君が話をつづける。

「バキューム・カーのホースで、これまで売ったサックを今度は吸い上げてやろうとおもってるんです」

おもしろい冗談だが、その転職についてはかなり本気なのだ。

ところが、どういう経緯か知らないが、一転してO君は宝石屋になった。しかも、成功してしまって、だいぶ余裕ができた、という。

日によって、私は健康不健康の落差がはげしいので、知り合いといえども突然訪問されると甚だ不機嫌になる場合がある。

O君も、一度運のわるい不意の訪問をして以来、心得ていてくれるので好都合である。

昨年の私の誕生日には、鉢植えの花を黙って置いて帰っていった。

誕生日というものに私はまったく無関心であるが、その花は野バラというのだったろうか、野趣があってよいものだった。

きない。

44 栗（くり）

その○君に聞いた話だが、友人に競馬狂がいて、しだいに細君の機嫌がわるくなり競馬場に出かけるのに苦労するようになってきた。いろいろ口実を設けないと、家を出ることができない。

ある日、子供をダシにすることを思いついて、

「動物園に連れて行ってやろうか」

と誘うと、当然子供は喜んで、積極的になる。

ここで、私は自分の小学生のころを思い出した。父方母方合わせて三人の叔父が、私にはいた。当時、三人とも大学生だったが、父親の弟のほうは、自分の母親（すなわち私にとっては祖母に当るわけだが）と、出かける前にしばしば長い言い争いをしていた。

近くにいて聞いていると、

「ちょっと二十エンください」

「また、おまえは。どうせロクなことに使わないんだから、そんな大金はあげられないよ」

当時、大学出の初任給が六十エンくらいだったから、二十エンは小づかいにしては大きな額にちがいない。ついでにいえば、競馬の馬券は一枚二十エンで、それ以下のものはなかっ

た。限られた連中の遊びであったわけだ。その叔父は硬軟兼備の不良といってよい男だったから、しだいに会話が激烈になってくる。

「だいたい、おまえは」

「なに言ってやがる」

とか、怒鳴り合っているが、結局は叔父が金をむしり取って出かけてゆく。

＊今回は、当方の不注意により「酒呑みの自己弁護」の絵がまぎれ込んでしまったことをおわびします（編集部）
ア、大きなクリ!!
YAMA
72

この無茶な叔父は、庭で無心に遊んでいる私に、不意にホースで水道の水をぶっかけて喜ぶような男だったが、へんにやさしいところがあった。帰りには、かならず私にミヤゲを買ってきてくれる。それも、夜店で売っている安もののオモチャで、七つ道具の付いているナイフとか竹トンボとか水中花などで、そこがかえって嬉しかった。

母親の弟である二人の叔父のほうもかなり無茶で、酔っぱらって川の中を歩いていたり、しばしば運転手と喧嘩してスパナで額を割られたり、靴にウイスキーを注ぎこんで飲み干してみせたりしていた。

しかし、こっちの方は母親（すなわち彼らの姉）から金をまき上げる方法がちがっていて、私をダシにする。遊園地に連れて行ってやるから、などといって必要経費らしきものを要求する。本当に連れてはゆくのだが、余った金を活用していたらしい。

あるとき、栗ひろいに連れて行ってやる、ということになった。郊外に入場料を取る栗林があって、そこの入口までたどり着くと、日本髪に結った若い女がすーっと現れた。なんの説明もなく一緒になって、門を入る。

細い道がつづいていて、両側に小さな栗の木が並んでいるが、栗の実は一つも見付からない。

歩きつづけているうちに、大きな栗の木が一本だけ生えていて、実がたくさん生《な》っている場所に出た。叔父がその木の実を、竹竿《たけざお》をみつけてきて叩き落していると、そばの家屋から人が出てきて怒鳴った。

その木は、個人の所有物であったわけだ。

帰りの電車の駅まで行くと、

「おまえは、ここから帰れよ」

と叔父がいって、その日本髪の女と姿を消してしまった。

ところで、子供をダシにして競馬場へ行った男が帰ってくると、その細君がたずねた。

「坊や、動物園はどうだった」

「うん、お馬がたくさんいたよ」

45　馬（うま）①

ブラック・ジャックのことは、前に書いた。以前は何人か集まって、徹夜になったこともあったが、いまでは二時間と時間を限ってしている。相手は阿川弘之だけである。

ポーカーフェイスという言葉があって、どんな良い手がきてもあるいはその反対でも、表情も変えず気配にもあらわさないのを、そう呼ぶ。ギャンブルに勝とうとおもえば、当然そういう按配でなくてはいけない。

札をくばって、親にA《エース》と拾の札がくれば、そのまま二倍の役《やく》である。こういうときには、相手にたくさんチップスを賭《か》けさせたいわけで、ポーカーフェイスを心がける。

ところが、二人ともダメである。表情は変らないのだが、札を置く手つきに微妙な変化が起って、だいたい見破られてしまう。

ところが、アガワのダメさ加減は私のとは大分違っていて、役のついたときと、ひどく悪いときの反応がほとんど同じである。これは見分けがつきにくくて、困る。

「また、ピクッとしやがったな。しかし、どっちか分からない。まったく、おめえはギャンブルに都合のいい体質だなあ。生理的天才だ」

などと、カラカイながらゲームをするのも、愉しみの一つである。

先日のゲームでは、私の負けになり、カードとチップスを箱の中にしまいながら、おもわずニヤリと笑いが浮んだ。その前のときにアガワが負けて、紙片に数字を書いたものを私が持っているのだが、今度の負けがまったく同じ数字なのである。

あの紙片をそのまま渡せばいいな、とおもうと、なんとなくオカしくなって笑った。ところが、疑い深いアガワは因業《いんごう》そうな顔になって、

「あ、計算ちがいしたかな。もっとおれが勝っていたんだろう」

「そんなことないよ」

「じゃ、なぜ笑ったんだ」

「なんでもないさ」

と、今度は意識的にニヤリとしてみせる。アガワは、ますます疑い深くなって、

「おい、教えろ」

「もう一時間ゲームを延長すれば、教えてやってもいい」

しぶしぶ私の条件を呑んだので、笑った理由を説明すると、拍子抜けした表情になってしまった。その延長ゲームでは、私の逆転大勝となった。

翌日、アガワから電話があって、

「おまえは古典落語の才能があるな」

「どういうことかね」

「馬の毛、という噺《はなし》を知っているか」

「覚えがあるような気がするが、忘れた。教えてくれ」

アガワが説明しはじめたとき、おぼろげにおもい出した。八つぁんが熊さんに、「馬のシッポの毛、というのはコワイもんだ。こんなオソロシイものはない、こいつはもう、まったく……」などと、おもわせぶりに言う。熊さんが教えろ、というと、

「こんな大変なことは、タダで教えるわけにはいかない」

と、熊さんに奢《おご》らせて、ガブガブ酒を飲む。もう教えてもいいだろう、と催促すると、

「まだまだ、たったこのくらいのオゴリで」と、さんざん飲み食いしたあげく、

「馬のうしろにまわってだな、シッポの毛を一本……こうつまむ。こいつを引き抜くてえと、怒った馬に蹴《け》っとばされる、オソロシイ」

その八つぁんの手口に、私がニヤリと笑ったのが似ている、というのである。

46　馬（うま）②

十五年ほど前、「九百九十円の放蕩《ほうとう》」という題のルポルタージュ風の文章を、ある雑誌に書いたことがある。

千円札一枚の余裕ができたとして、それで面白く時間の過せるところがどこかにないものか。しかも、三人連れでその値段というわけで、その発想からして、その後の物価上昇の按配が分かろうというものだ。

当時は、アルバイト・サロンというものが流行しはじめたころであった。

いまその文章を調べてみると、三人連れで銀座のアルサロに出かけている。それも、いかにも安直そうな店ではなく、地下室への階段を下り切ると、四方を濃緑のビロードで張りつめた通路が曲りくねってかなり長くつづいている。足音はその布地に吸収されてしまい、いまだったら、一人分だけでも、

「この店は千円札一枚ではとてもムリ」

と考えて、踵《きびす》をまわしたに違いない。

当時でも、その通路を歩きながら、この勘定ははたしてどのくらいになるのか、千円ではとてもムリだろうと、不安とスリルを感じたものだ。

そのときの勘定は、ビール二本、女の子の指名料も含めて、九百十円であった。

もっとも、アルサロと放蕩とどういう関係があるか、という疑問をもつ人もいるだろう。もともと九百九十円で放蕩できるわけがないので、あまり理詰めなことは言ってほしくないが、大学の先生をしている友人が当時訪れてきて、

「今度、アルサロというところへ、行ってみようとおもうんだ！」

と、思い詰めたように言った。

まるで武者修行にでも出かけるような意気ごみで、平素謹直な男にとってはアルサロへ行くことも放蕩のうちに入るのである。

この企劃《きかく》のときに、深川森下町にある馬肉屋にも寄ってみた。屋根の上にサクラの形をしたピンク色のネオンサインが掲げられていて、がっしりした造作の二階建ての日本家屋にも趣があった。数年前に行ったときには、入口の扉が自動ドアになっていて建物に似合わず、いくぶん興醒《きょうざ》めであった。

この店の一階は、大広間一部屋だけで（その後、別室ができたが）、左右両側に細長くブリキ張りの台が設《しつら》えてある。スキヤキ鍋《なべ》の置かれた台をはさんで、たくさんの客がずらりと居並んで、旨《うま》そうに鍋で煮えた馬肉を食べている。

馬肉に偏見をもつ人もいるだろうが、鍋の中に味噌をすこし入れるので臭みが取れるのだろうか、なかなか旨いしサクサクして沢山食べられる。

ここは、客種が店に似合っていて、下町の商家のおかみさん風の女が、娘や息子を五人ほ

ど引連れてきて、そろって旺盛《おうせい》な食欲を示したりなどしている。茶碗の飯を勢よくかきこんでいるおかみさんの血色のよい頬に、白い飯粒が一つくっついている。子供たちも、まるい膝《ひざ》小僧をそろえて正座し、一所懸命パクついていた。

私たち三人は、一人前七十円の馬肉のスキヤキを六人前註文して銚子を五本空けたが、全部の支払額は九百六十円であった。

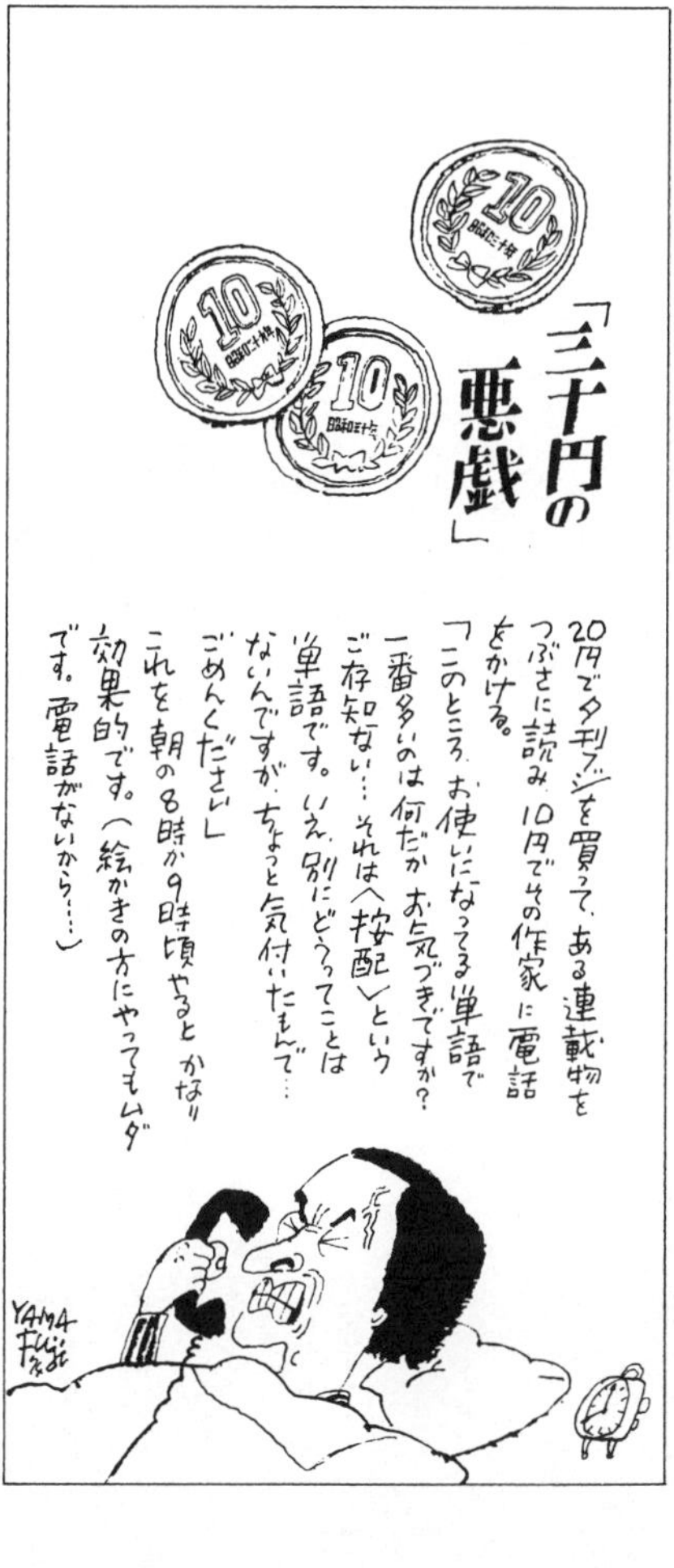
「三十円の悪戯」

20円でタ刊フジを買って、ある連載物をつぶさに読み 10円でその作家に電話をかける。

「このところ お使いになってる単語で一番多いのは何だか お気づきですか？

ご存知ない… それは〈按配〉という単語です。いえ、別にどうってことはないんですが ちょっと気付いたもんで…

ごめんください」

これを朝の8時か9時頃やると かなり効果的です。（絵かきの方にやってもムダです。電話がないから……）

YAMA FUJI

放蕩の気分はなかったが、健康的な満腹の気分になった。

帰る前に便所に入ると、並んでいるアサガオの上に横長の鏡が取りつけてあった。放尿しようとすると、鏡に映ってみえる。つまり、馬肉は体があたたまって精力がつくものなので、その証拠をごらんなさい、という意味合いの鏡である。

47 百足(むかで)

ムカデは百足とも書く。

靴は一足《そく》、二足と数える。

ムカデは体節ごとに一対の足があるが、その足が百本あるいは百対《つい》すなわち二百本あるわけではないだろう。要するに、たくさんの足が生えているというところから、「百足」という文字が出てきた。そこまでは分かるのだが、「百足」とは百本のつもりか百対のつもりかについては、曖昧《あいまい》である。

岡本太郎さんだったかの家を訪れると、玄関のタタキにピカピカに磨いた靴が百足並んでいた、という話がある。すべて、同じ形で同じ色の靴である。

ここからますます記憶が怪しくなってくるのだが、訪問した誰かが、
「どうして、あんなに沢山の靴が並んでいるのですか」
と、たずねると、
「いやあ、ぼくがムカデになっちまったときの用意にね」
という返事だったのか、

「いま、ぼくの友人のムカデが訪ねてきていてね」

であったのか、それともまったく別の答だったのか、よく思い出せない。

とにかく、あんなに沢山の足があるのは、不気味であって、私はムカデは苦手である。

しかし、ムカデを見ると顔面蒼白《そうはく》棒立ちになるほどのことはない。

中学時代の友人で、そのころすでに柔道の黒帯だった立派な体格の男が、クモを見ると蒼《あお》くなって慄《ふる》える。こういう例は、よく見かける。

落語の「マンジュウ恐い」ではなく、芯《しん》から恐怖感に取憑《つ》かれるわけで、あれはどういうことなのだろう。

蛇もその種の生きものの一つで、玩具《おもちゃ》のヘビを突きつけただけでも、泣いて慄える女がいた。もっとも、女の場合は額面どおりに受取ってよいものかどうか、一種の媚態《びたい》と疑えるところもある。

ヘビは私も苦手である。だいたい爬虫《はちゅう》類はイヤなのだが、ヘビを食わせる店に連れて行かれたことがある。浅草雷門の近くにあった。

鉄の鉤《かぎ》で天井から逆さ吊《づ》りにされたマムシの怒って三角形になった頭を、パチンと鋏《はさみ》で切ったあたりまでは、あまり良い気分ではなかった。

しかし、芯から恐いというわけではないので、尻尾《しっぽ》のほうから血をしぼり出しているのをみているうちに、ヘビがウナギ程度のものにみえてきた。

逆にいえば、ウナギというのをあらためて眺めてみると、なかなか薄気味わるい形をしている。

ヘビの血は明るい半透明のブドウ酒色で、その中へ少量の赤ブドウ酒と生ギモを入れた液体を、まず飲み干す。つづいて出てきた肉の蒲焼《かばやき》は、いくぶん身が堅かった。

ところが、ついでにムカデと毛虫を食べてみないか、といわれた。これはいささか閉口である。毛虫というのは、細い毛がぎっちり生えている上に粉っぽい感じなので、これも歓迎できない。

念のために、現物を見せてもらうと、ムカデはカラ揚げにしてあるので、足はみんな縮んで細長い管のようになっている。口に入れて食い切ろうとすると、堅いものが歯に当った。調べてみると、竹の串《くし》が胴体の中に入っていた。

毛虫や芋虫は干したものらしく、粉っぽい感じはなくて、ナツメの実のようである。口に入れて噛むと、乾いた音で砕けた。こうなると、粉っぽいところやねばねばしたところがなくなってしまっていて、ゲテモノという感じではない。

48　サイダー

私が愛用している傘は、ボタンを押すとパッと開く種類のものである。七百円くらいで、よくその値段でつくることができると買うたびに感心する。念入りなことに、傘を収める細長いケースまで付いている。

三本くらいまとめて買っておくのだが、雨降りの日に持って出て、途中で晴れたりすると、気が付いたときにはだいたい行方不明になっている。客がきているとき、雨が降り出すとその傘を渡す。貸したワイ本と傘は帰ってくるためしがない、というのが常識だから、最初から進呈してしまう。

街を歩いていて、雨が降り出したときには、困ってしまう。

傘を売っている店というのは案外こういうときには見付からないことが多い。とくに、商店の閉店後の時刻には、どうしようもない。

こういうときには、念のためにパチンコ屋を覗いてみるとよい。三百五十個くらいの玉と交換してくれる店がある。それだけの玉を買って、そのまま換えてもらえばよいわけだ。

これは、生活の知恵。

街を歩いていて尿意を覚えたときには、パチンコ屋を利用させてもらう。無料では悪いから玉をすこし買って、急ぎの用のときはなるべく出そうもない台を選んで、素早くアウトの穴へ入れてしまう。

なぜ便所のことを言ったかというと、このごろのパチンコ屋は、明るい感じになってきた。昔は、台そのものも薄汚れているのが多くて陰気だったし、ヤクザのチンピラの景品買いがしつこく声をかけてきたりしていた。

傘というコトバを忘れたふりをしてからかっているヘンな客
アレに替えてくれョ、
ホラ、ホラ
ボタンにさわると すぐ開くヤツ……
開いたら さすンだョ……
で、さすとじきに濡れるヤツ……
そんな景品は おいてませんッ！

このごろは、車椅子に乗って、玉を弾いている人をときどき見かける。そういう人を見ると、便所のことが心配になるのだが、

「これからパチンコ屋へ行こう」

と支度して出かけたときには、便所へ行かないで済むことに気づいた。あらかじめ排尿して出かけるためもあるが、玉を弾くことに気分が移って、尿意を忘れているためもあるだろう。昨年一年間、近所の店で私が便所を使ったのは、一度だけである。

咽喉《のど》が乾くので、ときどき水分を摂《と》っているにもかかわらず、便所へ行かないで済んでしまう。

サイダー、ファンタ、コーラなど、いろいろと置いてある。

四十年も前から、清涼飲料水ではラムネとキリン・レモンを私は愛用している。ほかのサイダーはかすかに色がついているが、キリン・レモンは無色透明なことと、甘味がすくないような気がして、私の好みに合ったのがその理由である。

ところが、近所のパチンコ屋では、私はキリン・レモンは飲まない。

玉とその飲料を交換するためには、係の人に玉を渡して品物を受取るので、面白味がない。コーラとファンタの場合は、四角い箱の蓋を開け、二十個の玉を渦巻状の溝《みぞ》に並べてからボタンを押す。そういう作業がおもしろいというのは幼児性のあらわれであるが、その段取りによって一本の瓶が手に入る。

コーラはアメリカ帝国主義の産物であるから、ぜったい飲まないという人物がある。本気

かシャレか分からない。本気だとすれば、そんなことを言っていたらきりがない。私はコーラの瓶を摑《つか》み、箱に付いている栓抜きで蓋を取り、掌でぐいと瓶の口を拭ってラッパ呑みにしながら、玉を打ちつづける。しかし、考えてみれば、掌で拭うほうが不潔なのだ。

49　ラムネ①

子供のころ病気すると、サイダーかラムネを飲ませてもらえる。もっと症状が悪いと、アイスクリームを、電車で一駅向うの神楽坂《かぐらざか》から買ってきてもらえる。マホウ瓶《びん》をもって、その中に詰めて使いの人が帰ってくるのを待ち兼ねている。

神楽坂にある店のアイスクリームは、黄色味の濃いものでスプーンがサクッと入る。たいへん美味であったが、この店が品切れだと、近くにある別の店のものを買ってくることになる。これも上等の品なのだが、白くて粘っこく、スプーンがじわっと入ってゆく。この方は、私の好みに合わず、

「黄か、白か」

とマホウ瓶が帰ってくるのを、期待と不安のうちに待っていた。

白のほうだと落胆して、近くの市場で売っているモナカアイスという安物のほうがはるかによかった、とおもう。

こういう点、子供のくせに、好みにはなかなかウルサかった。

ラムネかサイダーか、ということになると、私はラムネのほうが好きだった。ラムネはレモネードが訛《なま》ったものといわれているが、中身も日本風に訛っている。

粗悪な厚手のガラスの中にあちこち気泡が混っていて、頸《くび》の左右に深い窪《くぼ》みのある緑色の瓶のかたちが、まず好みに合う。

それに、栓についてのあの素晴らしい発明。液体から出るガスが、まるいガラス玉を押し上げて、瓶の頸の窪みのところにキッチリ嵌《はま》ってしまう。

駄菓子屋の店先にある長方形の木の箱の中に、横たわって水に浸っている形にも、風情がある。栓を抜くための木製の器具は、古びて鼠いろになっているのが大部分で、円筒形の木材の片側を深くくり抜いて奥のほうに出ベソのような形が残してある。

この器具をラムネの瓶の口のところにかぶせて力を加えると、その出ベソの部分がラムネ玉を押し下げて、栓が開くことになる。

その栓抜きは大きいものではないが、複雑な形をしているわけで、これがなければラムネの玉を抜くことはできないという気分になる。ところが成長してから、これが錯覚であることに気付いた。

親指の腹を瓶の口に当てがって、ぐっと押し下げると、ポンと音がして栓が開く。コツのようなものがないわけではなく、一瞬の気合いが必要だが、とにかく開く。栓抜きがなければ開かないと思いこみがちなのだが、これは私の発見である。

ラムネは戦後長いあいだ、影をひそめていた。二十年ほど経って、復活ムードが出てきたとき、ラムネも復活してきた。ただし、しかるべきメーカーの製品なので、中身はサイダーに近い。あれは、零細企業が酒石酸をたくさん使ってつくり、侘《わび》しいような味といくぶんの

不潔感のあるところがよいわけで、瓶のかたちだけ昔のラムネでは面白味がない。

五年ほど前、田中小実昌の出版記念会が浅草ロック座を借切って開かれた。このときには、いろいろ趣向があって、女子学生が売り子に扮し、

「えー、おせんにキャラメル、アンパンにノシイカ」

と、場内を売り歩いた。

それらの古風な食品に、ラムネもまじっていた。私はラムネをもらい、指でポンとあけてみせると、

「わあ！　カッコいい」

と、梶山季之だったか、女の子だったかに言われた。もっとも、梶山にいわれたのと女の子とでは、大へんな違いであるが。

50　ラムネ②

私の祖父は、戦後しばらくして岡山で亡くなった。七十代の半ばであったから、当時としては長生きといってよいだろう。

当然、明治の生れで、いわゆる明治人間であった。甚だ頑固であり、若いものの立居振舞にうるさかった。

東京育ちの私は、小学校時代からしばしば夏休みには帰郷した。孫は可愛いものらしく歓待してくれるのだが、閉口することが多い。

小学生のころは、ラムネは絶対飲んではいけない、本来なら咽喉の乾いたときには水で十

分なのだという意見で、サイダーならまだ大目にみてくれる。ラムネは不潔であるからといって、ぜったいに許可してくれない。

禁止されると、ますます試みたくなる。小学校初年のころだが、祖父が瀬戸内海の遊覧船に乗せてくれた。さっそく売店に行って、ラムネを飲む。

「おまえ、しばらく姿を見せなかったが、どこに行っていたのか」

「サイダーを飲んできました」

「そうか、サイダーなら、まあ、よろしい」

高校時代になると、干渉の仕方が違ってくる。そのころにも、岡山で送った夏期休暇がある。毎日毎日外出するのだが、行先はドサまわりの軽演劇がかかっている小屋である。

「おまえ、毎日どこに行っているのか」

と、祖父が質問する。

「はあ、山を歩いてきました」

そう答えると、機嫌がよい。

単純なところもあって、そこがいまとなると懐かしい、という考え方もできるのだが、案外ダマされたふりをしていたのかもしれない。

その夏休みには、夜もこっそり外出する。父親の弟つまり叔父に誘われて、酒を飲みに行く。足音をしのばせて、裏木戸から出入りする。

祖父は、早寝早起冷水マサツ・質実剛健をモットーとする人物なので、裏木戸からの出入りは難しくはない。

　こっそり帰ってくると、叔父の細君つまり叔母がたずねる。

「どうだった」

「うん、何某バーの何子ちゃんというのが、とてもキレイだった」

　狭い町なので、叔母の頭にその女の顔かたちが浮んでくるらしい。

　翌日、私が座敷に寝そべっていると、叔母が急ぎ足でやってきて、

「いま、何子ちゃんが家の前を歩いているわよ」

　たちまち、祖父に聞きつけられて、叔母が叱られる。

「紅灯の婦女子がわが家の門前を通行しておるからといって、騒ぎ立てるとは何ごとであるか」

　もっと口語調で怒るのだが、そういう感じになる。

　その夏休みに、たまたま鳥取の大震災があった。岡山とはそれほど離れた土地ではないので、ひどく揺れて地面が上下に動く。庭の石灯籠《いしどうろう》の継ぎ目がカチカチ鳴って倒れかかった。上下動はこわいのを知っているのだが、当時から「どうでもいいや」というところがあって、そのまま寝そべっていた。

　祖父は弾かれたように立上り、二、三回くるくる縁側でまわった。ようやく地震が鎮まると、重々しく私に向って言った。

「いまのおまえの態度はよろしい、落着いていてなかなか立派である」

51 ラムネ③

ラムネはレモネードの訛った言葉、と書いたとき、頭の片隅になにか引掛るものがあった。二日ほど経って、分かった。

二月十七日は安吾忌であるが、その坂口安吾の「ラムネ氏のこと」というエッセイ風の短かい作品を思い出しかかっていたのだ。

ただ、内容は忘れてしまっている。さいわいその作品を収めた本が見付かったので、紹介したい。

昭和十六年の執筆である。

とりあえず、冒頭の部分をそのまま、引き写させてもらう。

『小林秀雄と島木健作が小田原へ鮎釣《あゆつ》りに来て、三好達治の家で鮎を肴《さかな》に食事のうち、談たまたまラムネに及んで、ラムネの玉がチョロチョロと吹きあげられて蓋になるのを発明した奴が、あれ一つ発明しただけで往生を遂げてしまったとすれば、おかしな奴だと小林が言う。すると三好が居ずまいを正して我々を見渡しながら、ラムネの玉を発明した人の名前は分っているぜ、と言い出した。

ラムネは一般にレモネードの訛だと言われているが、そうじゃない。ラムネはラムネー氏なる人物が発明に及んだからラムネと言う。これはフランスの辞書にもちゃんと載っている事実なのだ、と自信満々たる断言なのである。早速ありあわせの辞書を調べたが、ラムネー氏は現れない。ラムネの玉にラムネー氏とは話が巧すぎるというので三人大笑したが、三好達治は憤然として、うちの字引が悪いのだ、プチ・ラルッス（吉行註・ラルースと発音するような気がするが）に載っているのを見たことがあると、決戦を後日に残して、いきまいて

全く何の理由もなく、タッチをかえて描きたくなったので…
三好達治
島木健作
小林秀雄
坂口安吾

いる』

その後、安吾がラルースを調べてみると、フェリシテ・ド・ラムネー氏という項目があった。ただし、一八五四年に亡くなった哲学者とは書いてあったが、ラムネを発明したとは書いてなかった、という。

おそらく、三好達治の酒宴の座興と私はおもう。

しかし哲学者ラムネーはラムネを発明したとは到底おもえないにしても、ラムネ玉を発明した可能性はゼロとはいえない感じである。

このところは、安吾は次のように書いている。

『尤《もっと》も、この哲学者が、その絢爛《けんらん》にして強壮な思索をラムネの玉にこめたとすれば、ラムネの玉は益々もって愛嬌《あいきょう》のある品物と言わねばならない』

これをマクラにした以下の論旨は、安吾風の飛躍があり、強引にツジツマを合わせているところがあって要領よく説明できないが、おもしろい文章である。

いま私たちが疑いもせずに日常生活のなかに取入れているものには、発明者殉教者がその裏側にひそんでいる場合が多い。たとえば、フグにしろキノコにしろ、それが料理として通用するまでには、長い暗黒時代があって、幾十百の殉教者が血に血をついだ作品なのだ、と論旨は展開してゆく。

そういうことは、よく言われていることで、安吾もそれだけでは詰まらないと考えたらしい。キノコ取りの名人が自分の採ったキノコで中毒して死んだ話と、ラムネー氏とを結びつけて論じているが、ここの論理はコジツケがすぎている。

部分部分での意見は卓抜で明晰《めいせき》なのだが、全体の論旨は相当に混乱している。

こうやって書いているうちに、安吾の作品のアラさがしをしているようになってきてしまったが、要するに私はラムネ玉というのは思考意欲をそそるものだ、といいたいわけだ。

坂口安吾は、私の好きな作家の一人である。

52　卵（たまご）

山藤章二は、よく気のつく（悪い意味で）男である。このごろの私の文章に「按配」という単語が多いことに素早く気づいて、それに関連したイラストを描いた。このときの私の似顔は、いつものヒドさより、さらに五倍は悪相である。

ところが、それがまたよく似ていて、憎みて余りあるというか、ニクいというか、おもわず笑ってしまうというか、とにかくそういう按配である。

じつは、私もそのことに気づいていて、ときどき別の表現に変えたりしていたが、指摘されて参った。しかし、按配という単語は、按配がよろしいので、つい使用してしまう。

これは山藤章二もまだ気づいていないだろうが、処女作から去年までの二十五年間、私は人間のからだを「軀」と表記していた。今年になって、「体」に変えた（と書けば、山藤のヤローは以前の作品は読んでないから知らない、というだろう）。

以前は、「軀」と書かないと気持がおさまらなかったのだが、このごろこの文字をみると、押しつけがましい感じを受けるようになってしまった。その一つの文字だけ、浮び上ってみえてしまう。あるいは、これは私が初老になったためかもしれない。

数年前にできた言葉に、「時点」というのがある。この単語を使わなくても一向に困らないのに、やたらにこれが氾濫《はんらん》しているのが気に入らない。ただ、東海林さだおあたりが使うと、意識的に使用してこの単語をカラカっているようにおもえ、ユーモラスに感じる。ただ、こういう事柄も、かなり主観的なことなので、深くこだわることもないのだろう。

数日前、甚だ気にくわないことが、じわじわ幾つも重なって、久しぶりにゼンソクの発作を起し二日間苦しんだ。過労と風邪気味が重なっていたためで、いつもなら一日寝ていれば治るのだが、このときには苦しんで一日に四キロ痩《や》せた。

ただ、ゼンソク症状というのは、夜が昼になるように一夜で解消する。

三日目の朝、早く目が覚めたのでテレビのモーニング・ショウをみていると、立春の日だと分かった。司会者はなにも言わなかったが、立春には卵が立つ。「コロンブスの卵」のように殻を潰《つぶ》さないでも、立つ。

二十数年前に実験して、立った。以来忙しさやその他いろいろに紛れて、試みたことがない。なぜ立つかの物理学的解明は忘れてしまったが、地球にもいろいろ異変が起ってきているので、今でも立つだろうか、とさっそく台所へ行った。

生卵を一つ持ってくる。

食卓の上に立ててみると、かなり注意深く扱わないと倒れるが、ついに立った。

あとはつぎつぎと立って、食卓の上に十個の生卵が直立して整列した光景は、なかなかの

壮観であった。

このことは、案外知らない人が多い。興味のあるかたは、来年の立春まで待って、試みてみるとよい。なにしろ、一年に一度しか立たないのだから。それにしても、立春の日に早く目が覚めなかったとしたら、一生もう卵を立ててみることはなかったかもしれない。

さて、ここで凡庸なイラストレーターならば、私の文章の中に出てくる「初老」という単語と「一年に一度立つ」という言葉を組合わせることで、意地悪なイラストを描くだろう。

しかし、山藤先生は才能抜群の人物である。いかなるイラストをお描きになるだろうか。

53 特報・卵

困ったことになった。

立春の日にだけ卵が立つ、と前回に書いた。

もっとも、節分のころのテレビのクイズ番組に、その問題が出たそうだ。

立春の夜、ある会のナガレで銀座のバーへ行った。卵について、誰も私の言を信じないので、生卵をもってきてもらって、立てようとした。

「なぜ、その日だけ立つの」

「子午《しご》線と地球引力の関係によって、科学的にそうなるのである」

と、デタラメを答えて立てようとするが、なかなか立たない。

「ビルの中では、トランジスター・ラジオも聞えにくいように、宇宙線が妨害されるのかな」

とボヤいているうちに、席の女の子が立てた。それを見たマダムが深く興味を示して、別の席で立てはじめた。

やがて、そのバーでは、あちこちのテーブルに卵が立ってしまった。

「立春の日だけ立つんですって」

などという声が聞えてくる。

十二時過ぎに帰宅してみると、テーブルの上の卵がまだ立っている。時計の針が十二時をまわったとたんに、コロリと倒れる、というのが私の予想だった。

すぐに眠って、翌朝さっそく調べに行くと、卵はまだ平然として立っているではないか。

夕刊フジのHさんに頼んで、調べてもらった。

その調査の経緯を、そのまま書く。

Hさんは、まず気象研究所の地球科学研究部へ電話したそうだが、聞いてはいますが分かりませんねえ、との返事で、電話を親切に応用気象研究部へまわしてくれた。その部門では、そういう理由はないですなあ、との答え。

つづいて、国立科学博物館工学研究室に電話した。その回答は、なかなか具体的で納得できるものであった。そういう話はあるが、根拠はない、ただ、しいて理由をつければ、日本で一番寒いのは立春のころである。寒いと卵の中身の流動性が失われてきて、卵の黄身が下に沈み加減のまま動かない、そのために立つ、ただし慎重に上手に扱えば、夏でも立つ、という。

さらに、お天気相談所に電話した。相手が笑い出して、それはいつでも立つのですよ、昭和二十一、二年ころにその説がさかんに言われたことがあるが、理由はないのです、との返事だった、という。

そういわれてみれば、私の頭にその事柄が入ってきたのは、丁度敗戦後しばらくしてのことだった。

Hさんと話し合ったのだが、当時はへんな活気はあったが暗い窮乏の時代だったので、誰かが発案したそういう奇抜な話題が世の中にひろく流布されたのだろう、という結論になった。

いちかわさぶろう氏は、「銀座にキツネが出る」という話をまじめな顔でバーでしてみたところ、たちまちその話題がひろまった、と聞いたことがある。

しかし、「コロンブスの卵」の件については、どうしてくれる。

いま辞書を引くと、説明文の中で「卵」と表記してあって、「茹《ゆ》で卵」という註釈はない。茹で卵は立たないだろうが……、いや、緊急に報告をしなくてはならないことが起った。いま台所から連絡がきて、

「茹で卵も立ちました」

という。

私はまったく困った。コロンブスさん、この始末をどうしてくれる。

54　鰻（うなぎ）①

十年一《ひと》むかし、というが、一昔半くらい前、夜の観光バスというのに乗って、記事を書いたことがある。東京育ちの人間が、観光案内のバスに乗るというところに、記事の狙いがあった。

現在はどういうコースになっているか知らないが、日劇ミュージックホールなども含まれており、夕食もたべることになっていた。

バスが浅草の駒形《こまかた》に停まると、ウナギかドジョウか、どちらかの店に行くことになる。

「ウナギか、ドジョウか」

と、バスガールが乗客にたずねてまわるが、ウナギを選ぶ客のほうが、八対二くらいの率で多かった。嗜好《しこう》の問題もあるのだろうが、同じ観光料金を払っているのだからどうせ食べるなら高いもののほうがよろしい、という発想もあったろうと考えている。私はドジョウを選んだのだが、これは希望者がすくなければ混雑もすくないだろう、というだけの狙いである。

ところで、先日書いた泥鰌豆腐について、「ある出版社の老編集者」という匿名の投書がきて、クレームがつけられた。

『吉行先生は、泥鰌と豆腐についてお書きになっていましたが、あれは「泥鰌地獄」という名で昔から流布された幻の料理なのです。そして、あの料理は、もう幾年も前に解決ずみの筈です。と申しますのは、泥鰌が豆腐の中にもぐり込むというのは虚構のことなのです』

手紙の一部を引用させてもらった。その途中で、「もちろんご承知のこととは思いますが」と書いてあったが、私には「幻の料理」とは初耳であった。

そういう料理を食べたような朧《おぼろ》げな記憶がある、という人の話も聞いたし、九州柳川のドジョウ屋でその料理を食べさせられかかって、こわいので逃げてきた、という女性の話も聞いた。ただし、この場合、料理屋に入っただけであとは話を聞いて逃げてしまったので、現場を見たわけではないそうだ。

その手紙には、謬《あやま》った知識を若い人に教えたくない、という意味のことが書いてある。さっそく夕刊フジの編集部に頼んで、調べてもらった。

駒形に、電話をかけてたずねてみたそうである。あの店は通称「駒形どぜう」と呼んでいるが、たしか越後屋という店名がある筈である。以下は、その店の主人の返事の要約である。

熱いナベの中に豆腐とドジョウを入れると、ドジョウが暴れすぎるのでもぐりこまれた豆腐が毀《こわ》れてしまう。また、ナベの水をしだいに熱くすると、ドジョウがぐったりしてしまうのか、豆腐にもぐりこまない。

しかし、賀陽宮《かやのみや》が昔その料理を食べたという話を聞いたことがあるし、北陸地方にその料理がある、とも聞いている。

そこで考えられることは、まずドジョウをまるごと煮て味をつける。つぎに豆腐に穴をあけてそこへ突っこみ、あらためてナベに入れて味つけする、としか考えられない。「しかし、正確なことは分かりません。夕刊フジさんよ、よく調べて教えてください」と、逆に頼まれてしまった、という。

結局、投書の内容が正しいと考えてよいとおもう。訂正します。

それにしても、しだいに熱くなってゆくナベの中のドジョウが、あとから入れた豆腐にもぐりこむという話は、眼に浮ぶようによくできている。その後、異説も出てきたが、もう面倒くさい。それは机上の空論と断定しておくことにしよう。

55　鰻（うなぎ）②

ウナギというのは、謎《なぞ》の多い魚である。もともとは赤道の近くの海底に発生して、一年近くかかって日本や北アメリカやヨーロッパなどにたどりつく、というが、学者にも詳しいことは分かっていないらしい。

赤道の下の深海に、淡水が噴き出る箇所が数カ所あって、小さいビルくらいの大きさに海水が押し除けられて淡水になっている。

ウナギの稚魚は海水では育たないので、もっぱらこの海底の淡水圏で繁殖する。したがって、海水の中の淡水アパートにはウナギがぎっしり詰まって、住宅難になってしまった。

仕方がないので、雌雄連れ立って淡水を求めて旅に出る。なにしろ本拠地が広い海のまん中なので、川や湖にたどりつくのには一年ちかくかかってしまう。

といえば、いくらか本当らしく聞えるだろうか。これは私の妄想《もうそう》である。奥山益朗編『味覚辞典』を開いてみると、その点はやはりまだはっきりした学説がないようだ。普通にわれわれの食べているのはシラスウナギというのだそうだが、千住で丸太棒のように大きいウナギを食べさせる店がある。

あれは、別の種類なのだろうか。

その本ではじめて獲た知識は、こうしてたどりついたウナギが、川や湖や沼に六、七年棲《す》みついて、また南方へ帰ってゆくということである。私は産卵すると、すぐに帰ってゆくのだとおもっていた。

こうなると、ウナギは神秘的生物におもえてくる。ところが、神秘的なものを人工的に養殖できるのも理解しにくい。

ウナギ屋というのも、私には謎が多い。通人は店屋《てんや》ものを軽蔑《けいべつ》するが、ウナ丼を註文して家でたべるのも悪くはないし、この場合はべつに謎はない。ウナギ屋に出かけるとなると、しかるべき店では客の顔をみてからウナギを料理するというので時間がかかる。昔はこの時間が貴重であって、二人連れでウナギ屋の部屋にこもると一時間くらいは誰も顔を出さないところに利用価値があった、と聞く。しかし、現在ではそれに替る場所がいくらもあるから、邪心なくウナギを味わう。

この待っている時間、酒を飲んでいるわけだが一流の店でもサシミなど出すところがある。これはどうも似合わない。そのくらいなら、あらかじめウナギのキモを焼いたのでもつくっておいてくれてサカナに出してもらいたいのだが、客の顔をみて腹を割《さ》いてキモが出てくるのだから、すぐに酒の肴に出てくるのはムリといえる。それに、キモを食べさせない家があるのは、どういうわけだろう。

といって、ウマキとかウムシ（茶碗蒸し）など出されても、うんざりしてくる。

結局長い時間待って、白焼《しらや》きとウナ丼とキモ吸いぐらいを腹に入れて、

"鰻"とくれば
誰が何といおうと
文楽の
鰻の幇間
「ヘッ、大将、このね、焼けてくるあいだに 新香でつなげるてエやつがこの鰻屋の値打ちでやすな、手前が、この、どういう新香であるか、ちょっと味やって… ウン、ここですな鰻屋の値打ちてえものは、大将、いけますよ、ア、さいですか、こりゃどうも ごもったいない、ヘッ」
「おい、ちょいちょいおいでよ」
「ぜひ伺います、お宅はどちらでしたかな？」
「せんのとこじゃアないか」
「ああさいですな、せんのとこだ、あすこンとこだ、ずウッとこの入口があって……」
「入口のねえ家があるかい」
「こっちへおくれ、ヘッ 大将焼けてきました、早いね、このお宅は… おあったかいうちにいただきましょ」
YAMA FUJI

「わざわざ出かけたにしては、なにか物足りないなあ」

と、おもいながら帰ってくる。しかし、それ以上食べると、腹にもたれてしまう。その点も、不思議な食べ物である。

そういうところをウナギ屋のほうでも察したのかどうか、金マキ絵かなにかの立派な重箱を使う店がある。飯とウナギとべつべつに入って、重なっている。

私はあれを好まない。

ウナギはつるつるした陶器に入っていたほうがよいので、重箱に容れられると漆器のかすかなにおい、もしくは幻臭が感じられてよくない。

そう説明しても、ウナ重でなくてはイヤという人物がいる。こういう人物には、権威主義の性向あり、と考えてよい。

56 鰻（うなぎ）③

東京の都心に、緑にかこまれた日本家屋のウナギ屋がある。冠木門《かぶきもん》をくぐって坂道の飛び石づたいに入口にいたる風情も、大へん結構である。

以前、連載対談を足かけ五年間つづけた時期には、この店と六本木の中国料理店とを会場にしていた。原則としてゲストに似合う店のほうを選んだわけだが、当方のそのときの舌の按配に合わせたこともある。

その後、私が長いあいだ健康を害したり、回復してからもウナギ屋でじっくり差しむかいで酒を飲む相手も見付からないので、ご無沙汰している。

"鰻"とくれば
誰も何とも
いわないけれど
文樂の
素人鰻
「よッ、よッ！わしが追うからザルを持って参れ！
奥、しゃくいなさい、よいか、参るぞ！よおッ フゥ
ザルをこっちへ貸しなさい、お前追いなさい、そ、そッ
それ、大きいのが三匹入った！ザル、ザルザル！
これはぬくみがあっていかん、こぬかをもって
参れ小糠を！これへぱらぱらッと振れ！
これッ、わしの頭へ糠をかけてどうする！
これはまたえらくかけたな、鰻の糠みそ
をこさえるのではないぞ！かようにいたそう
わしがこう掴む、ヤツが首を出す、マキ
を持って参ってな鰻の頭を叩け！」
「でございますから鰻屋など申す商売は生きもの
の命をとるのでございますから、あれ程およし遊ば……」
「な、なんだいまさらそんなことを申してどうする！」
YAMA FUJI

三遊亭圓生師匠をゲストにむかえたときは、おのずから会場はそのウナギ屋になった。

いま、そのときの切り抜きを調べてみた。床の間の掛軸の文字が知りたかったこともあるのだが、陶器の皿に載ったウナギはみえるが、肝心のものは右側の三分の一しかみえない。

意外にも、師匠は白いワイシャツにネクタイ姿で写っている。

このときの師匠の話にひどくオカしいのがあったので、紹介しようと再読していると、別の箇所が目についた。ポルノの規制とか発禁とか官憲がうるさいが、普通人をもっと信用して、こちら側に委《まか》せておいてよい、という例として書く。

名古屋のある劇場で、ストリップの合間に短かい漫才とか寸劇を挟《はさ》んだ。

ひどくエロな掛け合いがあって、客は爆笑して喜んでいた。ところが、二度目に別のコンビが同じようなコントを演じたところ、客はもはやその種のエロにくたびれていて、場内がシーンとしてしまった、という。

それはそれとして、師匠が十一、二歳のとき、寄席の楽屋で立派な風体の大人が、

「坊や、ちょっとおいで」

と、呼ぶ。

傍に近寄ると、かなりの年配のその男が、ニコリともせずに、

「タメになることを教えてやろう。おまえも大きくなるってえと、オ××コを舐《な》めることが起ってくる。あれは、タテになめてはいけないよ。あのものは、こういう具合になっておる、それをヨコに舐めなくてはいけない。どういうわけなのか、いま教えてあげるからよおく覚

えておくんだよ」

　と、まじめそのものの顔で言う。

「いいかい。こう、タテに舐め上げると、鼻の穴に毛が入ってクシャミが出る」

　こういう話を、圓生のような人物と差し向いで聞かされると、対談もいいものだなあ、とおもった。

　師匠はいつものように、かるく顔を崩して苦笑いのような表情をつくったまま、この話を終りまで喋《しゃべ》ったのは、さすが芸である。シロウトには、途中で笑い出さずに終りまで話すことは無理といってよい。試みてみると、そのことが分かる。

　私は東京育ちで、子供のころからよく寄席に連れて行かれた。ずいぶん以前になくなったが、神楽坂の上に寄席があった。冬の夜、二階の畳のところで小さい貸し火鉢をかかえこんで聞いていると、漫才の男女のコンビが舞台に出てきてこれから芸をはじめようとした。

　その直前に、女のほうが客席にいる芸者風の女と目と目で挨拶を交わしたのが、すこぶる印象的であった。その漫才の中身はすっかり忘れているのだが、なぜかそういう些細《ささい》なことが記憶に残っている。ずいぶんマセた子供だったのか、子供というものはそういうものなのか。

57　ヨーグルト

昭和二十五年だったか、戦後混乱期では一年の違いが大きいのだが、そのころのことである。

自宅の三和土《たたき》の上に置いてあった、買ったばかりの靴を盗まれた。

戦後一年くらいは底の抜けかかった靴をはいていて、復員してきた友人が見兼ねて新品の軍隊靴を配給の酒と取替えてくれた。

昭和二十一年に、靴は四百円くらい、月給もそのくらいなので、買うことは紙の上の計算では不可能なのである。

「どうせ盗むのなら、もっと金持のところへ行けばいいのに」

と、そのときはショックを受けた頭の片隅で考えた。

しかし、その後相手の心もちが分かるような気になってきた。大きな仕事はできないコソ泥なので、かりに金持の家の玄関から靴一足盗んできても、「オヤ靴を盗まれたか」くらいで済んでしまう。

それでは面白くないので、金のない家を狙い、途方に暮れたような気分にさせる。一種の近親憎悪的気分ではあるまいか。

先日、テレビで戦後の回顧番組をみていると、税金の払えない下町の家に、歳末に税務署のトラックが横付けになった。

つまり、差押えで、蒲団までトラックに積んで走り去っていった。税務署のそういう役目の連中も、おそらく貧乏であろうから、これも近親憎悪的なものだろうか。その点、山の手の税務署はいくぶん鷹揚《おうよう》で、私も何度も差押えの通知を受けたが、実地検証にきた役人がア

YAMA FUJI '50
やはり昭和二十五年頃、中学生だった僕は
通学の満員電車の中で弁当をスラれた。
母親が働きに出ていたので弁当は手製だった。
ふつうの子供のように母親に作ってもらった
「甘い弁当」ならともかく、自分でつくったもの
だけに その日の空腹は 心底こたえた。
麦飯に梅干の弁当が盗まれる世相を、いま
子供たちに話をきかせても、彼らにとっては、
おとぎ話より遠い話でしかないようだ…

キレてタダにしてもらったことがある。

安岡章太郎と知り合ったのは、二十七年だが、そのころもそれよりいくらかマシな程度の状態だった。

ヤスオカはファッション雑誌の翻訳のアルバイト、私は小雑誌社に勤めていた。彼はしばしば遊びにくるのだが、一応私の勤め先の近くから、公衆電話をかけてくる。

「あと十分も待ってくれれば、仕事が片づく。その電話の近くにミルクホールがあって、ミルクは一杯二十円である。ところでな、もう五円フンパツすれば、ヨーグルトというものが食べられる。これは旨《うま》いぞ」

と、私が答えたという話を、ヤスオカはしばしばする。

丁度ヨーグルトの草創期に当っていたのだろう。

私の勤めていた社の社長は、いわゆる文化事業とまったく無縁の人物で、なかなか面白いのだが私の耳には突飛に聞えることをしばしば言う。

芥川賞の候補に私がなったころ、そのことを知った社長が、

「おめえも、ものを書いてゆくつもりらしいな。丁度いま、下の部屋に講談のエライ先生がみえているから、話を聞いてなにかゴシップでもつくって雑誌に載せな」

閉口したが、好意から出ている言葉だと分かるので、「へい、かしこまりやした」と下へ行ってみると、十歳くらい年上にみえる講談の先生がいた。

記事はつくらなかったが、以来二十数年「あのときの人は、誰だったのだろう」と、とき

おり思い出していた。

三年ほど前、銀座のキャバレー・ハリウッドで飲んでいると、一人の男が近づいてきて、

「あなたとは、二十年ほど前に会ったことがあります。あたしは講談の神田山陽で」

と、名告《なの》られて、「あ」とたちまち話が通じた。

私としては職業ちがいの山陽先生がよく覚えていたと驚いたが、山陽さんのほうも私の思い出し方の素早さに驚いたかもしれない。

58　番茶①

神田連山という人がいて、神田山陽の元の弟子である。年頃は師弟同じくらいか、二人とも将棋が強い。先日テレビの将棋番組をみていると、山陽さんが出てきて司会の役をしていて、懐しかった。

連山のほうが、元の師匠より強いというウワサで、将棋の出張指南をして生計を立てていた時期もあった、と聞いている。

ところで、講釈師はときどき釈台《しゃくだい》を威勢よく張り扇で叩くが、あのあいだに息を継いで

いるのである。落語家のほうも、傍に湯呑茶碗を置いて、ときどきゆっくりした仕草で口をつける。その中身は白湯《さゆ》か番茶か。声を使うプロのあいだでは、番茶でウガイすると咽喉《のど》によい、といわれている。お茶と一休みとは密接につながるが、落語家のあの動作は、客席に向ってひろげた投網《とあみ》を引きよせる頃合を探っている気配を受ける。

この連山という人物についての話題は、芸界の人と話をしていると、しばしば出る。一つ話になっているが、若いころ言いつけられて、庭の松の枝を切ることになった。

「ドスーン」

という音がしばらくすると響いてきて、連山が地面にころがっている。自分のまたがっている松の枝の根元をノコギリで切断したので、枝と一緒に墜落したのである。

これも若いころ、家に帰ってみると女房が間男をしていて、その男が逃げ出した。連山さんも追っかけた。

「ところが、この男が速いのなんのって。あとで聞いたら郵便配達の人だった」

というのも、オカしい。昔の郵便配達夫というのは、健脚のイメージがあった。

そこで世をはかなんで、六郷の橋から多摩川に飛びこんだ。飛びこんでから気づいたのだが、元海軍の水兵だったので、しぜんに体が浮いて泳いでしまい、溺《おぼ》れ死ぬことができない。

今度は、鉄道で轢《ひ》かれて死のうと、線路の上に横になっていた。ツルハシを肩にした線路工夫が何人か通りかかって、

「なにをしてるんだ」

「カカアが間男しやがった、鉄道自殺するんだ」

「夜中なんだから、きょうはもう汽車はこないよ。おまえ商売はなんだい」

「講談で」

「一席やってみろ」

といわれて、工夫部屋に入って「太閤秀吉」を口演したところ、

〝僕の好きな
芸人の逸話〟
鈴々舎馬風が刑務所へ慰問にいった。
開口一番「満場の悪漢どもよ！」とやった
のであわてた看守が
「師匠 それは ちょっと…」
とたしなめると
馬風
「ア、そうか、こりゃ
まずいこと云っちゃった
な。ま、いいや、
みんな、仲良くやろうよ、おそろいの着物を
きてるんだから……」

「おまえ、ホントに下手だなあ」

と、感想を述べられた。

これは、柳家三亀松から直接聞かされた話だが、異説もある。

「宮本武蔵」を一席うかがうと、

「弱そうなムサシだなあ」

この連山が、数年前ついに真打に昇進した。老齢の奇人の真打ということで話題になり、週刊誌などで記事になった。

そのころ、神田連山と私との対談の企画があった。そういう人物なのだから、真打昇進などべつに何ともおもっていないだろう、と私は予想していた。ところが、その話題になると涙を浮べそうなほど喜んでいて、意外であったが、すぐになるほどなあ、とおもった。

世に伝えられている奇行は、連山の頭の判断では、きわめて当り前に振舞っていたにすぎないのだ。結果として、それが奇行になる。

いずれにせよ、奇人に間違いない。

59　番　茶②

小島貞二さんを知らない人に説明するには、イレブンＰＭの人気番組である女相撲大会で解説役をつとめているベレー帽の人といえば、わかりやすいだろう。

昭和十年代に出羽海部屋にいた力士という異色の経歴で、現在では芸界やスポーツについての文章を書いている。

この人と会って話したときにも、神田連山の名前が出た。それに関連して、芸界の奇人についての話題になった。

小島さんにいわせると、奇人三傑といえば、志ん生・三亀松・呼び出し太郎（すべて故人になった）だ、ということになる。

落語について語る資格は、私にはあまりない。戦争末期から戦後混乱期の十年ばかりは、いろいろ忙しくて落語まで手がまわらなかった。

いま大へん評価されている可楽でさえ、残念ながら知らない。

ところが、余計なことを覚えている。高座の終りに頭を下げて、引上げて行く客を見送る役を「おそうじ番」というそうだが、いまでもその姿かたちが鮮明に眼に浮んでくる噺家《はなしか》がいる。

子供のときの記憶なのだが、ふしぎなものでそのときの人の名まで覚えていて、これが柳亭左楽である。その道に精《くわ》しい人にたずねてみると、芸はたいしたことはないが当時の落語界のボス的存在だった、という。

私が一番好きだったのは、志ん生である。破格というかアブストラクト風といおうか、そのくせ噺のつづいてゆく糸は切れないところが、まことによかった。「寝床」の番頭が、旦那の下手な義太夫を無理に聞かされて、蔵の中に逃げこむ。そこへ旦那が窓から義太夫を吹きこむ。

「それで、その番頭いまどこにいるんだい」

「ドイツに行っちゃった」

というアドリブを戦後に聞いて、その間《ま》の良さに、爆笑しながら感服した。

志ん生と対蹠《たいしょ》的な文楽も好きで、よく「きっかり枠《わく》に嵌《はま》った芸」といわれるが、日常生活では、なかなかシャレた人であったようだ。

以前東京に大水が出て、下町では胸までつかるほどになった。翌日はいい天気で、水がすっかり引いてしまったころ、文楽が長靴にサシコ姿で、

「どうだい」

と、見舞いにきた、という。この話は三亀松に聞いた。

その志ん生だが、小島さんの話では、戦争が終ったとき満洲にいて、いつ帰れるか分からないし、生計の立てようがないので、死んじまう気になった。どうせ死ぬなら好きな酒で、

とウオッカを六本一ぺんに飲んだが、なんともなかった。これは大変なことで、よほど生命力があるというか心臓が強いのか、焼酎《しょうちゅう》一本を一息で飲んで、死んでしまった人は、しばしばある。血液中のアルコール分の濃度が高くなり過ぎて、死んでしまう。

やはり、異常人物である。

残念ながら亡くなったが、そのときを境にして息子の志ん朝がにわかに上手になった。こ

志ん朝
仁鶴
十五年たったら落語の天下を二分する！
東
西
ヤングの落語ファンは今のうちに二人の高座を見ておくとよい。あとになって「今はうまくなったけど、昔ゃどうもマズかったネ」なんてイバれるから……

れは、なにか分かる気がする。

その前までは、噺の途中で「うん」という言葉が無関係のところで多すぎて、甚だ耳ざわりであった。言葉に詰まると、そうやって誤魔化していたのだろうか。

先日の国立劇場での「火焔《かえん》太鼓」には、この「うん」が一つもなかった。顔つきまで志ん生に似てきて、あと何十年かすれば、そっくりの顔になるのではないか。

ただ、驚くほど上手にはなったが、もう一つ味が薄い。これは年月を待てばよいだろう。専門外のことの批評をして、ごめんなさい。

60　番　茶③

結城昌治は、私の顔が柳家三亀松に似てきた、と幾度もいう。しかし、結城の頭にあるのは、五十歳前後の三亀松だろう、とおもう。

亡くなる前の四年ほどのあいだに、三亀松とは何度か会っている。奇抜な話ばかりして面白い人物だったが、顔つきは穏やかで隣りのポチのような感じもあった。

小島貞二さんにいわせると、晩年の三、四年は、三亀松はすっかり人が変っていたそうである。そして、小島さんの会ったなかでの超Aクラスの奇人は、この人物だった、とその女性遍歴の発端を話してくれた。

十代のころの三亀松は、本所深川の木場《きば》で川波（いかだのり）をやっていた。この仕事は午後二時ころまでは忙しいが、あとはヒマになる。遊び人が多いから、いろいろ道楽をやることになる。

三亀松は清元のお師匠さんのところに習いに行っていたが、そこで三味線をひいていたのが二十三、四のきれいな姐《ねえ》さんだった。

夏のころ、洲崎（遊廓）へ遊びに行こうと歩いていたら、道でその女に会った。

「オヤ姐さん」

「アラ亀さん。おまえさん、筋がいいよ。どうだい、いまからあたしがさらってあげるから、おいでよ」

「だけど姐さん、レコがいるでしょう」

「きょうはいないの。あたし一人だから……」

路地をあちこち回って、見越しの松に黒板塀《べい》という家に入った。一段さらって、

「おまえさん、筋がいいよ。しっかりおやり。これから、どこへ行くんだい」

「洲崎だよ」

「十二時ころまで遊んでおいで、大引《おおび》けは二時だろう」

などといっているところへ、ザッーと雨が降ってきた。やらずの雨である。となると、行き着くところはきまっていて、

「亀ちゃん、おまえはだかにおなり」

「姐さんだけ着物のままじゃ、ずるいよ」

「あたしがはだかになって、あんた、驚かないかい」

「驚くもんかい」

着物を脱ぎ捨てて全裸になった女をみると、全身の彫りもので大蛇がまっ白い肌に巻きついている。臍《へそ》の下に頭が彫ってあって、赤い舌が女陰を舐《な》めようとしていた。

このとき、三亀松は十七歳くらいで、童貞ではないがまだウブなところがある。

驚いているうちに、女に腰が抜けるくらいオモチャにされていると、表の戸がトントン……。

「姐さん姐さん、こんばんは」

この女は深川の大親分に囲われていて、監視役の若い衆が入ってきた。

女はいそいで三亀松を押入れに隠したのだが、フンドシが畳に落ちていてバレてしまい、ほうほうのていで表へ逃げ出した。そこからが、常人と違うところで、外から家の中の様子を覗《のぞ》きはじめた。

家の中では、若い衆がいまの始末を親分に報告するぞ、と女に迫っている。女もただものではなく、パシッと男の横面をひっぱたいて、

「おまえが口説いたことを、親分に言ってやるよ」

若い衆は青くなって退散してしまったので、ザマミロと溜飲《りゅういん》をさげて、洲崎へ出かけた。

腰が抜けるほどになったあとで、たちまち遊廓へ行くのだからおどろく。

61 番茶④

三亀松とは、十年ほど前に仕事にからんで初めて会ったのだが、なんとなく気が合った。一緒にキャバレーに出かけたりしたが、そういうときには洋服姿になる。ダンスも上手だったが、洋服の三亀松はどこか昭和初年のモダンボーイ風であった。

その三亀松が、言う。

「おまえさん、メカケだけは持つもんじゃないよ」

私も同意見で、そのことに関しての男女間の心情の機微について、文章に書いたことがある。しかし、三亀松の意見は単純明快で、

「立たなくなっても、お手当ては払わなくちゃいけないんだから、こんなソンなことはない」

と、いうことになる。

「師匠はいつから立たなくなったんだい」

「五十になったら、ダメになった」

その後、会うたびに確かめてみると、

「五十を過ぎても、立てようとおもえば立つんだけど、面倒くさくなって、ほかの愉しみの

ほうがよくなった」

という結論に落ちついた。

三亀松は「四斗樽《しとだる》説」で、男はその分量を使いはたすと立たなくなる、五十でしぼり尽くした、と最初は言っていた。

五十歳では早すぎるから、興味が別のほうに移ったというのもウソではないだろう。

寄席の三亀松は よく
顔面模写、形態模写
をやった。子供だった僕
には、都々逸より
面白かった。
ほんの一瞬だから
見逃がさないようにと
前置きをして 柳家金語楼 の顔をやり
終ってから必ず「顔がこわれちゃう」といった。
竹光を持ち出して うれしそうにやって
いたのが 阪東妻三郎 の立ちまわり。
クルリと廻るのをきっかけに 楽屋から
「ラ・クンパルシータ」のレコードが鳴り
タンゴのステップを踏む、といった
何とも古色蒼然たるギャグ。

ただ、その興味が性的なものに移る場合は、どう解釈したらよいのか。永井荷風も五十くらいで立たなくなった気配があって、それを境目にして自宅にシロクロ演技者の夫婦を呼び寄せて撮影することを愉しみはじめている。

三亀松にもその種の写真を撮す趣味があって、いろいろ見せてもらった。ただし、戦後間もなくはじまった趣味らしいから、当時はまだ四十をいくらか出た年齢である。

墓地の中を盗み取りしている写真があって、大学生が制服制帽のまま尻だけ出している。その下に、モンペをずらした女が仰向けになっていて、戦後風俗史として貴重な資料だとおもった。

写真機を竹竿《たけざお》の先にしばりつけて、セルフタイマー装置をかけてシャッターを押す。まだ水洗便所が普及していないころのことで、その竿を汲《く》み取り口からそーっと差し入れる。ジージーという音がつづいて、シャッターが切れる直前、小水がレンズにひっかかって不成功に終った、などという話をしてくれたこともある。

なにを「奇人」と呼ぶか、いろいろ説がある。それぞれ一理あるが、自分で自分を至極当り前の人間と信じこんでいるが、他人からみれば奇抜な言動をしていることになるのが、最高の奇人だというのが私の意見である。

友人にそういう人物がいて、「奇人」だというと本気で首を傾げたり、ときには怒ったりする。したがって、名前を出さないが、五十代の半ばだというのに、やたらに立つ。

これから書くことも、その人物にとっては日常的な事柄で、わざわざ話題にするまでもないにちがいない。しかし、普通人にとってはおもしろい。

ある夜この人物が若い友人と酒を飲みながら、説教をはじめた。いかに女というものが厄介な存在であるか、困った動物であるか、かるがるしく関係をもってはいけない、というようなことを喋《しゃべ》ってるうち、自分の言葉に刺激されてしまい、

「あー、やりたくなったあー」

と、電話をかけに行ってしまった。

62　ひじき

銀座のバーで飲んでいると、顔馴染《かおなじみ》の流しの楽隊が近よってきて、私の耳もとで、

「ウメボシ、ウメボシ」

と言った。何のことやら分からず、悪口かなとも勘ぐったが、その気配に親愛感があって、うまく判断ができない。その後またそのバーで、その男が、

「ウメボシ」

と、ささやく。

今度は問い返してみると、その半年ほど前に発表したヒジキについての随筆を読んで、それを言っているのであった。分からなかったのが、当り前である。

ヒジキはきわめて安価なもので、昔はよく刑務所のオカズに出された、と聞く。

言うまでもなく海草の類だが、やや波の荒い海岸の岩に付着して生長してゆく、という。漢字では鹿尾菜と書く。ヒジキとかキリボシ大根とかシラスボシなどは、いかにも、お惣菜《そうざい》という感じの食べ物である。ホテル住まいを一カ月もつづけるときには、無闇に食べてみたくなる。

以前、そういう羽目になったことがあって近所を探すとコンニャクとか塩鮭などを食べさせる店があった。値段の高いだけあって、お惣菜という料理にはなっていない。それでは気が済まず、裏街でバーテンや流しの楽隊などが食事をする小さい店を見つけた。その店では、ヒジキの煮たのもあった。このヒジキをもうすこし旨く食べる方法はあるまいか、と考えて、その方法を含めて新聞に随筆を書いたのだ。

私の育った東京の家には、祖父と別居している祖母がいた。その上、足腰の立たない病気になって、いつも部屋に敷きっぱなしの蒲団に坐っている。そういう状態のときにはヒステリーになりやすいのだろう。可愛がってくれるかとおもうと、子供ごころにも筋道の立たないとおもえる叱り方をする。

「おばあさん子は三文安い」

という諺《ことわざ》をしばしば口にして、きびしく躾《しつ》けると称し、足がたたないので長いモノサシで私を殴ろうとしたりする。

台所はこの祖母の支配下にあって、その食物の好みがいかにも婆さん風で、コウヤ豆腐とか湯葉とかヒジキなどを好む。

時折、家に帰ってくる放蕩者《ほうとうもの》の父親が食卓をみて、こんなものを育ち盛りの子供に食べさせてはいけない、と言い争いになる。

父親は気が向くと料理をつくり、なかなかの腕前であった。牛の腿肉《ももにく》を材料にして、白いシチューなどをつくってくれる。これは息子に対する親切というより、むしろ婆さんと喧嘩《けんか》したあげくの厭《いや》がらせのようなものなのだが、これらの料理がひどく旨かった。

子供のころの舌は感激しやすいから、いま食べてみたらどうか、やはり旨いような気がする。その白いシチューのつくり方は分からないが、おそらくブドウ酒と香辛料の使い方にコツがあったのだろう。

ヒジキの煮方については、そのころの記憶があったのか私自身の発案なのか、よくおもい出せない。

その方法は、ほんとうのところは、どうでもいいのだ。各人の好みや家風に従えばよい。味醂《みりん》をつかい、アブラゲを細かく刻んだものと一緒に、甘辛く煮ても一向構わない。私の場合は、上等のカツオブシを削り、引き上げずにそのまま煮こむ。ミリンも砂糖も使わないショウユ味である。

一つだけコツがあって、梅干をいくつか丸いまま投げこんで煮る。最後には、この梅干は捨ててもよい。それが底味《そこあじ》となる。

63　熊（くま）①

志賀直哉。昭和四十六年没、八十八歳。

広津和郎。昭和四十三年没、七十六歳。

いまではこの世にはおられないこの二つの名前に、
里見弴。

谷川徹三。

と並べると、わが国の最優秀の頭脳と人格が勢ぞろいしている観があって、壮観といえる。

十年くらい前になるだろうか、阿川弘之から電話がかかってきて、この四人の人物と熊《ゆう》掌《しょう》を食べるように段取りをつけたので、つき合わないかという。アガワは志賀直哉の古くからの心酔者というか弟子といおうか、ともかくマメなタチだからしばしば志賀家に出入りしていた。

志賀さんにつながる縁で、あとの三人物ともつき合いができたのだろう。

「志賀直哉に会うことは富士山に登るようなものだ」とは、安岡章太郎の言葉である。無条件の尊敬という意味ではなく、含みはあるが、たしかに私たちの世代にとってはそういう感じである。

その頃までに、志賀さんには公的私的に四度ほど会っていた。

広津さんとは、偶然会うと立ちばなしをするくらいであり、あとのお二人とは会ったこともなかった。アガワからそう言われたとき、正直言って億劫《おっくう》だった。先輩大家に近づくことは、いろいろ複雑な気分がからまって私は避けている。川端康成と私の亡父とは、会えば親しく話し合った仲であったらしい。川端さんのほうが、先輩である。しかし、川端さんとは、私はとうとうゆっくり話をすることがなかった。

自殺の前の年の暮、ある小人数の会があって、川端さんがゲスト格で招かれていた。日本座敷にみんな坐っていたが、ふらりと私の傍に近よると、畳の上に坐りこんで、

「ヨシユキさん、浅草の三社祭《さんじゃまつり》に行ったことがありますか」

「いいえ」

「来年、一緒に行きましょう」

そういう間柄ではないことだし、意味がよく分からないので黙っていると、

「わたしは、浅草のことは精しいんです」

川端さんに、浅草を舞台にした一連の小説があるのは、当然知っている。

「それは、そうでしょう」

と言って、首を傾げていると、川端さんは立上ってまたふらりと離れていった。睡眠薬が入っていることを、感じさせた。

その三社祭が近づいたころ、突然の自殺である。

話を戻すと、熊掌というのはその字のとおり、熊の掌の料理である。中国料理のなかでも珍品で、話は前から聞いていたが、まだお目にかかったことがなかった。大いに、興味がある。それに、やはりこういう人物に四人一度に会う機会など、二度とないとおもい、その集まりに参加した。

皆さんそれぞれ、癇癖《かんぺき》が強いので有名であるが、年齢とともに穏やかになっている気配を

まず受けた。

熊掌は薄味のスープになっていて、ゼラチン状のものであり、品の好い味がした。それを食べながら、

「ご存知とおもいますが、この熊は右の掌しか食べられないそうで……」

と、うっかり口にしてしまって、これはマズいことを言ってしまった、とおもっていると、広津さんから、

「君、それはどういう意味なの」

と、質問を受けた。

64 熊（くま）②

なぜ熊の掌が右手しか食べられないかを説明すると、食事中にふさわしくない話題になってしまう。

しかし、口に出してしまったものは、仕方がない。

「エー、食事中にナンですが……。熊が冬眠するとき、尻の穴が寒いので左手を当てがって

いるという話を聞いたことがあるのですが。一冬中そうしているとですな、つまりその臭《くさ》みが付いて具合がわるい。その当てがう掌が、かならず左手だといいます」

皆さんこだわらずに、苦笑まじりの笑い声が起った。私は周知のこととおもったのだが、こういう雑学についてては案外疎《うと》いかたばかりだったかどうか、あとで考えてみたがよく分からない。

君ィ、熊掌にチーズは合わんぞ！
いえ、なんでもそのメス熊は尻の穴じゃなくて前の方から風邪をひくってんでひと冬中押さえていたもんで……ハイ…

しかし、それは俗説にすぎないのではあるまいか、といまごろになって気になってきた。夕刊フジのHさんに、またしても調べてもらう。自分で調べればいいようなものだが、知らないところへ電話するのは苦手だし、Hさんは新聞記者根性とはこういうものか、とおどろくほど徹底的に調べる。そのことは、立春の卵についての調査を依頼したときに分かった。ある一流中国料理店のチーフ・コックに、電話口に出てもらったそうである。

料理法についてくは、くわしく語らなかったそうで、これは当り前のことだ。それは教えてくれないでしょう、とあらかじめHさんに言ってあったのだが、それでも質問する。そうしないと、自分の気持が許せないのだろう。新知識としては、熊掌《ゆうしょう》の料理法は、四、五種類ある、ということだった。鱶《ふか》のヒレの料理法が四、五種類あるが、それに似たバラエティか。

一昼夜水で煮て、熊の肉に本来備わっているクサミを取ってから、調理する。

右手しか食べない、という説は正しかったが、理由が違った。クマの大好物は、蜂《はち》の巣だという。知っている人が多いのだろうが、私には初耳で（その後、『美少女』という自分の旧作を必要あって再読していると、そのことがちゃんと書いてあった。忘れっぽくて困る）、クマが鮭を獲って笹の枝に通し肩にかついで引張っている絵をよく見ていたのでクマの食べ物はシャケときめていた。

この笹からシャケが抜け落ちてしまう、という話にも愛嬌《あいきょう》がある。

右手でハチの巣を叩きつぶして、その蜜《みつ》を食べることを繰返しているうち、蜜の味が掌に沁《し》みこんでくる。そのために、右の掌のほうがうまいので、料理に使うのだということだ。

である。

左がダメだから右、というのではなく、右のほうが左より良いから使う、という発想なのである。

左の掌を肛門に当てがって風の入るのを防いだまま、冬眠するという説についてたずねると、その中国人とおぼしき言葉づかいのチーフは、

「そういう話も、聞いたことがありますが……」

とだけ答えた、という。バカバカしくて話にもならない、という返事をやわらげてそういった、という感じでもなかったそうだ。真偽のほどが分からないので、確答を避けたのか。

この集まりには、参加してよかった。おっとりと落着いた雰囲気《ふんいき》で、愉しかった。そのあと、里見さんにアガワと私がマージャンに誘われて、私はそれを断わった。高齢のかたとのゲームは不安だったのだが、重ねて誘われたので麻布の弟さんのところで卓を囲むことになった。しかし、半チャン二回で里見さんに疲れがみえたので、打切った。

もう十年ほど前のことになったから、里見さんの喜寿《きじゅ》のころだった。

65 アイスクリーム①

昭和三十年まで、私は蒲団にもぐって枕もとに原稿用紙をひろげ、腹這《はらば》いの姿勢で小説を書いていた。したがって、机というものを持っていなかった。

肺の切除手術を受けて、背中から胸の横にかけて長い傷ができて以来、その姿勢ができなくなった。

もっとも、腹這いで原稿を書く人はそれほど珍しくない。佐藤春夫もその一人である。私は佐藤家には年に一度くらい遊びに行くだけだったが、晩年のあるとき、

「今度、新工夫をした。ちょっと見てみなさい」

と、書斎兼寝室のような部屋に、案内された。

ベッドの枕もとのすぐ前の壁がくり抜いてあって、四角い小さな空間ができている。同じ腹這いでも、その箱のようなところに首を突込んで原稿を書くと具合がよろしい、とおっしゃる。照明はどうなっていたか覚えていないが、珍妙な工夫で私は呆《あき》れた。

あの先生は、気難しい猛禽《もうきん》のような顔をしているが、渋いユーモアを好む面白い人物だった。もっと遊びに行けばよかった、とおもうが、手遅れである。

話を私に戻せば、腹這いの形ができなくなってからは机に向って書いている。机のほうは

古道具屋で見つけたのだが、黒く塗った長方形の上等な品物を使っている。中国製で、かなりの大きさである。

椅子は安物の簡単な形で、肘《ひじ》掛《か》けなどもなく小さい。尻を載せるところは堅くてレザー張りの回転式だが、このほうが具合がよくて、しばしばその上に脚をあげてアグラの形になる。

先日、タバコを喫いながら机に向ってメモを取っていると、電話が鳴った。このときも、

いや、なに　何でもないんだヨ
ちょいと　タバコの置き場が
なかったんで　ハサマシテ
もらったんだ……

椅子の上にアグラをかいていた。

未知の人からのものでダラダラ話がつづくのでメモを取りつづけながら応対していると、足のところがあたたかくなってきた。しだいに熱くなってきて、耐えがたいほどになった。調べてみると、足の指のあいだにタバコがはさんであって、灰が長く残ったまま火が指を焼きそうになっていた。

要するに、片手にペン片手にタバコのところへ電話がかかってきたので、送受話器を持つためにはどちらかを手離さなくてはならない。そのため、タバコを足の指のあいだに挟《はさ》んでそのまま忘れていたわけだ。

忘れっぽさの按配《あんばい》が悪化したことと、放心癖の混淆《こんこう》であろうが、こういう事柄がしばしば起っている。

数日前にも若い友人とソバ屋で、酒を飲んでいた。釜揚げうどんを入れる赤と黒に塗った桶のような容器を一つ、まん中に置いて、盃を重ねていた。ソバ掻《が》きを註文すると、そういう容器に入れて持ってくる。

「ソバ掻きで一杯、というのはイキなもんだが、残念ながらツユが甘いな」

などといいながら雑談をしているうち、この連載に恰好のネタになる話が出た。

「忘れるといけないから、メモしよう」

と、相手からエンピツを借り、メモを取った。

『アイスクリーム。古本屋。本を高く売る』

と、メモすると、

「もう一項目くらい書いておかないと、かならず忘れますよ」

「これだけ書けば、いくらなんでも十分だよ」

その男の言ったことは正しくて、翌日紙片をみても、なんのことか分からない。

アイスクリームと古本屋と、どうしてもつながらないので、その友人に電話した。

66　アイスクリーム②

アイスクリームと古本屋の関係。

いまは、書物が出版されすぎていて、本屋の棚に並べ切れない。したがって、ベストセラーか大出版社発行のものしか、棚には並べられにくい。

戦争中と戦後しばらくはその逆で、本屋は棚を埋めることに苦労していた。したがって、古本屋は繁盛して、だいたい定価の七割くらいで買ってくれた。

戦争末期を、私は静岡と東京で過した。旧制の静岡高校にいたからで、東京に比べてまだ静岡には物資があった。酒も一軒で日本酒を二本まで飲ませてくれたので、あちこちの店を渡り歩けば、一升は飲めた。ビールとウイスキーは、姿を隠していた。

学校の近くに、古本屋が何軒かある通りがあって、ミルクホール風の小さい店もあった。ここで、アイスクリームとアンミツを食べさせてくれる。

旧制高校生というのはいまの大学生の年齢に当っていて、アンミツとはなさけないのだが、その種の食べ物は当時は貴重品であった。アイスクリームは、幾杯でも食べさせてくれて、

「何某《なにがし》は二十何杯たべた」

というような情報がつたわってきて、それが英雄的行為のようなニュアンスがあったのだから、ますますなさけない。

ただ、アイスクリームを幾杯も食べるには金が必要だが、その肝心なものがない。親しくしていた友人が、高く売れそうな本を一冊もっていた。しかし、だいぶ以前の出版なので、安い定価がついている。

「この本を、この定価から判断して値段をつけられては困るな。安く売るくらいなら、持っていたい」

と、その友人は言う。

私のほうは、その本を売らせてアイスクリームを食べたいので、

「それじゃ、定価のついているオクツケのところを破って売りに行こう」

と、そそのかす。

いまでは、定価に関係なく、珍らしい本にはときには法外の値段がつく。そのときの本が

何であったか、はっきりした記憶がないが、古本屋に評価されにくい書物であったことは確かである。『三太郎の日記』とか『善の研究』とか『愛と認識との出発』などという本なら、文句なく高く買ってくれたが。

「しかし、それはフェアじゃないな」

と、友人が悩む。

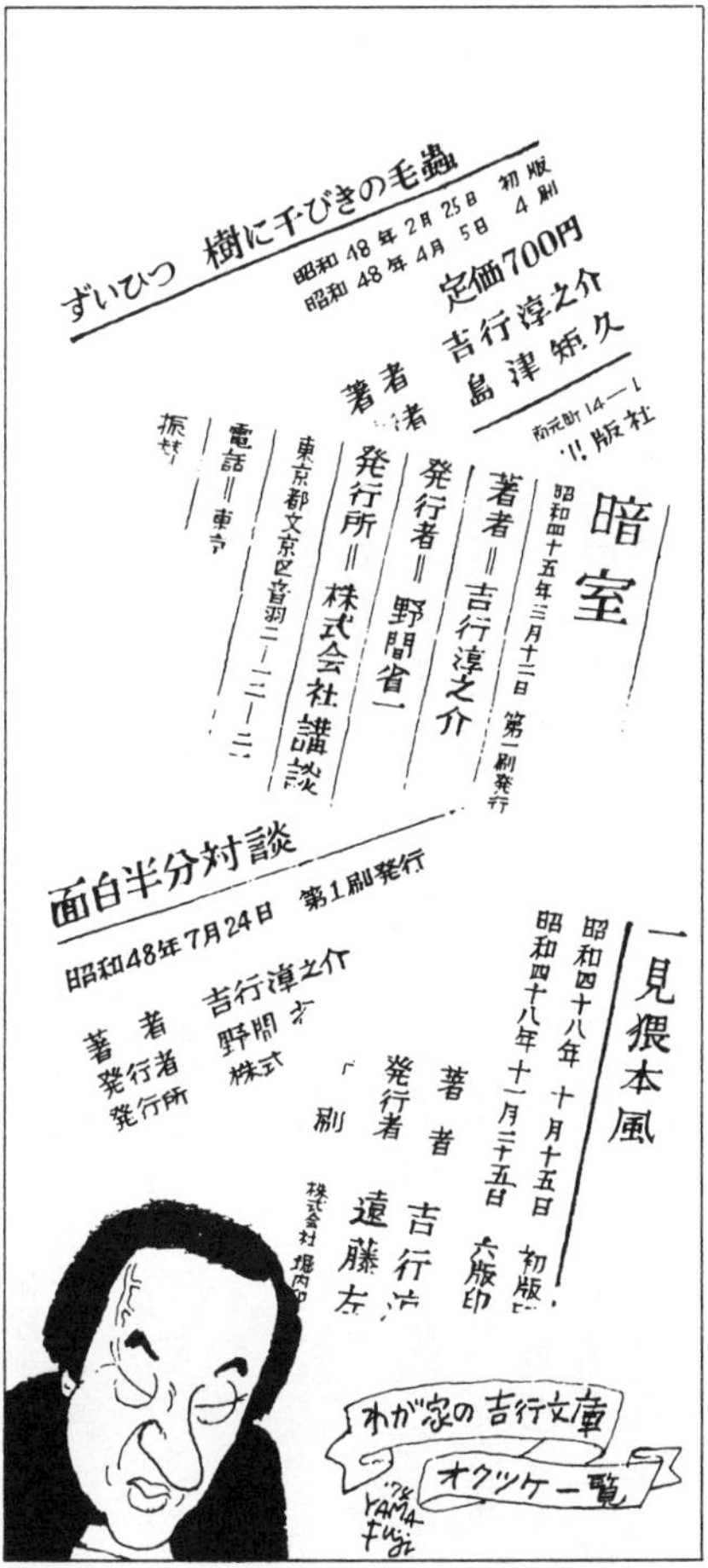

「そんなことはない。この本を不当に低く評価されて、定価からの判断で値段をつけられた場合、それは古本屋の無知である。そのオソレを排除するということは、正当な行為である」

ここで反省されては困るので、理屈をつけて売らせようと努力しているうち、友人もついに決心した。

古本屋は、その一冊の書物を丁寧にしらべて、やがて怪訝《けげん》な表情で、

「この本には、どうしてオクツケがないのですか」

そのときの説明を思い出せないのだが、友人の困った顔だけは鮮明に眼に浮ぶ。その本が意外に高く売れて、ミルクホール風の店にかけつけ、アイスクリームを食べる。友人は気が咎《とが》めているような、さらには罪を犯したような顔をしていて、それが私にも伝染してきた。

お互いに、しだいに俯向《うつむ》き加減になってスプーンを動かすのだが、しかしそのアイスクリームは旨い。その友人は、長崎の原爆で死んだ。

67　汁　粉（しるこ）

このごろ、甘いものに全く興味がなくなった。酒を飲むと、それが血液中で糖分に変化する、という説がある。真偽は知らない。本当だとすると、そのせいかともおもうのだが、若いころは酒も菓子も好きだった。

戦争直後の甘いものといえば、闇市屋台で立ち喰いするシルコくらいのものだった。サッカリンとかズルチンは、いまは糖尿病用とか肥らないために使っているが、当時は砂糖の代用品であった。

サッカリンは熱をたくさん加えると甘くなくなるので、煮物の場合はズルチンでなくてはいけない、という説もあったが、これも真偽は知らない。その説にしたがえば、闇市のシルコの甘さはズルチンということになる。

どちらも、舌に厭な後味が残るのだが、そのくらいは何程のこともなかった。

砂糖がいかに貴重品だったかは、いまの人には想像できまい。喫茶店というものが復活しはじめたころでも、コーヒーか紅茶は店のほうであらかじめサトウを入れて運んでくる。テーブルに砂糖壺の置いてある店は、稀《まれ》であった。そういう高級店でも、何杯も入れると、露骨に厭な顔をされる。

そのころ、驚異的行為としてつたわってきた事柄がある。しかし、それは若い世代にはとうてい実感がつたわらないと思う。

あるカメラマンが、そういう喫茶店に入って、コーヒーを註文した。おもむろにカップの中に、サトウをスプーンですくって入れる。とめどなく、という感じで、幾度も繰り返してゆく。当然コーヒーは縁からあふれてこぼれる。

それでも、まだ入れる。

カップに半分くらい入っているサトウをかきまわさずに、コーヒーだけ飲んで、底のサトウはそのままにして立去る。

いまでは、かえってコーヒーを損したことになる。しかし、その行為は単に物質的な問題ではなく、客のサトウの入れ方にたいして監視するような眼をする店側へのイヤガラセなのだ。

そして、こういう振舞いをするには、なかなか勇気が要った。

ところで、シルコの立ち喰いは、そのころしかしたことがないし、また試みたいとおもっても不可能であろう。ただ、シルコを食うにも金が必要である。野坂昭如たちの闇市少年なら、喰い逃げもできたろうが、当人は大学生であって一人前の大人と自分ではおもっている。だから、金が要る。

そのころ、私は東大にときどき出かけて行って、四年目に行かなくなりおのずから除籍処分を受けた。入学してから一度も月謝を払わなかった。引越したときに住所を事務所に連絡しなかったので、督促状は本籍へ行き、そこに住んでいる叔父から回送されてくるが、知らん顔のままである。

本郷へ行ったときは、あとで神田の古本屋街にまわり、乏しい本を一冊ずつ売って闇市のシルコかイカの丸焼きを食う。

あるとき、文学全集の永井荷風の巻を売りに行った。予想より大分高い値段をつけてくれ

サッカリン全盛時から少したって
東京では 砂糖が米のかわりに
大量に配給になった。
大人たちは「おれたちは蟻じゃ
ねえや」と怒っていたが、
ヤケアト幼年の僕たちには
結構なおやつだった。そのかわ
り、今だに歯が目茶苦茶である。
YAMA Fujii '48?

たので、にわかに欲が出てそこでは売らず、べつの古本屋へ行ってみた。

ところが半分ほどの値段しか、付けてくれない。

常識としては、そういう場合は前の古本屋に戻って行かないものだが、金がないというのは困ったもので、人間の廉恥心を鈍らせる。

前の店に戻って売ろうとすると、厭な顔で断わられた。こういう職業上のプライドというのは、なかなか厄介な問題を含んでいる。

68 ピーナッツ①

背の高い鉄製の帽子掛けで、洋間用のものがある。上の端に、床とほぼ水平に短かい枝が幾本も出ていて、そこに帽子をかける。その形に似たものに、五百CCの液体の入ったガラス容器をその枝に吊《つ》るし、容器の底につながった細い管の末端についている注射針を、ベッドに横たわっている人間の静脈に入れる。

容器のなかの液体が管をつたわって、血管にゆっくり流れこむ。

これを「点滴」というが、病気馴れした私でも、この光景にはいささかたじろぐものがあった。私自身、肺切除の手術のあとに受けたことがあるだけだったし、あとは瀕死《ひんし》の病人に対して行われるものだと思っていた。

　そうばかりでないことが分かったのは近頃である。

「点滴をやってもらうと、体の調子がいいよ」

と気軽にいう人間にときどき会う。

この一年以上、月に二回、私もこの点滴をアレルギー治療のためにしてもらっている。最初は五百CCの液体を体に入れるのに、一時間半くらいかかった。しかし、その時間の長さは苦痛ではない。ようやく人心地ついた良い気分を噛みしめて、ベッドの上に横たわったまま背筋を伸ばしたりしているうちに過ぎてしまう。

しかし、だんだんその時間を短かくしてもらうようになった。管の途中に付いている小さな円盤を動かすことで、時間の調整ができる。ときには、三十分くらいの「急行」で入れてしまう。いずれにしろ、体に入れるものは水分なのだから、あらかじめ排尿しておかないと困る。

点滴室に、最初に入ってゆくと、

「トイレへ行っておいてください」

と、看護婦が言う。

看護婦がそのきまり文句を言うと、ジャンパーを着た中年男が、あたりを見まわしてもじもじしはじめた。部屋にはベッドがずらりと並んで、人間が片腕に針を入れられて横たわっている。

その男はひどく迷った顔つきで、やがて、思い切ったように、

「あのう、大便は今朝済ませましたが」

もっと精《くわ》しい説明をすると、男は安堵《あんど》したように部屋を出て行き、看護婦は吹き出して、

「めずらしいわねえ、あんな人、はじめてだわ」

と言い、私も笑ってしまったが、その男の気持は分かるようにおもえた。

「点滴」という大がかりな治療を受けることになった……、と男は覚悟をきめる。ものものしい気分になって部屋へ入ってゆくと、

「トイレへ行っておいてください」

と、いきなり言われる。

こんなとき、その言葉が「小便をしてこい」という簡単なこととは、とてもおもえない。なにか大へんな準備をしなくてはならないらしいが……、と男は迷う。

笑いながら、私は男に同情した。

こんなこともあった。眼を閉じて横たわっていると、

「ピーナッツ、いらんけ」

と、突拍子もない女の声が聞えてきて、びっくりした。

目を開くと、入口のドアが開いて、近県の物売りらしい女が首を出している。しかし、驚いたのは、こっちばかりではなく、

「あれ、病院だ」

と、いそいでドアを閉めて帰ってしまった。

69　ピーナッツ②

ピーナッツは、戦後闇市のスタアであった。比較的安価だったし、食べようによっては口の中の滞留時間を長くすることができた。少ない量で、長い時間ものを食べている気分を味わう必要があったのだ。

旨《うま》いマズイなどはゼイタクなことで、消化できるものが口の中に入っているだけでよかった。七味唐辛子でさえ貴重品で、これが手に入れば食べ物が旨くなる。アカザなどという雑草を摘んできて、茹《ゆ》でた上に唐辛子を振りかけて食う。

当時の特徴は、黒味がかった食べものが大部分であったことだ。フスマ（字引に曰《いわ》く、小麦を引いて粉にするときできる皮の屑《くず》。洗粉または牛馬の飼料に用いる）の入った茶色っぽい飯、乾燥芋、芋の茎、干しバナナ、ニシンの煮付け……、ちょっと思い出してもそんなものばかりで、いまでは当り前の白い飯を、

「銀シャリ」

と、呼んだ。

これは敗戦直後の流行語であって、これを食べていると、恨まれる。当時の農林大臣がこれを常食にしているという噂《うわさ》が、汚職問題にからんで立って、怨嗟《えんさ》のマトになった。

「銀シャリ」とは、わびしい言葉で、その語感にあるミジメさ汗くささのようなものにうんざりするが、あのころの食べ物のあいだに置くと真白い色をしていることだけで、銀色に光り輝いてみえた。

そのころのことを書いた私のものに、「食欲」という短篇がある。単行本には収録したが、三年前に出た作品集には入れずに捨てた。読み返すとあまりにナサケナイ気分になってしま

WESTERN CARNIVAL
プティィット
フル〜〜
日劇のウェスタン・カーニバルで、「小さな花」を歌ってデビューした ザ・ピーナッツをみたとき、どこかでみたことのある顔だなァと思った。
数年後、さるところで埴輪(はにわ)を見たとき、これだ！と思った。
ガラスケースの中で土のピーナッツはいまにも歌いそうな顔をしていた。
YAMA

うので、作品リストから除外したつもりでいたが、捨ててしまうにも未練が起ってきた。

この際バラバラにして、随筆の形で生き返らせたいとおもう。

空襲ですべてが灰になるまでは、まだなんとか方法があった。ヤミの物資を買う金をつくることができたからだ。

もっとも、金があっても、品物がないことが多かったが。したがって、「荷物疎開」というのがあって、人間は都会にそのまま住んでいて、家財の一部を縁故をたよって田舎へ送っておく。

すでに父親は死んでいて、私がその代用品になっていた。

「この戦争は敗けて、本土決戦になる。したがって、荷物など疎開してもムダである」

と家長としての意見をのべたので、二十年五月二十五日の空襲で、まったくの無一文になってしまった。

しかし、家が焼ける前にも、食べ物を手に入れることはなかなか難しかった。

ときどき、過去のすでに幻になってしまった食物のことを妄想《もうそう》する。

『キモスイが食いたいなあ、ミョウガの香りがぷんとくるやつ』

『イイダコが食べたい。米粒のような卵がぎっしり詰まっているやつ』

ある日、私は一皿のピーナッツを手に入れ、部屋で食べようとしていた。最初の一粒に手をのばしたとき、ある友人の訪れる声が聞えた。

その友人が部屋に入ってくる前に、そのピーナッツの皿を隠してしまいたい。

本心はそうなのだが、あわてて隠すという行為もあさましい、さらには、自分が手に入れた幸運を友人に分けてやってもよいではないか、ともおもう。

悩んでいるうちに、友人は部屋に入ってきた。

「やあ」

「やあ」

挨拶をかわしたとたん、友人の目がピーナッツに向いた。

70　南京豆

ピーナッツの皿を、視線でつかまえたその友人は、

「やっ」

歓声のような呻き声のような音を出して、皿の傍にいそいでアグラをかいた。

「ご馳走になるぜ」

「うーん」

一粒のピーナッツを指でつまんで、口に入れる。指はすぐに皿にもどり、次の一粒を口に

運ぶ。皿と口とのあいだでおこなわれる指先の往復運動がすばらしいスピードで繰返された。

掌で皿の上の豆をまとめて摑《つか》み取り、口に持ってゆかなかったのはなぜか。物資窮乏の時代の遠慮が、そういう形であらわれたのか。あるいは、そういう形で食べてしまうのは、惜しいとおもったのか。鉢の中の粒餌《つぶえ》をついばんでいる鳥のようである。

ピーナッツはみるみる減ってゆく。なんとかしなくては困る、と私はおもった。これでは、幸運を分けてやるどころか、一人占めにされてしまう。しかし、友人の思い詰めたような表情をみると、

「おい、そのくらいでやめてくれ」とか、「半分残してくれないか」

という言葉が、出て行かない。

私もそのピーナッツにたいして思い詰めているので、気軽な言い方もできない。

残された手段は、私も一緒にそのピーナッツを食べることだ。しかし、その友人の指のおそるべきスピードをみていると、割りこんでゆく元気も失われた。小さな皿の上のピーナッツを、二人の男の無骨な指が競い合ってつまみ取る様子を頭に描くと、うんざりしてしまう。

畳の上にごろりと私は仰向けに横たわって、窓の外に眼を放った。空はひどく青く、白いちぎれ雲が一つだけ、ゆっくり動いてゆく。

「ピーナッツなど、婦女子の食べ物ではないか」

負け惜しみでそう考え、目をつぶると、異様な物音に気づいた。

ゴリゴリ、ゴリゴリゴリ。

友人が豆を噛みくだいている音で、それが頭の芯《しん》にひびいてくる。

ちらりと、皿をうかがう。

もう三分の一ほどの分量になっていて、その指のスピードもずっと衰えていたが、機械のような正確さで往復運動をつづけている。

また、目をつむった。

おなじみ「ヒトツデタホイノ」の２番には
「ふたり娘」のときは「姉の方から せにゃならぬ」
という規約があるが、
「双生児《ふたご》娘」の場合については とくに言及
されていない。そこで、この場合は どうするのが
いちばん よろしいか 考えていただきたい。
(A) ひとり寝かせて せにゃならぬ
(B) ふたり同時に せにゃならぬ
(C) 男もペアで せにゃならぬ
(D) ふたごの男で せにゃならぬ
(E) ソーセージ使って せにゃならぬ
(F) ふたりは レズだから しちゃならぬ
(G) 大正生まれの男は
もう体にわるいから しちゃならぬ ホイ。

ゴリゴリゴリ。

その音が、強くひびいて頭が痛くなってくる。

友人を憎み、苛立《いらだ》たしさと、ヤケクソの気分と、一種の敗北感も入りまじって動いている。恋人を奪われたような心持ちでもある。

ゴリゴリ、ゴリゴリゴリ。

その音が腹にもこたえてくる。私の堅いセンベイのような心を、その男がかじり取ってゆく音にも聞えてくる。

いま気付いたが、山口瞳の随筆のなかにこういう意味の一節があった。

『殻がついたままのを落花生、皮がついているのは南京豆、皮を取り去って、炒《いた》めたのがピーナッツ、と聞いたことがある』

それは、以前に私もなにかで読んだことがある。ただのシャレではなく、そういう厳密な区別があるのかもしれない。

思い出してみると、あの豆には赤っぽい茶色の皮がついていた。これまでの文中の「ピーナッツ」を、ナンキン豆と訂正する必要があるようだ。

71　号外・瓢簞

ヒョウタンは、ウリ科の植物なのに、食べられない。ヒョウタン料理というのは寡聞にして知らない。一見食べられそうな様子をしているくせに、煮ても焼いても喰えない。そのかわり、棚からぶらりと垂れ下っているところや、酒の容器に使われるところには、愛嬌がある。

二十数年前に、新聞に毎日連載されて評判になった随筆に、高田保の「ブラリひょうたん」がある。いま読み返してみても、古くなっておらず、たいへん面白い。

夕刊フジの一〇〇回の連載を引受けたとき、これは大変なことになった、と私はおもった。新聞小説の連載は何度か経験があるが、毎日毎日の随筆となると途方にくれる気分になる。

前任者諸氏も口をそろえてそう言い、筒井康隆などとなると、

「あれは、もう気が狂いそうになるくらいツライ仕事ですよ」

と、おどかす。彼が連載したときのタイトルは「狂気の沙汰も金次第」であって、諺を二つくっつけ合わせただけの趣向のものだと思っていた。しかし、自分が連載をはじめてみると、「ああ、あのタイトルには深い意味があったのだな。随筆一〇〇回連載とは狂気の沙汰であり、それをやるもやらぬも原稿料次第という意味か」と、悟った。

あらかじめ、すこしは参考資料を集めておいたのだが、その中に「ブラリひょうたん」もあった。このなかで、「身上判断詩」という項目があって、それを紹介したい。

身は一介の法学士
気は一本のお坊ちゃん
とかく浮世はジョーダンと
りこうぶってはみるけれど
ロハより安い出演料。

この各行の一番上の文字をつづり合わせると、ミキトリロー、すなわち当時大評判だった「日曜娯楽版」の作者の名になる。

高田保にいわせると、自分はけっして内実を知っていてこの詩をつくったのではない、「三木鶏郎」という名をじっと眺めていると、天啓のごとくおのずからそういう文句が浮んでくる。論より証拠と、三木鶏郎に会ったとき出演料について質問してみた、という。

「実費ダケハ出テイマスカ」

「出テイルノハ私ノホウノ足デス」

との答えで、高田保は自分の霊感の正しさに、うっとりしたそうである。

私も真似してみようと考えたが、霊感については自信がないので、さる嬋妍《せんけん》として窈窕《ようちょう》たる霊感美女に依頼した。他人を傷つけてはいけないとおもい、私自身の名について頼んでみた。

世の中を
しのぶおもいの
雪見酒
純なこころを
のぞかせる

すがたこいしい
けさのきぬぎぬ。

イキな答えが出たので安心して、山藤章二の分も頼んでみた。

ところが、これがいけません。でも、私の責任ではないのだ。

やまいのとこに
どっとふし
しょうこう熱に痔も出たよ。

72　ひょうたん

「身上判断詩」に、すっかり私は興味をもってしまった。こころみに、身近な友人の名をおりこんでつくってみると、たちまち出来上る。一、二分でできてしまい、われとわが才能におそろしくなってきた。その人物の特徴を頭に描きながらつくるから、でき上った文句が似合うのは当然である。本人が怒らなさそうなのを、二、三紹介してみよう。

愛嬌ないとはいわないが

がむしゃら
わがまま
ヒヒじじい
ろくな戦果はありません
ゆめも

きぼうも捨てなさい。

この一番上の文字を並べると、「あがわひろゆき」となる。

次は、「芦田伸介」。予備知識は必要ないだろうが、画面から受ける印象とはかなり違う人柄であることを知っておいてもらいたい。いまはもう構わないだろうが、以前「氷点」のスタアだったころは、営業妨害になるといけないので、対談のゲストとして出席してもらうことを私は遠慮した。つまり生地《きじ》はそんな按配なのだ。

ああ
しびれると
だんちのマダム
しんじてやりたい
すがただが
けっしてどうしてそうでない。

その次は、「福地泡介」。この男はもう三十六、七になったが、人を年寄り扱いにして、いつまでも若ぶっている。モテルモテルといってはいるが。

ふえる
くろうに
ちからもうせて
ほんのちいさな

うわさにも
すがりついてる
けはいいじまし。
フクチは傷つきやすい人物だから、最後の一行は「けなげさよ」に変更してもよい。
生島治郎については、発表しようかどうか迷った。ハードボイルド小説を書いているから、そのイメージを傷つけてはいけない。しかし、ハードボイルドの裏にはやさしさが潜んでいる、というのがイクシマの持論だから、かまわないだろう。

いろこいざたにかんしては
くさいものにはフタ
します
じっとがまんをしているが
ろくでもないよな
うわさもあるよ。

そのほか幾人かつくって、その中には名作があるが、発表できないのが残念でならない。

73　続・ひょうたん

「身上判断詩」を夜中につくって、一眠りして目覚めると、その発表欲をおさえきれなくなった。

正午になるのを待ちかねて、あちこち友人に電話してみたが、どれもこれもまだ眠っていたり留守番電話だったりである。

ようやく佐野洋をつかまえたが、サノについてのものは、

「探すも、覗《のぞ》くも、用のうち」ですぐ終ってしまっている。用のうち、とは推理小説のネタつくり、という意味である。それでも、いろいろ聞いてもらって、いくらか腹ふくるるおもいが薄まった。

そのうち、あるジャーナリストが電話をかけてきたので、その用件とはまったく無関係なのだが、幾つか発表した。

「ノサカさんは、どうなるのですか」

とたずねられて、野坂昭如の巻をつくってみようと考えたとたんに、にわかに疲れが出て頭を使うのがイヤになった。こういう遊びは、すぐ倦《あ》きる。

その夜は、赤坂のN旅館で仲間うちのマージャンになった。発表欲だけは残っていて、幾

つか言いはじめた。N旅館の女将《おかみ》が、
「あたしのも、きっとつくってあるのよ」
と、疑惑の目差《まなざ》しを向けるのだが、本当のところ倦きてしまって出来ていない。できているものも、メモを忘れてきたので、しばしば言葉が出そこなって頭がそちらへ向く。口をきけば、すべてヘンな抑揚がついてしまい、一向にマージャンに集中できない。最初の半チャン敗けになり、そのうち軽いゼンソク症状まで出はじめて大敗した。

翌日、さっそく生島と福地から返歌《へんか》がきた。フクチの作品はといえば、

よして
しらない
ゆるして
きらいよ
純情ぶらせて
のけぞらせ
すけべすませりゃ
毛がまたぬける。

「まんが家としては、まだ芸が不足ではないか」

と、批評すると、フクチはしばらく考えていたが、「よしてっ、しらないっ」と、はじめの四行の末尾に全部「つ」を小さい文字で付ける、という。それなら、すこしはマシになる。

イクシマの返し歌は、歌舞伎調でなかなか結構であった。

よんどころなく
白鞘《しらさや》の
ゆく手さだめぬ浮寝鳥
器量のよいのを相手にせず

純なこころについホロリ
のけぞる女もつぎつぎと
すけべ村にはかくれもねえ……、
そのあとに「白波五人男」風に、「その名は――」と付けるのだそうだ。
やはり、イクシマはハードボイルドだけあって、心やさしい。
イクシマを詠みこんだ私の作より、はるかに優雅で、大いに反省した。

74　鱈（たら）

戦争末期から五年間以上、米の飯を茶碗で食べたことがない。つまり、ドンブリ盛り切り一杯だけなのである。

戦後の二年間は、下宿ずまいで外食券食堂に通っていた。私鉄の駅のそばの店だったから、大学へ通うときの行き帰りには便利だった。しかし、外出をしないで本など読んでいるときには、ドブ川沿いの道を一日に二回は歩かなくてはならない。往復一時間以上かかる、栄養失調で体力のない身には億劫《おっくう》だった。

こういう食堂の客にはもともと女はすくなかったが、美人にはその期間に一人しか会ったことがない。

生れてからこれまで、一度も私は未知の女に街で声をかけたことがない。このときには、その女があまりに魅力的だったので、一緒に飯をくっている友人をそそのかした。この男は、行きずりの女に声をかけるのに馴れていて、それが特技といえた。

その男が声をかけて、三人一緒に近くの喫茶店でお茶を飲み、べつの日にその友人をほったらかして二人だけでデートしたことがあった。

このほかはオヤとおもう女を見たことがなかったので「金がなくなると女は不美人になるものなのか」と、長いあいだ不審におもっていた。

ところが先日、ある友人がその疑問を一挙に解決してくれた。

「金がなくても美人ならば、どんな時代にも、うまいものを食べられる境遇になることができる」

という。

聞いてみれば当り前のことで、そういえば、その美人は一緒にいる男の影響でコミュニストらしかった。

そのころは、オカズも配給制で、ラジオがまるで株式市況のように放送する。

『A区第1班、スケソウダラ、第2班、スケソウダラ。B区第1班、スケソウダラ……』

どこまでもスケソウダラつづきであり、これをタネにした社会諷刺《ふうし》のコントができたりしていた。

このときの鱈は、切身が水浸しになったようにグジャグジャになって、当時でも情けなくなるほどマズかった。タラは本来は旨いもので、子供のころ岡山の祖父から、ときどき註文がくる。市場で売っているタラの糟漬《かすづけ》を送れ、という。

そのころの岡山市では、タラは売っていなかったようである。瀬戸内海の旨い魚を食い倦

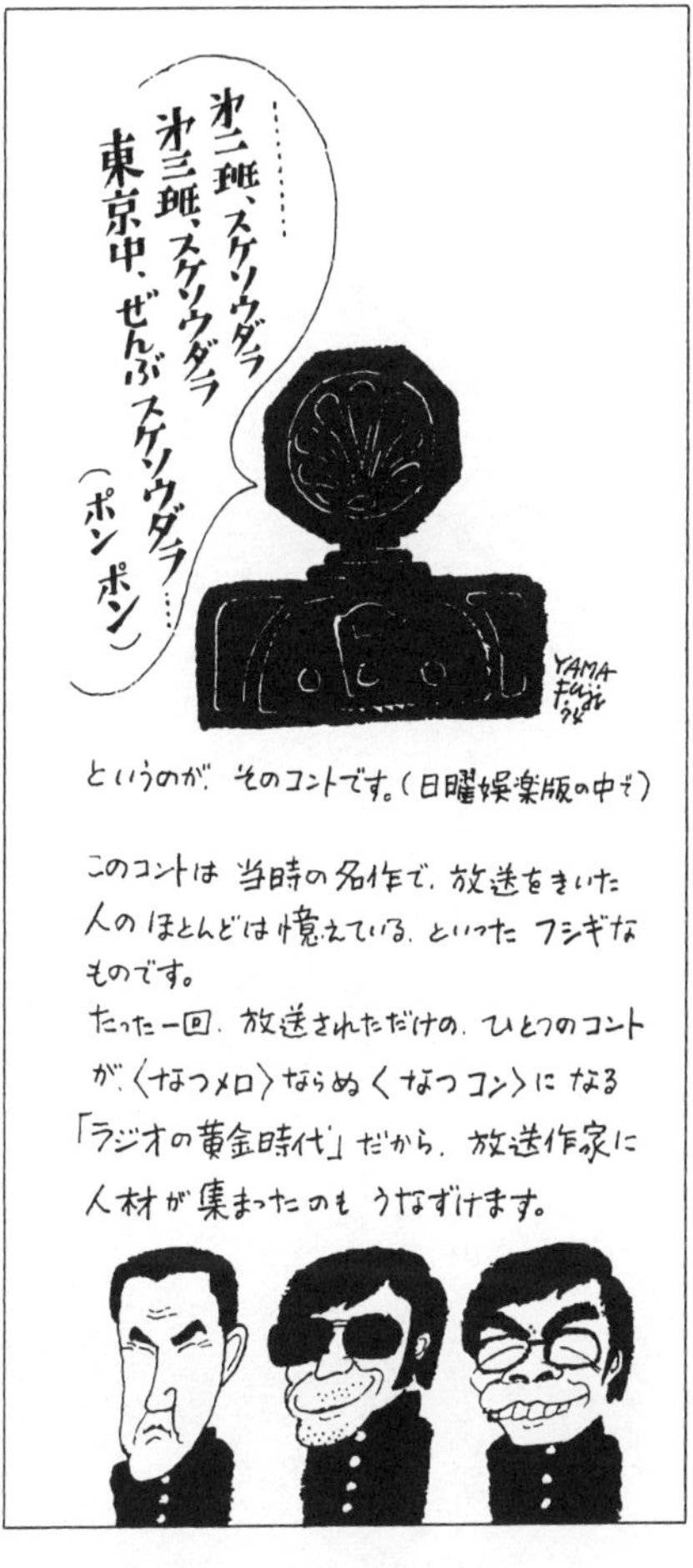
……第二班、スケソウダラ
第三班、スケソウダラ
東京中、ぜんぶスケソウダラ……
(ポン ポン)
というのが そのコントです。(日曜娯楽版の中で)
このコントは 当時の名作で. 放送をきいた人の ほとんどは憶えている. といった フシギなものです。
たった一回. 放送されただけの. ひとつのコントが〈なつメロ〉ならぬ〈なつコン〉になる「ラジオの黄金時代」だから. 放送作家に人材が集まったのも うなずけます。

きると、たまにはこういうものが食べたくなるのか、と子供ごころに印象的であった。

いま調べてみると、スケソウダラという言い方もあやまりではないが、正式にはスケトウダラ（介党鱈）ということが分かった。身のうまいのはマダラのほうだが、タラコはこのスケトウダラの卵だということを、はじめて知った。

タラという「魚」へんに「雪」という文字は、きれいな形をしている。

初雪の後に取れる魚なので、「鱈」と書くのだそうだし、またその切身も白くつややかだ。

しかし、そのころ配給のスケソウダラは、茶色っぽくて世間一般の食べ物の色合いと同じであった。冠水芋《かんすい》というのも配給になって、これは水浸しになった畠で取れたイモである。いまなら捨てる筈のもので、ぐみぐみして甚だマズい。この二つが、当時のマズイもの番付の東西の横綱といえよう。

タラは大食で、「鱈腹食べる」というのはそこから出ているそうだが、この魚を沢山食べることは食物不足の時代にも不可能だった。

75　鮭（さけ）

「一汁一菜」といえば粗食を指しているが、戦争直後の外食券食堂では金さえ払えば「一汁三菜」も可能であった。しかし、その食べ物はすべて茶色がかったものばかりで、やはり豊かな食卓には豊かな色彩が必要である。

ある日の夕方、大学から私鉄の駅まで帰ってきた。右へ歩けば、下宿の方角である。左へ行けば気の置けない友人の家で、そこには美人の妹がいる。食堂にもよらずに、左へ歩き出した。

空襲で焼け残ったその家の玄関から訪れてゆくのを省略して、芝生のある庭にまわり、縁側のほうから声をかけようとした。

そのとき、家の中の様子が目に映り、私は困った。食卓を囲んで、友人の家族が夕食をはじめようとするところだった。

美人の妹が、カンヅメの蓋を開けて、鮭の肉を白い皿に移そうとしている。その母親は、飯ビツの蓋を取り、ゆらゆら湯気の立っている真白い米の飯を、茶碗に移していた。ドンブリではなく、茶碗なのである。

その茶碗の小ささが、豊かにみえた。鮭の薄桃色と飯の白さが、目に染みた。

そういう鮮かな色をもっている食い物があることを長いあいだ忘れていたし、そういうものを食べている人間たちがいる、ということも忘れていた。

「一汁一菜」というが、白い飯と、ピンク色の鮭と、ケンチン汁風の吸物の食事は、いまではどうということもないがこの上なくゼイタクにみえた。

その日の昼間は、一握りの大豆を醤油で炒めたものを食べただけだ。

「あら、いらっしゃい。いま、食事するところなのよ」

その家の主婦が、愛想よく声をかけてきて、

「お食事、まだでしょう。ご一緒にいかが」

こう書いてきて、私はフシギな気がしてきた。なぜ私は食事どきに、訪れたのだろう。物資の豊富なときでも、そういう時刻の客は面倒なものである。とくにあの時代に、不機嫌な声を出さずに応対できたものだ、と感心する。しかし、そのときの私は、その声の裏に事務的なよそよそしさが潜んでいるように感じた。

「いや、ぼくはいま済ませてきたところです」

外食券食堂で食事をしていることを、友人の一家は知っているので、私の返事はウソともおもえなかっただろう。縁側に腰かけて、食事の済むのを待とうとした。芝生の緑が目に映ってくる。

背後では、四人の男女の食事する音……、ものを噛む音や食器の音がひびきはじめた。

「縁側に坐っていると、気にかかってイヤだろうな」

一汁一菜 という言葉から「一」の重なる言葉を連想してみました。他にもいろいろありそうです。おヒマなご仁は考えてみて下さい。
一宿一飯
一進一退
一喜一憂
一日一善
一夫一婦

と、私は自分がその場にいることについて考えたとき、

「もっと、なにかカンヅメでも開けましょうか」

という美人の妹の声がきこえ、

「めんどうくさいから、これでいいわ」

その母親の返事が、きこえてきた。

このときのことを思い出すと、私はいまでも自分が厭《いや》になり、世の中が厭になり、なんだか眠たくなってくる。

縁側に坐っている自分の背中の線が目に浮んできて、それが卑しく前かがみになっているようにおもえた。立上がって背をのばし、庭をぶらぶら歩いているような素振りで、玄関のほうへまわった。

はやくこの家から遠ざかりたい、とおもい、道へ出ると小走りになった。

そういう自分に嫌悪の情を覚えたが、坐りつづけていても仕方がなかった。

76 鰯（いわし）

「王様のスープ」という話があるが、あのスープをつくったコックの腕はやはりよかったのだ、とおもう。

念のために、その話を簡単に書く。

どんなご馳走をたべても旨いとおもえなくなった、と苦情ばかり言う王様に、

「旨いっ！　とおっしゃるようなものを、かならず調理いたします」

と、コックが約束する。

「そのかわり、一日だけ、なにも召上がらないでいただきとうございます」

一日絶食した王様に、なんの変哲もない野菜スープを出した。一口すすった王様が、

「旨い」

と、おっしゃった、という。

まことに人畜無害な話であるが、一日の絶食程度では、胃にものを容れる満足感とはべつに、やはりマズいものはマズいと舌は感じるとおもう。

もっとも、平素よりは、判断の基準は弛《ゆる》んでいるだろうが。

一年間病気のため、私は食べ物に興味を失っていて、次の一年間はいろいろの料理を思い詰めたことは、前にも書いた。

このごろは、興味のもち方の角度が変ってきて、アッサリしたものとか安直なものを選ぶようになってきた。

最近では、おもいがけなく立原正秋が鎌倉の干物を配達させてくれて、これが大層旨かった。江ノ島の近くで電車が大きくカーブしている角の店が昔から有名で、そこのものではあるまいかと推測していたが、はたしてそうであった。

メザシ、アジ、干しガレイの三種類が、籠に入っていた。私は家の手伝いの人に、

「ここらあたりの刺身は食べさせないでくれ。魚屋では、干ものでも買うこと」

と言ってあるので、しばしば食卓に干ものが出る。それにショウユをたくさんかけて誤魔化して食べるのだが、メザシやアジでは物足らず、干しガレイならまだマシなのである。

届けてもらった干ものには、ショウユなど使う必要はなかったが、メザシ、アジ、干しガレイの順で食指が動いた。これは一つには現在の私の嗜好《しこう》の方角を示していて、干しガレイは身がしまって腰がつよくて大そう美味であったが、メザシのほうに箸《はし》が行ってしまう。

最近も、あるフランス料理屋へ仕事にからんで出かけた。古くからの知り合いのその店の

マダムに、

「どうも、このごろ凝った料理に興味がなくなってきた。いずれまた様子が違ってくるかもしれないけれど、いまはフランス料理より、牛丼のほうがいい」

と言うと、

「それなら、牛丼をご馳走しましょうか」

「おたくのメニューにあるの」

「コックたちが、勝手につくってますわ。大きな鉄の鍋《なべ》に、臓物や野菜をどんどん放りこんで……」

聞いただけで、唾が出てきた。

どの料理屋でも、コックや従業員がつくって食べているものに、じつは一番旨いものがある。中国料理店などでもそうで、馴染みになってこっそり頼むと、ツマミ菜に唐辛子を刻みこんでイタメただけの皿が出てきたりする。こういうものが、ひどく旨い。

鮨屋《すしや》などでも、おやじが寝酒の肴《さかな》にと考えて、隠してあるようなものを出してもらえるようになるまでには、時間がかかる。

77 豆腐（とうふ）

ある日、突然中華ソバが食べたくなった。それも薄味で具《ぐ》がごたごた入っていないものが、食べたい。これは家から歩いて行けるところにあるラーメン屋ではムリなので、近所のドライブ・イン風の中国料理店へ車を運転して行った。

午後三時ころで、立派な店構えの内部はがらんとしている。

「ソバだけだけど、いいですか」

と、おそるおそるお願いする。こういうとき邪慳《じゃけん》にされると、たちまち胃の按配が変ってしまって、旨いものもマズくなってくる。

さいわい、こころよく頷《うなず》いてくれたので、メニューを調べて目的のものに近そうなソバを注文した。

かなりの時間待たされたが、鶏のガラでダシをとった汁がたっぷりしていて、ソバの量はすくなく、具はホウレンソウだけのものが土鍋に入って出てきた。満足して私は食べはじめたが、熱い汁をレンゲですくって飲んだりしているので、時間がかかる。

そのうち、上の部分が回転式になっている大きなテーブルに、男女従業員が四人ばかり集まって坐った。夕飯時になれば、上等の席として使われる場所である。

つぎつぎと料理の皿が運ばれてきて、その中身ははっきり見えないのだが、おそらくメニューには載っていない臓物料理などの類ではあるまいか。

ここで、ある中国のコックから教えてもらった豆腐料理を紹介しよう。つくり方は至極簡単で、二、三分あればできる。

まず、木綿豆腐を一丁、冷蔵庫でよく冷やしておく。

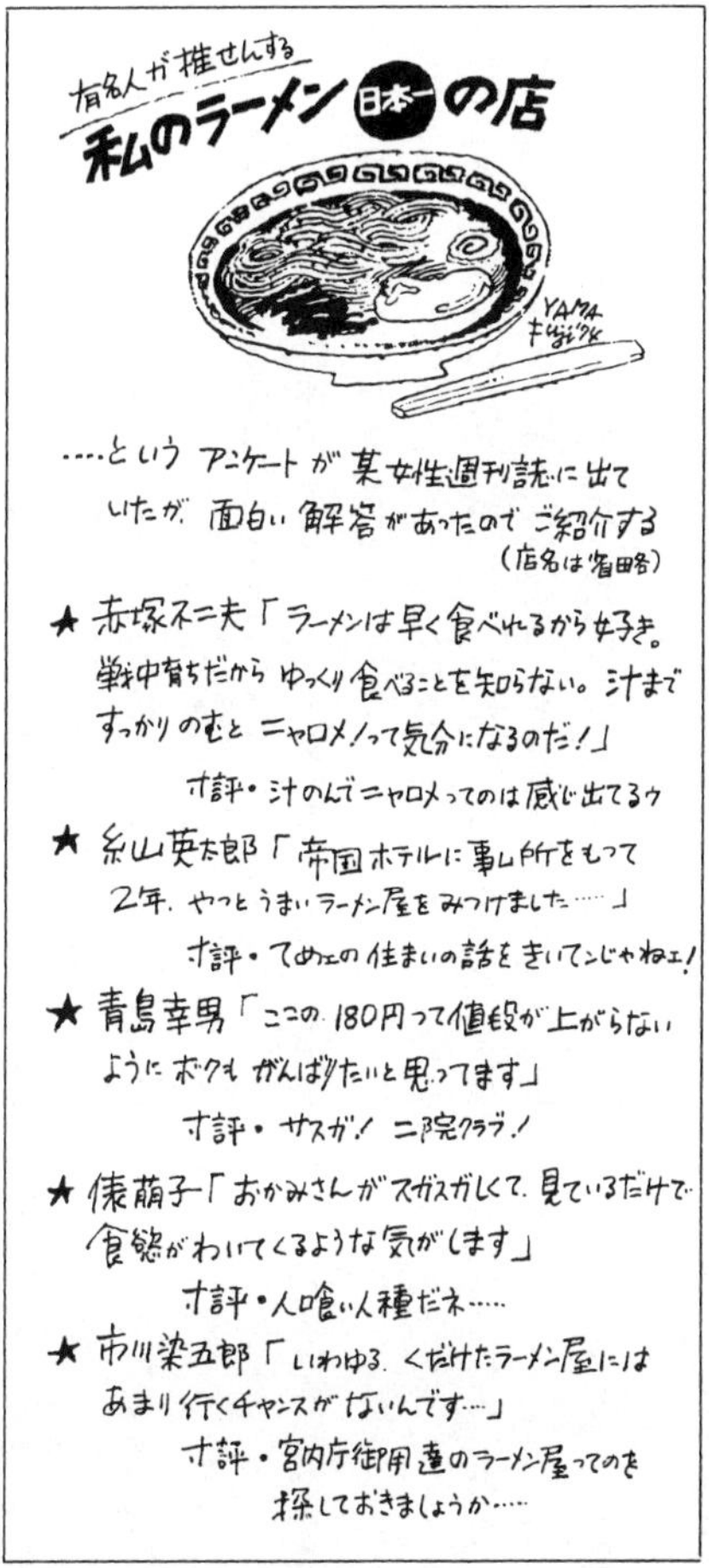
有名人が推せんする
私のラーメン日本一の店
YAMA FUJI SHOJI
……というアンケートが某女性週刊誌に出ていたが、面白い解答があったのでご紹介する
（店名は省略）
★赤塚不二夫「ラーメンは早く食べれるから好き。戦中育ちだからゆっくり食べることを知らない。汁まですっかりのむとニャロメ！って気分になるのだ！」
寸評・汁のんでニャロメってのは底が出てるゥ
★糸山英太郎「帝国ホテルに事ム所をもって2年、やっとうまいラーメン屋をみつけました……」
寸評・てめェの住まいの話をきいてンじゃねェ！
★青島幸男「ここの180円って値段が上がらないようにボクもがんばりたいと思ってます」
寸評・サスガ！二院クラブ！
★俵萠子「おかみさんがスガスガしくて、見ているだけで食慾がわいてくるような気がします」
寸評・人喰い人種だネ……
★市川染五郎「いわゆる、くだけたラーメン屋にはあまり行くチャンスがないんです…」
寸評・宮内庁御用達のラーメン屋ってのを探しておきましょうか……

葱《ねぎ》（タマネギではない）を刻んで、晒《さら》しておく。トウフを取出して皿に置き、その上にネギをたくさん載せ、塩とゴマ油をかけて、手早く混ぜる。トウフの形が崩れすぎないようにするのと、ゴマ油の数滴、なによりのコツは塩だけの味加減である。

こういうものは、中国料理店のメニューには見当らない。トウフは、一般には淡泊な食品のイメージであるが、体の調子のわるいときにはかなり濃厚な味に感じられて私は箸が伸びない。

植物性タンパク質のかたまりなのだから、そういう感じも、起ってくるのだろう。動物性タンパクのかたまりで、トウフに似ているものといえば、これは魚の白子《しらこ》である。この食べ物も、健康状態次第で淡泊にも濃厚にもなるところが、似ている。

昭和の初年には、東京の市場の魚屋は白子を捨てていた。ムツという魚のものなど、一顧だにしない。

岡山から移住してきていた祖母は、白子の旨さを十分知っているので、その捨てる部分を欲しいというと、無料でくれたそうである。

そういう部分を料理して賞味するのが、コックたちだけがひそかに旨いものを食べていることに似ているわけだ。ただし、戦前にすでに東京の人間も白子の味を覚えてしまい、いまでは高価なものになってしまった。

ところで、その中国料理店の従業員たちの遅い昼めしについてだが、幾皿も出てもう終りだろうとみていると、大きな赤銅《あかがね》の鍋が運ばれてきた。

そのうちの一人が、テーブルを囲んでいる連中にたずねている。

「何ちゃんは、どうしたの」

「いま、ザルソバを食いに行ってるよ」

いくら旨そうにみえても、毎日ではやはり倦きてくるものらしい。

78　スプーン①

先日、イレブンPMをみていると、ユリ・ゲラーという超能力者と称する人物が出てきた。スプーンの頸《くび》のところを指先でいじくっているうちに、そこがプラスチック化してくにゃくにゃになり、最後に柄を持って烈しく振ると、引きちぎれたようにそこからスプーンが二つの部分に離れて飛んだ。

司会の大橋巨泉が昂奮《こうふん》（あるいは演技かもしれない）して、三月七日の木曜スペシャルという番組には日本全国で大変なことが起るが、その内容はいま言うわけにはいかない、という意味のことを喋っている。

スプーンに関しては、私は手品だとおもって見ていた。手品は子供のころから大好きで、練達の人の技はテレビのスローモーション・ビデオを見ても分からないほど、見事である。

しかし、これを霊感とか超能力という言い方に擦《す》り替えて、大袈裟《おおげさ》にもっともらしく扱うと、すこし腹が立つ。もっとも、世の中の常識というのはアテにはならず、いまでは地動説が常識だが、それでも気分としては動いている球体の上に存在していることが、不可思議におもえてくる瞬間もある。ただ、ガリレオ・ガリレイを処刑する側にはまわりたくない。

人間は原子バクダンもつくってしまうのだから、何が起るか分からない。だが、それは理論は説明されても理解できるわけがないが、そこに科学的プロセスがあることだけは確かである。

いや、科学的に説明がつくだけが能ではないにしても、スプーンが指先で溶《と》けるのが手品ではないということになるとこれは許しがたい。「霊感」とか「テレパシー」とは、次元の違う問題である。

テレパシーのようなものは、説明はできないが、私にかぎらずいろいろの人が体験している筈である。たとえば私にも、五年くらい会っていない縁の深い人物のことを考えていると、突如電話が鳴る。出てみると、その人物の声が聞えてくる。

そういうことは、数え切れないくらい起っている。

昔、好きな女ができた。といっても、かるがるしく交渉のもてる相手ではなく、肉体の関係はない。相手も私に好感をもっているようだった。そのころ、連続四日間、街で偶然その女に出会った。いつも女には連れがいて、立ち話で別れることになり、私はあきらめた。その瞬間から以来長い間その女と出会ったことがなくて、十年目にホテルのロビーで挨拶された。そのときも、お互いに忙しくそのまま別れた。

こういう具合に、人生には未知の領域が残されている。この謎《なぞ》は苛立たしくもあり、愉しくもある。

霊感閑話
その1
知ってる人は少ないが、吉行さんは相当な、
それも悪意にみちた、念力者なのだ。
この、スプーンと題する霊感シリーズは、実は
とびこみ原稿で、本来掲載されるべきものの
絵はちゃんと入れて ボクは旅に出たのだ。
(作品展が催されている札幌の会場へ……)
それを感じた悪僧ヨシ・ユキーは
日頃のうらみを晴らさんと、とびこみ原稿
を書き、急きょボクの旅程を変更させ
帰京させたのだ！邪僧・悪僧・色僧め!!
YAMA

しかし、霊感のようなものもあまりインチキくさくなると不愉快になる。

このごろのテレビでは流行で、しばしばそういう番組があるが、単純な幻覚幻聴を異常現象のように言う人物が画面にあらわれると、それが専門家の場合はインチキとおもい、シロウトのときには知性を疑う。

「眠ろうとしたとき、わたしの枕もとに黒い影がじっと蹲《うずく》まって……」

などとマジメな顔でいっていたりすると、

「いい加減にしろ」

と、テレビに向って怒鳴る。

私も眠る直前に、眼をつむっているのに目蓋がどこかへ行ってしまったように、室内のものの形が一つ一つはっきり見えることはしばしばある。

電燈は消してあって真暗だから、これは幻覚ですこしも不思議にはおもわない。

79　スプーン②

じつは、三月七日にユリ・ゲラーがカナダから念力を送ってきて何を起そうとするか、あらかじめ知っていた。黒鉄ヒロシが出演交渉を受けて断わったとき、その内容を知って教えてくれた。

毀《こわ》れた時計を持って、テレビの前にいると、それが動き出す、という。毀れた、という言い方だけにとどめるところが一つの手口で、毀れ方の説明はない。

もしも、時計を分解してバラバラにテレビの前に置いておき、それが勝手に動き出して元

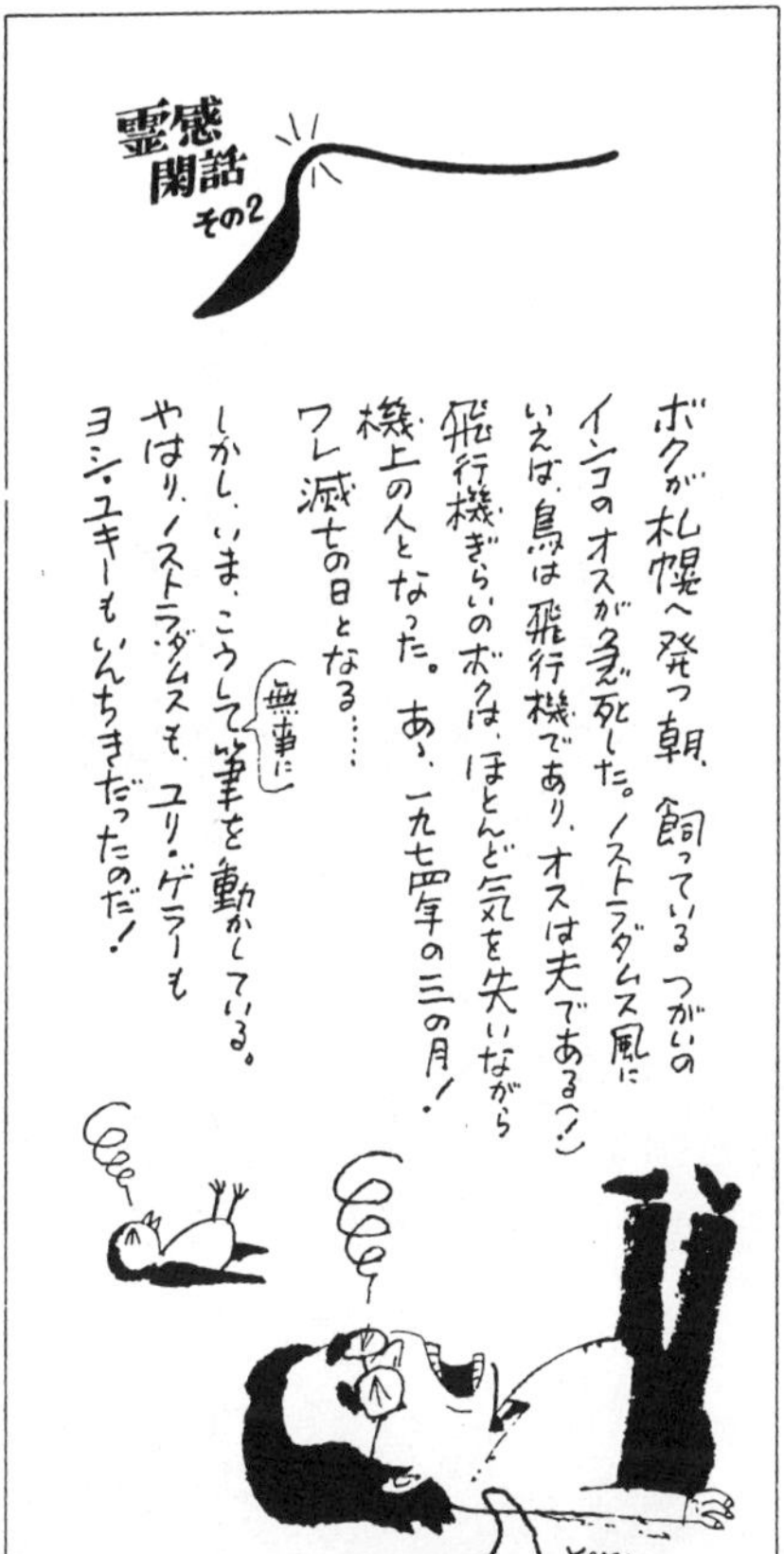
霊感閑話
その2
ボクが札幌へ発つ朝、飼っているつがいの
インコのオスが急死した。ノストラダムス風に
いえば、鳥は飛行機であり、オスは夫である(!)
飛行機ぎらいのボクは、ほとんど気を失いながら
機上の人となった。あ〜、一九七四年の三の月！
ワレ滅亡の日となる……
しかし、いま、こうして
無事に
筆を動かしている。
やはり、ノストラダムスも、ユリ・ゲラーも
ヨシ・ユキーもいんちきだったのだ！
AIR LINES
YAMA

の形に戻って時を刻みはじめたとしたら、これはコペルニクス的転回である。しかし、それは有り得る筈がないとおもうので、毀れた時計はゼンマイの切れたのが多いから、それと同じ意味でゼンマイのほどけたものを一応持って見ていよう、と考えた。

こういうことは嫌いではないので、家にいる成人式をむかえたばかりの手伝いの人にも、テレビをぜひ見なさい、と言っておいた。

当日は、ビデオの部分と生放送とが混っていて、本人は日本にはいない。そのビデオの公開録画を見に行った人から聞いたといって、福地泡介が電話してきた。

「あれは要するに西洋のテキヤという感じで、インチキだそうです」

フクチは興味を失った声で、教えてくれた。

「そうだよなあ、もしスプーンを撫《な》でていて溶けちまうなら、ユリ・ゲラーなるものはオナニーできなくなる」

「しかし、溶けろと念じなけりゃいいんでしょ」

と、フクチは言ったが、三月七日の前に別のテレビで子供ばかり集めて、スプーンを曲げたとき、一人大人がまぎれこんでいて、

「私の場合は、念じなくても曲ってしまいました」

と、言った。念じなくてもそうなるとすると、ユリ・ゲラーのチンポの始末はどうしてくれる。

当日、十年間使っていなかった腕時計を出して、テレビの前にいた。テレビ局が失敗をど

う取りつくろうかというところにも興味があった。

放送開始後十五分くらいで、司会者が報告した。

「いま幾つかデンワがあって、時計が動き出した、といってきました」

何気なく、私の腕時計をみると、秒針が動いている。ハテ、とおもい、いそいでほかのゼンマイの弛んだ時計をさらに二個持ってきた。そのうちの一つが、床の上に落ち、動き出した。それで、分かった。ゼンマイがほどけて時計がとまったといっても、九十九パーセントほどけたわけで残りの一パーセントは残っている。それがショックを与えると、作用しはじめる。停まっているときめていた腕時計は、取出したときにすでに動いていたにちがいない。

画面では司会者が、

「さあ、時計を掌に握りしめて念じてください」

間もなく、室内電話が鳴って、手伝いの人が昂奮した声で、

「いま、一年間使っていなかった時計が二つとも動き出しました」

「そうか、あとで説明してやるからな」

放送が終って解説を試みたのだが、彼女はどこか釈然としない面持である。私も時計とスプーンについてはもう沢山だが、なんとなくまだ釈然としない。

その私の腕時計については、おかしな後日談がある。翌日になっても、時計が動いている。よく考えてみると、その時計を手に入れた十五年前に、すでに自動巻きの品物はできていたのだ。そのことを、すっかり忘れていた。引出しから取出して、テレビの前に持ってくる間

に、ゼンマイが自動的に巻かれていたわけである。

　自動巻き時計が動きつづけるのは、これは当り前だ。

80　鮫（さめ）①

　ときどき、質問されることがある。

「好きな食べ物はなんですか」

「そのときの体具合と気分できまります」

と、私は答える。

「では、嫌いなものは」

「子供のころは、ずいぶん偏食でしたが、いまはありません」

　そのとき二つのことが、頭に浮ぶが、だいたい話が長くなるので黙っている。その一つは、マズいものは嫌い、ということである。たとえば同じカレーライスでも、出来の悪いものに当ると、なんとなくスプーンを置いてしまう。戦中戦後のことを考えると、ずいぶんゼイタクになったものだ。

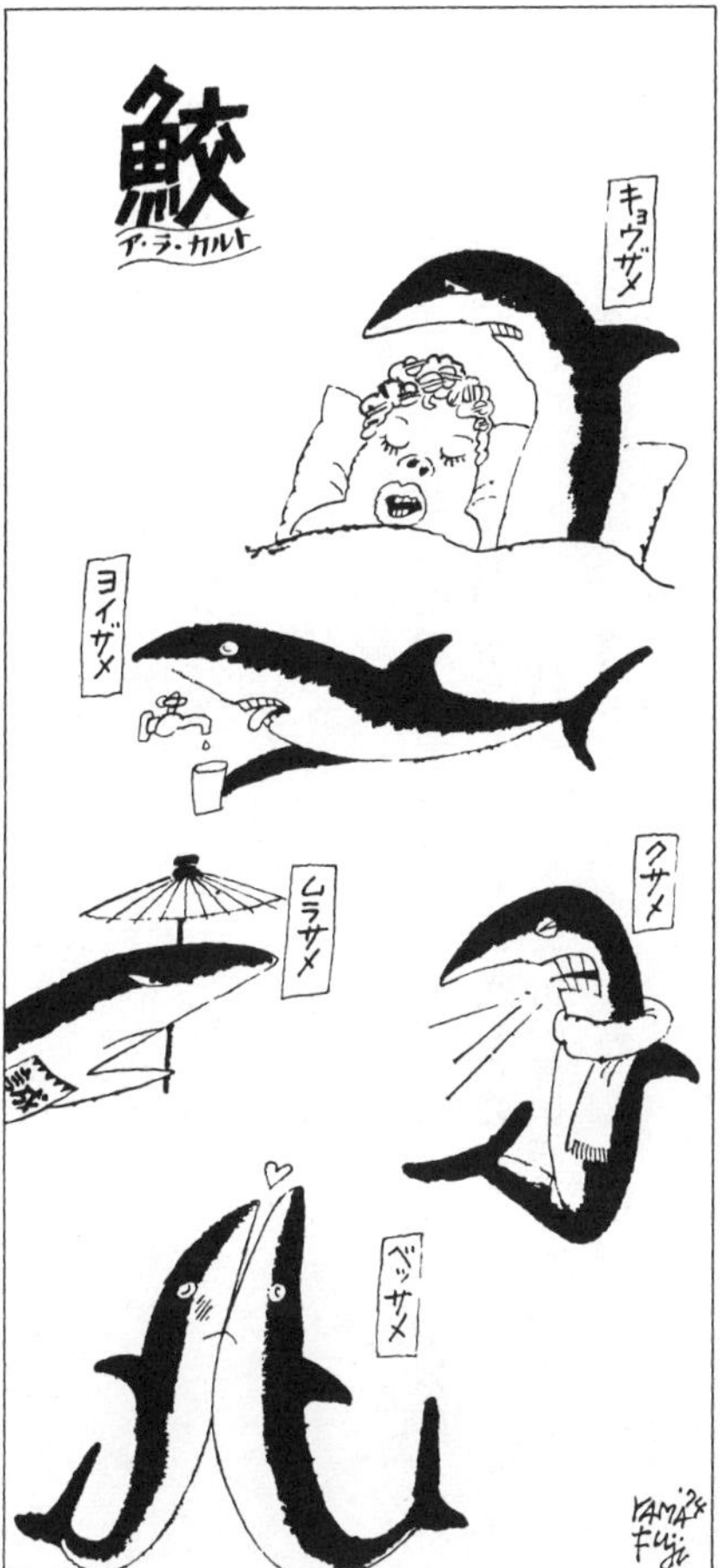
鮫
ア・ラ・カルト
キョウザメ
ヨイザメ
クサメ
ムラサメ
ベッサメ

このごろ食べ物に興味を失ってきたことは前に書いたが、仕事にからんであるレストランへ行った。いろいろ手のこんだ料理があるが、面倒くさいのでその店の自慢料理を註文した。牛肉を赤ブドウ酒で煮こんだもので、これさえ食べておけば味に裏切られることがない。

運ばれてきた料理をすこし食べてみたが、どうも変である。テーブルの向いにいる友人に、たずねてみた。

「おれの舌が悪いのかなあ、なんだかちっとも旨《うま》くない」

「いや、今日のは変だ。いつもの味ではない」

そういう答えなので、そのまま食べ残してしまった。帰るとき、フト気づいた。その店へ行くと、若いフランス人のチーフが出てきて、

「ボン　ソワール　ムッシュウ」

と、握手を求めてくる。

「やあ、こんばんは」

と日本語で答えることにしていたが、その店のマダムが、あのチーフは故国を離れて日本まできているので、フランス語を聞くと嬉しくて仕方がないのだ、という。

旧制高校のとき、私の入ったクラスは、フランス語が第一外国語である。しかし、いまはほとんど忘れてしまった。マダムがそういうので、

「ボン　ソワール」

と、握手だけはするが、そのあとの言葉が何も出てこなくて、期待を裏切ってしまう。そのコックの姿がみえないことに、気づいたので、酒の係りの人に、たずねてみた。

「チーフは休みなの」

「そうなんです」

味というのは微妙なもので、それでさっきの料理の謎が分かった。

こう書くと、舌の自慢をしているようである。しかし私見によれば、男の場合味が分から

なくてはまともな文章は書けないし、女の場合にはセックスが粗悪である。

「嫌いなものは」

とたずねられて頭に浮ぶもう一つのことといえば、「サメの煮付け」である。

しかし、このオカズはいままでは見付けることがむつかしい。窮乏の時代には、しばしば食卓に出て、一口たべると旨く感じる。やがて、それがサメであることに気付いてくる。

そうなると、顎《あご》がなくて下のほうに口が切れ込んでいる顔つきや、荒っぽいくせにぬめっとした肌の感じが浮んできて、舌の上に幻のイヤな味が走る。

サメ自体は、カマボコの原料になったりしていてマズいものではない。しかし、一口食べて旨いとおもわせ、そのあとで厭《いや》な気分にさせるところが、罠《わな》にはめられたようで甚だ不愉快である。

81　鮫（さめ）②

「うん、これはウメエ。なんてえ料理だい」

だいぶ昔の話だが、中国料理店で、近藤啓太郎がそうたずねるので、返事した。

「フカのヒレだよ」

しばらくたって、またその料理屋にゆくと、

「サメのヒレを食わせてくれ」

と、叫ぶ。

似たようなものだが、やはり違う……、と書いて念のため調べてみた。サメの大きいのをフカというのだと信じていたのだが、これは関東の場合で、関西ではサメ類の総称をフカというのだそうである。つまり、コンドウの言い方は謬《あやま》りでもない。

だいたい、中国料理の註文のしかたに、料理の名をいう必要はない。キーコーチーとかホンシャオユーツー（これがフカのヒレの料理の一つ）とか、すこしは覚えているが言ってみたところで、どうせ発音がデタラメになるのにきまっている。

私は子供のころから食道楽の父親に連れられて、神田今川橋近くの小さな汚ない店にしばしば行った。客はほとんど本場の人であった。

以来、途中の空白期はべつにして、中国料理にはモトデをかけたつもりである。しかし、註文するときには料理の内容を具体的に説明することにしている。

「ほら、焼いた鴨《かも》の皮を、ネギとミソと一緒にくるんだやつ」

とかいう按配《あんばい》。

このほうが、間違いがなくて安心である。しかし、フカのヒレの料理を具体的に説明するのは、なかなか困難である。この場合は、名を言ったほうが手早いだろう。友人のさる半可

通が、上等の中国料理店に昼めしがわりにソバだけ食べに入った。

「ナントカカントカ」

と、中国語で日本人のウエイトレスに註文すると、長いあいだ待たされたあげくにヤキメシが出てきた。さっそく苦情を言うと、

「最初から日本語で言えばいいのにさ」

とその女が返事をした、と愚痴をいう。

「それは、その女の言い分が正しい」

と、私は判定しておいた。

この半可通のことをいえば、際限なくその種の話が出てくる。しかし、怒りっぽい男だから、このくらいでやめておく。それにしても、性懲《しょうこ》りもなくその種のことを繰返すところが私には理解できない。

この男は食通をもって自負しているが、グルタミン酸ソーダの愛好家で、味もみずにこれを振りかける。甚だ見ぐるしいので、一緒に食事をするのを好まない。メーカーから苦情が出るといけないので一言すれば、あの白い結晶は家庭料理の場合には役にたつ。ただし、一級の料理の場合は、舌の上で味が散らばってしまうので私は好まない。

たとえば、腕とタネに自信のある天ぷら屋にはけっしてその瓶《びん》は置いていないし、ショウガも出さない。それは、いま言った理由によるものだろう。

同じ中国語を喋《しゃべ》るにしても、北京育ちの美女と一緒に行ったことがあった。

なにかの拍子に、中国人のマネージャーと話しはじめ、やがてその男が私に言った。

「このかたの中国語、わたしより上手ね」

正確な北京官話を使いこなしているという意味だが、そこまでになれば私も恥ずかしい気分などなくなり、むしろ満足した。

82　豚（ぶた）

いま私の目の前に、ハガキ大の和紙の紙片が一枚ある。昨年、邱《きゅう》永漢さんの自宅でシナ料理をご馳走になったときに、テーブルに出ていたのを貰ってきた。

邱さん宅には幾度か招待してもらったが、その度に色紙が用意されていて、その日のメニューが列記してある。招かれた客は、そこに署名する。次の回のときに、同じ料理を出さない用意のためだそうだが、このときには前の回のときと同じ料理が一つだけあった。

これは、私が強く希望して、食べさせてもらったためだ。八つ頭を平たく切ったもののあいだにサンドイッチの中身のように豚のアバラの身（だろうとおもうが、まわりに脂身の多い部分である）を挟《はさ》んで蒸した、薄味の料理である。

絶品なので、どうしてもと頼んだ。その後、邱さんがなにかに発表した「自分の選ぶ三つのシナ料理」のなかに、これが入っていたところをみると、私の舌もまんざらではない。

その日のメニューを、写してみる。

菜　単（メニュー）

一、冷盆　オードブル

二、菜花羹　カリフラワーのスープ

三、焗金銭鶏　トリモツとブタニク
四、醬爆蟹　カニ炒め
五、芋頭扣肉　ヤツガシラとブタニク蒸し
六、豆豉生蠔　カキのハマナットー炒め
七、野鴨火鍋　カモのホンデュー
八、四色素菜　ヤサイの精進煮
九、麒麟蒸魚　タイのムシモノ
十、餛飩　ワンタン
十一、沙谷米羹　タピオカのデザート
十二、生果　フルーツ

シナ料理のメニューは、むかし、中国の宮廷料理などの場合は二十品以上の数になると聞いているが、十二品とはたいへんな数である。

女は結婚して主婦になると、たちまち変貌して別の人間になってしまう、というのが私の持論である。しかし、邱さんの夫人を見ていると、例外とおもえてくる人柄である。このように客を招待するときには、夫人は数日前から台所に入って、準備しなくてはならないらしい。

乾燥して保存してあるフカのヒレを、食べられるようにもどすためには、台所の壁から天井までアブラだらけになるらしい。

このごろでは、だいぶ日本語が上手になったが、以前はニコニコしながら姿をみせて、

「ナンニモナイヨー」

といいながら、料理をすすめてくれる感じが、じつによろしかった。

邱さんは直木賞作家で、十数年前に受賞した。近年、韓国作家が芥川賞を受賞したり、活躍したりしているが、当時ははじめての外国籍の受賞作家だった筈だ。その後、陳舜臣さん

「とくに食べたいものは?」
「種類は何であれ 栄養さえあれば まずまずですから 食いなれたものを 食いたいぐらいの ところです……」
これぞ
食道の達人

が直木賞になったが、この人はたしか神戸生れである。

邱さんは商才豊かなので、その後事業に成功して大金持になった。もう、小説を書くなどという面倒くさいことはしない。

「金もアキたし、うまいものは毎日食ってるし、つまんないよ」

もちろんユーモアまじりの言葉であるが、そんなニクラしいことを言う。『食は広州に在り』というのは邱永漢の名著で、こういう人が本物の（というか良い意味での）食通といえる。

83　烏賊（いか）

しばらく前のことだが、吉村の平さんの出版記念会が浅草の松葉屋で開かれた。京町の入口あたりでタクシーを降り、懐旧の情に捉《とら》えられながら、ぶらぶら歩いていると、山本容朗に出会った。一緒に目的地に向って歩いているとき、

「ここにあった店の名前を、いまどのくらい覚えていますか」

と、ヨウローがたずねたので、意表をつかれた。

この質問は、よく考えると大へん面白い。

あらためて思い出そうとすると、吉原では自分では登楼したことのない大店《おおみせ》の「角《かど》海老」と「第二山陽」しか出てこない。

通い馴れた鳩の街でも、楼家の主人と仲良くなった「花政」しかおもい出せない。玉の井にいたっては、「玉の井の玉ちゃん」という個人の顔やそのほかは精《くわ》しくおもい出せるが、

新卒
イカの就職先
Ⓐ羽田税関（ポルノ検閲係）
一方通行入口
Ⓑ警視庁交通課（標識係）
Ⓒ京都撮影所（鞍馬天狗スタントマン係）
YAMA Fujii

その玉ちゃんのいた店の名は記憶にない。通い詰めた新宿二丁目にしても、「赤玉」「銀河」「ヴィナス」は、吉原の大店に似たものである。ただし、そのほか一度知ったら強く印象の残る店が僅かだけある。「花のパリー」は本気でつけたのだろうが、私には「シャレがきついよ」という感じであり、「ホームラン」というのもどこかオカしいので、その二つは覚えている。もともと、張見世《はりみせ》している女たちだけを見ているので、その女と部屋に入ることになっても、店の名などは無関心であったのかもしれない。

しかし、記憶から脱落した部分も多いにちがいない。

ここまでは前置きなのである。丸谷才一がある雑誌に「食通知ったかぶり」というのを連載していて、今回読んだのに麻布《あざぶ》飯倉のうなぎ屋「野田岩」のことが書いてあった。味の表現はじつに難しいのだが、マルヤは古文献などを援用して上手に書いている。

四、五年前のことだが、「風景」という小雑誌の編集会議を、この店で二年間ほど月に一度開いていた。ところが、当時のことを、ほとんど忘れている。ウナギ屋で焼き上るのを待つ長い時間には、新香を註文してそれを肴《さかな》に酒を飲んでいればいいというアイディアを、山藤章二のイラストで教わった。マルヤは、この店自慢のウナギの佃煮《つくだに》で酒をゆるゆる飲む、と書いているが、この佃煮のことが頭に出てこない。

この丸谷才一と食べ物の話をしていると、食べ物の本の戦後三大傑作というのをマルヤが挙げた。そのうちマルヤ自身の本も入れて、四大傑作にするつもりかもしれないが、その際は私があらためて考えて判定を下したい。

一、吉田健一『私の食物誌』
二、邱永漢『食は広州に在り』
三、檀一雄『檀流クッキング』
これには、私にも異存がない。

吉田健一さんの本で感心したのは、食べ物と人間との関係を正確に摑《つか》んでいるので、通《つう》ぶった感じを受けないところである。「東京の握り鮨《ずし》」という項目から引用させてもらう。

『こはだは鮨の種《たね》の圧巻ではないにしてもこはだが旨い鮨屋の鮨は旨い。これはこはだではないが、その昔まだ東京に掘り割が縦横に切られていた頃銀座の三原橋の傍に新富という鮨屋があって、これが鮪《まぐろ》の赤い所と烏賊しか握らなかった。それも本ものの大握りの三口でも食べ切れない型の鮨で、その鮪の鮨や烏賊の鮨が一応こっちの鮨なるものの観念をなしていたことを思い出す。このこはだ、鮪、烏賊という辺りが江戸前の鮨の種というものではないかという気がして通人はひらめの縁側、生海老その他のことを言っても通人の味覚などというのが当てになるものではない』

これだけでは、吉田さんの論旨も私の言いたいことも十分には伝わらない。それは次回で。

84 牛（うし）

吉田健一さんの「握り鮨」についての見解を、私の言葉もつけ加えながらあらためて要約するると、こういうことになるとおもう。

東京というと、洗練された大都会のようにおもわれがちだが、じつは田舎の町なのである。江戸開府のときから数えても、まだ四百年くらいしか経っておらず、その前は野っ原であった。

そういう町の取柄をしいて考えれば、開府以前の関東の漁師気質にある淳朴さと、都会になってゆくことによって生じてくる不十分な洗練とのフシギな混り合いである。

その取柄のある田舎臭さとはどういうものかの一例として、握り鮨がある。

つまり、鮨はこはだと鮪の赤いところと烏賊くらいで十分なので、へんに凝った材料では、その特色が失われてしまう。

したがって、鮨屋でヒラメのエンガワなどとうるさく註文して食べ物にくわしいつもりでいるのは筋が通っていない、というような意味と私は解釈した。

岡山に旨い鮨屋があるが、私は頼まれてその店を紹介するときには、

「あの店はたしかに旨いが、勘定も高いし、ま、鮨屋とはおもわないで出かけてくれ」

と言っている。

吉田さんの定義する鮨屋を離れて言えば、ヒラメの縁側には（関西ではエンペラという）旨いものがある。あまり魚が大きすぎると、脂が強すぎてよくないが、手頃な大きさのものは生《なま》で酒の肴にすると、大へん結構である。

エンペラはべつに通人の食べ物ではなく、子供のころの私は魚嫌いであったが、それでも

カレイの煮付けのオカズのときなど、あの部分を好んで食べた。

野坂昭如は少年のころを餓え切って過したせいか、必要以上にいわゆる「食通」に反感を示す。餓えたのはお互いさまだが、少年の場合、色気は十分にあってもまだ具体的にならず、食い気のほうが上まわるので、思い詰め方が極端になる。

ノサカとレストランに行ったとき、メニューをゆっくり調べたりしていると、皮肉を言いはじめる。

慣習どおり、酒の係りが当日のホスト（金を払う立場の人物、ノサカとのケースではつまり私）のグラスにワインをすこし注ぐ。そのワインの色や香りをしらべるふりをして、ゆっくり口に含み、深くウナズクとノサカの怒りは頂点に達して、

「そんなことして、分かるのですか」

と、この上なく厭味な口調になる。

「分かりはしないがね、こうしないと、次にすすまないからね」

本当は、酒の係りに（ノサカをさらに怒らせるためにいえば、この役目の男をソムリエと呼ぶ）味見をたのめば、頸《くび》から掛けている金属製の大きなメダルのような容器を使って、代行してくれるのだが。

そう腹が立つなら、ノサカはこういうレストランに足を踏み入れなければよい。料理はステーキしか註文しないのだから、ステーキ専門の洋食屋へ行けばいいのである。

そのレストランでステーキをノサカが註文した。当然、焼き加減を聞かれる。それに返事

したときに、

「それみろ、返事しなくては、次にすすめないじゃないか」

とすかさず逆襲するつもりで待ち構えていたら、ウエイターが黙ったまま、姿を消した。なんともフシギだった。

その秘密は半年後に分かった。そのレストランにしばしばノサカは行っていて、ウエイターは彼の好みの焼き加減を心得ていたわけである。

85 河豚（ふぐ）

フグは例外はあるにしても、いまは大層高価な料理になってしまい、店構えもものものしい家が多い。しかし、もとは落語の「らくだ」の馬さんが肴にして一パイ飲もうと一匹ぶらさげてのそのそ歩いていた、といった風の安直な食べ物だったのではないか。

ただ、猛毒のある種類のものがあるから、調理法がむつかしい。馬さんのように自己流で料理して死んでしまい、

「へー、あのラクダがフグで……、フグがよく当てたねえ」

ぎる。

ということになる。

毒は卵巣にあるというから、そこだけ取り除けばよい、というわけのものではないらしい。そこで、特別の技術のための料金というのも含まれることになるだろうが、それでも高価すぎる。

初心者が海岸で釣をすると、狙った魚はかからないで、フグが鉤《はり》の先にくっついてくる。怒って地面へ叩きつけると、フグも怒って風船ガムのように腹をふくらませる。しかし、あの種のフグには毒もないし旨くもないらしい。

いまの瀬戸内海ではどうか知らないが、以前は山口県の沖合いの徳山近海のフグが最上等といわれていた。

阿川弘之は広島の産であるが、その兄さんの家で徳山のフグをご馳走になり、大へん旨かった。アガワはかなり年上のその兄さんに絶対服従で、滑稽なくらい恐れていた。

これからフグを食おうというとき、アガワが風呂に入っていた。私はガラス戸越しのところで手を洗いながら、

「おい」

と、声をかけると、

「はいっ！」

新入社員の社長にたいするような、少尉クラスが将官にたいするような返事が戻ってきて、びっくりした。私のような職業では、一生に一度聞けるかどうかの声音で、貴重な体験だっ

た。

　岡山在住の私の叔父は、東京ではフグを食べない。都条例で、フグのキモを食べることを禁止しているからである。瀬戸内海沿岸の県の幾つかでは、解禁なので、

「キモのないフグなんぞ食えるか」

と、いうことになってしまう。

おしぼり
に関して、許しがたき連中
＊ おしぼりの袋を音を立てて破るヤツ
（自己顕示欲が強いのにふだん、顕示する機会に恵まれないヒラリーマンに多い）
＊ 袋をムクときに楽しんでひとりニヤニヤしているヤツ
（おおむねトルコ嬢……という推測は早計で、彼女らはこんなものにはゲップが出る）
＊ 首スジ、胸、から ひどいのは ワキの下まで ふきまくるヤツ
（ときに鼻の穴まで掃除に及び、黒い丸で豆絞りの手拭にして返す）

ポン酢でキモを溶かして、薄づくりの身をつけて食べるわけだ。

最近も、その叔父が電話をかけてきて、

「フグもそろそろ終りだぞ、一度帰ってこい。もっとも、今年は四、五人死んでな」

と、いうので私は驚いた。

「いまどき、フグに当るということがあるのかねえ」

「いやあ、いい加減な魚をぶら下げて、勝手に料理するから、いかんのじゃ」

要するに、「らくだ」の馬さんの世界である。

いかにも調理がむつかしそうなものに、スッポンがある。こちらは、毒はないが。このスッポン料理日本一といわれている店が、京都にある。名を隠してもすぐ分かるから仕方がない。すなわち大市《だいいち》である。現在はどうなっているか知らないが、十年近く前、この店へ行ってみた。

評判どおり、料理はすこぶる結構だった。しかし、気に入らないことが二つあった。

といえば従業員の態度かと頭が向くかもしれないが、そうではない。おしぼりから安香水(この際、高級品でも同じことである)のにおいが強く漂っていたことと、コップに入った室温ぐらいの甘ったるいグリーン・ティーが出てきたことである。

やはり、料理はマズければ論外だが、それだけではないようだ。

86 鮟鱇（あんこう）

魚のうちで醜悪なかたちをしているものや、毒のあるものに、旨いものが多い。フグの毒はいうまでもないが、腹をふくらませるかたちはグロテスクだが、愛嬌《あいきょう》もある。オコゼの形態はグロテスクで、背鰭《せびれ》に毒があるがこのほうは刺されても死にはしない。アンコウは毒はないが、甚だ醜悪な恰好をしている。この鍋《なべ》料理の老舗《しにせ》に、近藤啓太郎と出かけた。下足番からして無愛想を通り越して、恐ろしいような爺がいた。

女中は鬼のようで、入れこみの座敷の卓の前で待っていても、長いあいだ註文を取りにこない。ようやく料理を持ってきてもらえるようになったが、坐っている私たちのところへくると立ったまま鍋や皿を台の上に放り出すように置いてゆく。

当時私たちは三十半ばの年齢で、腹も立ったが、怒っても仕方がないという結論に達した。それよりも、なんとかあの女中を笑わせてみようじゃないか、と相談した。

「姐《ねえ》さん、お替り」

と、幾皿もお替りをして、じわじわと手なずけ、最後にどんな冗談を言ったか忘れたが、ついにその女中の岩のような顔がほころんで、ニタリと笑った。コンケイと私は、満足して帰ってきたが、アンコウの味のほうはよく分からなかった。

二十歳ごろから、私はめったなことでは腹の立たない人間になってしまい、このごろではわざと怒ったフリをしてみせることがある。

これを老人趣味が出てきたという人もいるが、はたしてそうであろうか。

先日、約束の時刻の三十分ほど前に、銀座についた。時間つぶしにあるデパートに行き、ブラウンのガスライターのボンベを買おうとした。ライターは、そのデパートで買ったものである。女店員に声をかけると、そのまま向うへ行ったきり戻ってこない。もう一人の女店員にあらためて用件を頼むと、

「ありません」

と、素気なく言う。

そこで怒ってみることにした。その女の近くにいる男子店員に、

「君、いかんじゃないか」

と、語気を強めて、言ってみた。相手が黙っているので、

「側《がわ》だけ売っておいて、ボンベがないとは何事だ。そういうときは、いま切らしていますが、近く入ります、とか返事しろ」

つづいて、ある楽器店に行く。

ここでは先日「志ん生大全集」を買った。十一枚レコードの入っているケースなので、なかなか重たい。そのとき、店員が一枚一枚レコードのキズをたしかめているので、私はほかのレコードを探していた。家にもって帰ると、「三枚起請」の分が一枚足りない。

そのことを言いに行くと、

「たいへん恐れ入りますが、そのケースを持ってきてみてください」

その店員は感じのよい男で、つまり頭の動かし方が足らないためと分かった。

しかし、怒ってみるのだ。

「なんてえことをいうのだ。あんな重いものをまた持ってこられるか。だいたい持ってきた

って、意味ないじゃないか」

怒ってみるもので、素直にほかのケースから一枚抜いて、それをくれた。

もっとも、そのレコードは、その日のうちにどこかへ置き忘れてしまった。

87 アルコール①

新聞の文章には、独特の技術論があって、これを簡単にマネすることはできない。そこでいま、それほど大きなスペースのものではないので、それを写させてもらう。半年くらい前の記事だが、おもしろいので切抜いておいた。

『十二日午後三時二十分ころ、東京都港区高輪三丁目で、何某さん（住所と姓名は私が省略）がタクシーに乗ったところ、後ろの座席に分厚い白封筒が落ちており、真新しい一万円札で百万円が入っていた。驚いた何某さんは、タクシーの運転手（姓名省略）と一緒に高輪署へ。

同署で封筒に印刷してあった銀座の画廊に問い合わせたところ、落とし主は（住所省略）洋画家で、二紀会名誉会員の佐野繁次郎さん（七三）とわかった。しかし、自宅へ電話したところ、佐野さんはアトリエで油絵を創作中、百万円を落としたことには全く気付いておらず「そういえばありませんなァ」

佐野さんは昼過ぎ、画廊から絵の代金など百万円を受け取ったあと、近くのレストランで好物のブドウ酒を飲んで、ホロ酔いきげんでタクシーに乗り、百万円を置き忘れたらしい。何某さんと何某運転手には、お礼にそれぞれ十万円が贈られた（以下三行略）』

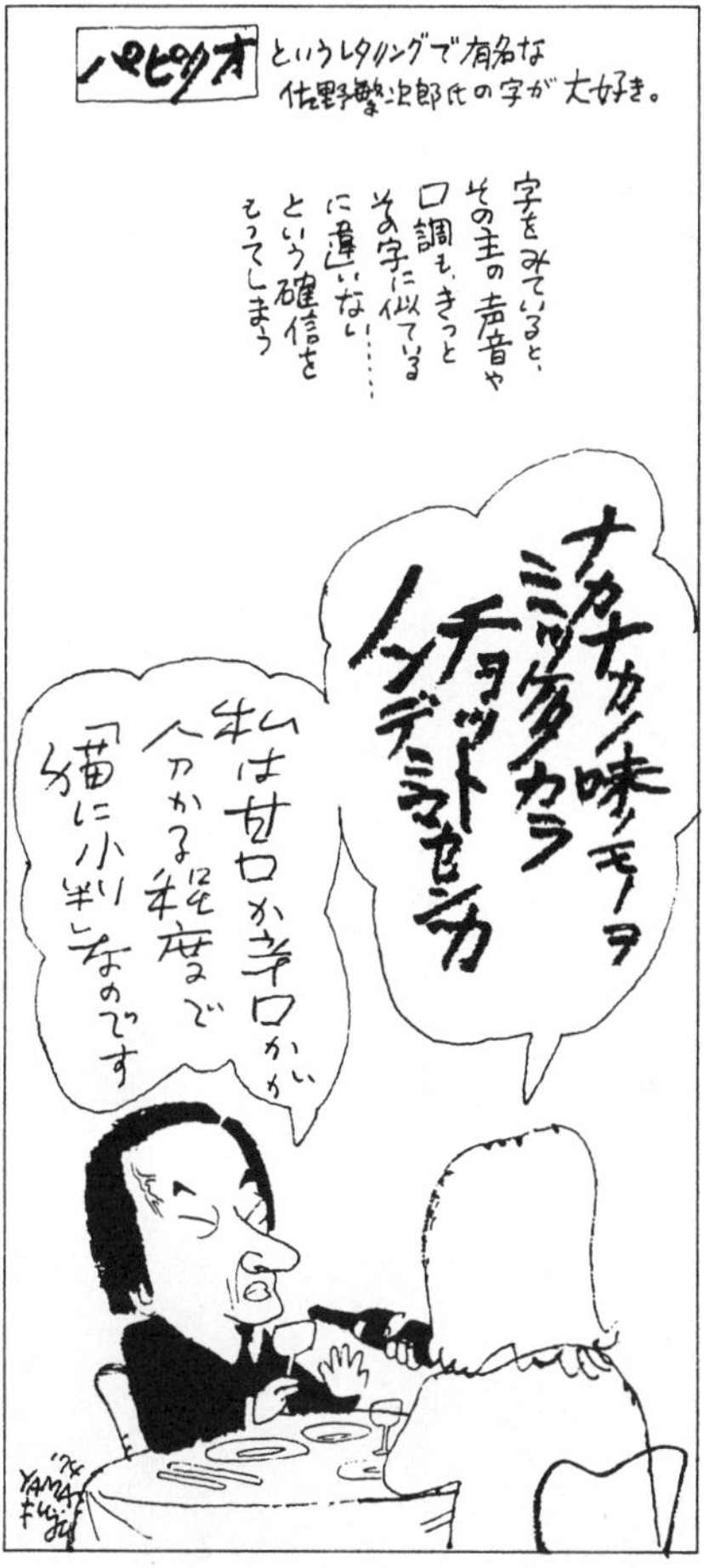
パピリオ というレタリングで有名な佐野繁次郎氏の字が大好き。
字をみていると、その主の声音や口調も、きっとその字に似ているに違いない……という確信をもってしまう
ナカナカノ味ノモノヲミツケタカラチョットノンデミマセンカ
私は甘口か辛口かが分かる程度で「猫に小判」なのです
'74 YAMAFUJI

見出しには、「百万円忘れケロリ」、その横に小さい活字で「ホロ酔い佐野画伯ゆうゆう」となっている。

佐野さんの風貌姿勢をよく知っている私としてはおおらかな気分になって面白かったのだが、読者も大部分はこの記事からイヤな気を受けなかっただろう。これがもっと若い年齢(私程度ではまだダメである)の人物が同じような立場になって、同じように振舞ったとしても、反感を買うとおもう。

この「近くのレストラン」というのは、銀座並木通の「レンガ屋」である。

佐野さんは昔からこのマダムの親がわりで、ときおり私がその店に行くと、夕刻までならほとんど百パーセントお会いすることになる。

隅の席で、ゆったりとブドウ酒を飲んでいて、私は挨拶して二、三言葉をかわし、別の席へ行く。

しばらくすると、ボーイがグラスにブドウ酒かブランデーを運んできて、

「佐野さんからです」

と、置いてゆく。

なかなかの味のものを見付けたから、飲んでみなさい、という意味である。佐野さんは長いパリ生活を送っているので、ブドウ酒の味はしぜんに分かってしまう(もちろん、フランス人にも味痴はいるにきまっているが)。一方、私は甘口か辛口かが分かる程度で、本当のところは「猫に小判」なのである。

私はブドウ酒を飲むと、アルコール分が細胞の中にこもって、いつまでも抜けて行かないような気分になる。お酒（日本酒のこと）、ドブロクなどもそうで、ウイスキーだけは体内での通過速度がはやい。とくに、ブドウ酒は一瓶《びん》もあけると、ぐったりして眠くなる。

佐野さんのほうは、ときには二瓶も空にして、悠然としている。私が驚くと、

「ブドウ酒一瓶のアルコール分なんて、ウイスキーに直せば、ちょっぴりのものですよ」

とおっしゃる。

これは佐野さんのパリでの暮しが長かったので、体質がフランス人のようになってしまったのではないか。

フランス人にとってブドウ酒はお茶と同じようなもので、昼食のときにはかならず飲む。そのあとで、パイロットが操縦桿《かん》をにぎることも黙認されている、といささか恐怖を覚えるはなしを聞いた。

88　アルコール②

体具合が直りはじめてきたころ、嬉しがってアルコール飲料を胃に入れはじめたが、しば

らくは酒とビールとブドウ酒しか体が受けつけなかった。

それまでは一番具合のよかったウイスキーが、駄目になった。水割り一、二杯で、深いところへ引き込まれそうな気分に襲われたり、店を出て歩きはじめると、「空踏《からぶ》み」してよろめく。

半年経って、ようやくウイスキーでも平気になり、さらに半年経つと今度はブドウ酒が苦手になってきた。肉体面で、いつまでも悪く酔う。

やはり、日本人には体質的にブドウ酒は合わないのじゃあるまいか、とおもっていると、ある医学とは無縁の人が、「血液が酸性になると、ゼンソクは起らない」という耳新しい意見を述べた。

アルコール飲料のなかで、血液をアルカリ性にする唯一のものが、ブドウ酒である。血液をアルカリ性に保つのが、健康法というのはほぼ常識になっているので、その意見は奇異にひびいた。

ブドウ酒とウイスキーのチャンポンでひどい二日酔いになって寝ているとき、佐野洋から電話があった。ことのついでに、

「チャンポンは、本当はなんの害もないという説もあるが、オレは今日は頭が痛い」

と、訴えると、

「いま考えついたんだが、ブドウ酒はアルカリ性飲料で、ウイスキーは酸性である。したがって、血液の中でアルカリと酸がケンカをするので、体がふらふらになるのではあるまい

か」

と、さすがはトリック重視の推理作家らしい意見を述べて、私は感心した。

間もなく、アレルギー研究の権威に会う機会があったので、酸性血液とゼンソクとの関係を質問してみた。一笑に付せられるか、とおもっていたのだが、

「酸性の人には、ゼンソクは起りにくい、という事実はあります。しかし、食べ物で血液が

便乗悪口
フランス料理店でウイスキー飲むのは…
〈二十四の瞳〉に突如 座頭市が出て来たみたい……
〈北の家族〉に突如 ブルース・リーが出て来たみたい……
〈国会中継〉に突如 宮田輝が……
最後のはアタリメエだ…

「アルカリ性になったから、ゼンソクが起るとまでは、ちょっと考えられません」

という回答を受けた。サノの意見については質問しなかったが、たずねてみたら案外医学に新風を送る因になったかもしれない。

私自身は以来サノの奇説を信じて、チャンポンを避けている。酒とウイスキーにしても、片方は細胞の中に籠《こも》ろうとし、もう一方は速く通過しようとする、そこで体内での戦争が起って、そのたたかいを抱えこんだ体が疲労困憊《こんぱい》するという説を、私も立ててみた。

各国の料理は、それぞれの国特産の酒が合うというのが私の持論である。中国料理のときは老酒、フランス料理のときはブドウ酒、フランクフルトソーセージと酢キャベツなどにはビール、アルコールだけ飲むときはウイスキーときめていた。

しかし、以来たとえばレンガ屋などで対談の仕事のあるときには、

「申しわけないが、しばらくウイスキーにする」

といって、水割りで料理を食べ、そのままバーでウイスキーを飲む。こうしはじめてから、ひどい二日酔いにはならないで済んでいる。

もっとも、山口瞳が『たとえばフランス料理の店でウイスキーを飲んでいる様子は、何か騒々しい感じがする。「舞踏会の手帖」という映画に突如としてジョン・ウエインが出てきたような気がする』と、述べている。この言い方はまったくうまいし、私も同感なので困るのだが、当分この手口で通すことにしている。

89　アルコール③

体調のせいもあって酒場にすっかり足が遠のき、また復活しはじめたころのことである。一年ぶりで「エスポワール」へ一人で出かけてゆき、

「長いこと街へ出なかったんで忘れてしもうた。銀座ではどうやって酒を飲むんでしたかいなあ」

と、大きな地声で冗談を言いながら入ってゆくと、開店したばかりの時刻だったので店の中はがらんとしている。突き当りにある三人くらいしか坐れないカウンターに、やたらに大きな背中がみえた。

その大男が振り向くと、ニヤリと笑った。もとの横綱柏戸いまの鏡山親方である。私は面識がないのだが、シャレが通じたのであろう。

席に坐って見まわすと、他に客は一人もいない。女の子が二、三人横にきて、しだいにその数が増えてくる。こういうときは、モテているわけではないので、ヒマつぶしにくるのだ。おそらく控室の椅子より、客席のもののほうが尻に当る具合も良いにちがいない。

間もなく、鏡山親方は立ち上って、また私のほうをみてニヤリと笑い、帰ってしまった。女の子の数を勘定すると、十三人になっている。

以前、こういうとき、片方の靴を脱いでそれを摑《つか》んで振り上げると、

「もうヤケだ、勝手に好きなものを飲みやがれ」

と、叫んでみたことがある。

そういう実績があるので、女の子たちも心得ていて、

「みんなでビールでもいただきましょう」

と言ってくれ、勘定の面ではいくぶん安心して、冗談を言いながら飲んでいたが、誰か客がきたらそれをキッカケに帰ろうと考えていた。

その誰かがなかなか現れず、一時間近く経って、ようやくドアが開いた。

ところが、入ってきたのが池島信平さんである。いかに文藝春秋の大社長とはいっても、こんな按配のとき、同席して勘定を払ってもらうわけにはいかない。

「池島さん、ここの女の子を半分そっちへ引取ってくださいよ」

と、向うの席に七人移ってもらい、

「お互いにえらいことになりましたなあ」

「しかし、仕方がないから、次の客がくるまで辛抱しましょう」

などと言い合っていたのだが、その次の客がまたなかなか現れない。ようやく、大会社の部課長クラスとみえる三人連れが入ってきた。

池島さんと一緒に店を出て、誘われてもう一軒行き、そこはオゴってもらった。

このときの勘定はどうなったか。

「エスポワール」とは二十年くらいのつき合いなので、無茶なことになるわけはないのだが、次のときに払ってみると、九千円だった。金額自体は小額とはいえないが、銀座のバーで十三人の女の子と一緒に飲んだ勘定としては、タダ同然である。その池島さんも、一年ほど前に亡くなられた。

柏戸関とは（このほうが、現役時代を知っている私には感じが出る）その後、ときたま同

雨ニモマケズ
風ニモマケズ
鬱ニモアレルギーニモマケヌ
丈夫ナカラダヲモチ
借ハナク
決シテ倒サズ
イツモシヅカニワラッテヰル
一日ニ水割リ四杯ト
チョコト少シノ野菜ヲタベ
ヒトノ飲ミ代ヲ
ジブンノカンジョウニ入レズニ
ヨククドキサハリ
ソシテフラレズ
（以下次章）
BAR

じ店で会うが、その度にニコリと挨拶を送ってくる。しかし、まだ話をしたことがない。

「あの人、知らない人に話しかけられるのがキライな性質だろ」

と、女の子にたずねてみると、

「あら、よく分かるわね」

と言うので、遠慮している。

90 アルコール④

自慢話というのは聞き苦しいものだが、どうしても一つしてみたいのがある。私が二十六歳ぐらいのときの話で、このことをおもい出すと、

「ああ、あれが自分の人生の花であったたな」

と、うっとりする。

先日、芦田伸介と近藤啓太郎とN旅館の女将とでマージャンをやり、半チャン三回で切り上げて酒を飲みはじめた。こういうことは、何年に一度で、いつもは終るとすぐ解散になる。三時間以上も雑談をしているうち、私はその話がしてみたくなり、アシダにたずねてみた。

「銀橋《ぎんきょう》に立ってライトに照らされると、ベテランでもいい気分なんだろうな」

ちょっとテレたような表情になって、

「うーん、まあ、な」

とアシダが返事したので、それをキッカケに話しはじめた。

いまは亡き赤線地帯を、とくに新宿二丁目をわが家の庭のように歩きまわっていたころの

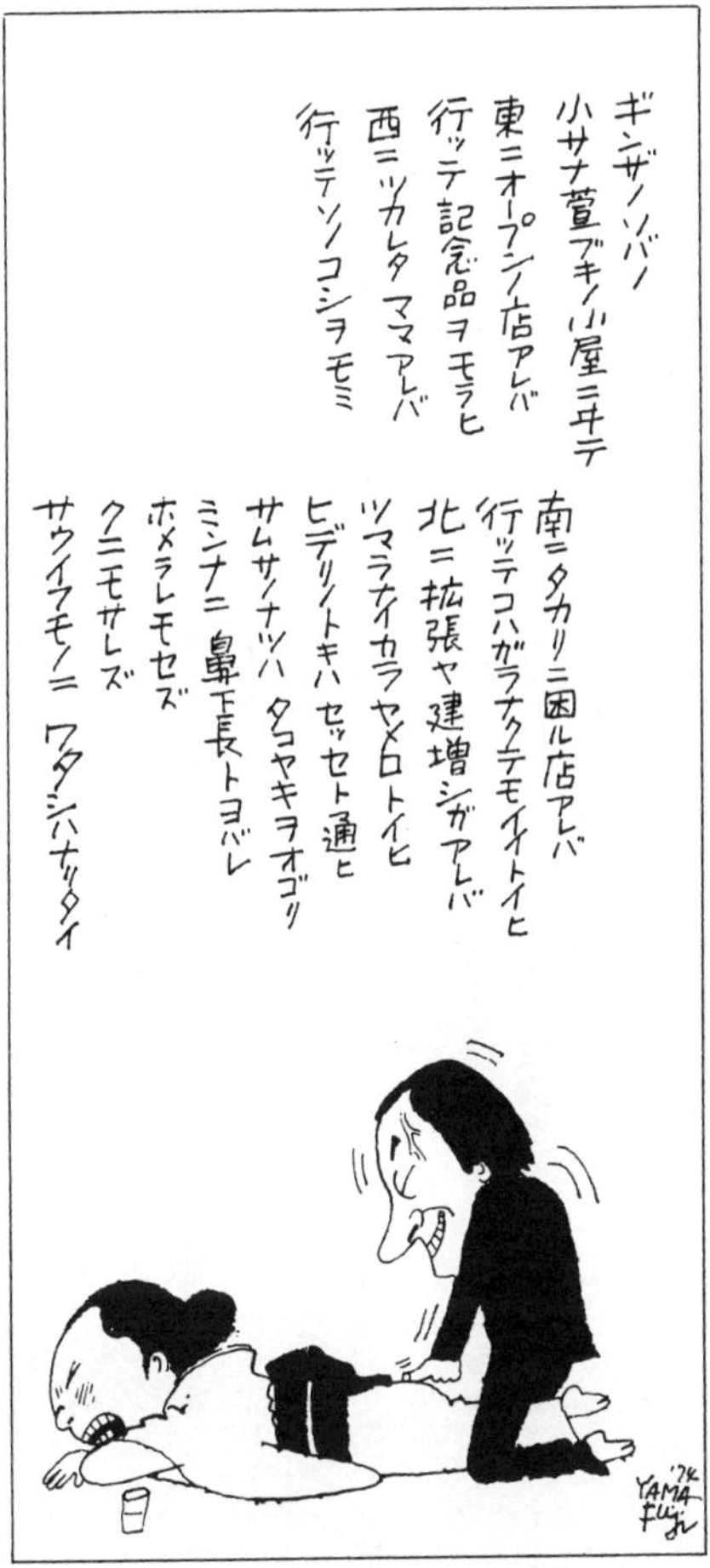
ギンザノソバノ
小サナ萱ブキノ小屋ニ住テ
東ニオープンノ店アレバ
行ッテ記念品ヲモラヒ
西ニツカレタママアレバ
行ッテソノコシヲモミ
南ニタカリニ困ル店アレバ
行ッテコハガラナクテモイイトイヒ
北ニ拡張ヤ建増シガアレバ
ツマラナイカラヤメロトイヒ
ヒデリノトキハセッセト通ヒ
サムサノナツハタコヤキヲオゴリ
ミンナニ鼻下長トヨバレ
ホメラレモセズ
クニモサレズ
サウイフモノニワタシハナリタイ
'74 YAMA FUJI

ことである。二丁目は案外狭い範囲なのだが、中央にやや広い道があり、その左右にも娼家が軒を並べていた。

その道に人垣ができていて、その中から女の怒鳴り声が聞えている。

遠巻きにしている人の輪のあいだから、首を出してみると、黒いワンピースを着た若い女が片手にビール瓶を握って振りまわしながら喚いている。その女の洋服が、やや光り気味の布地だったことまで覚えている。

相手があって怒鳴っているわけではなく、一人で荒れ狂っていて、その凄《すさ》まじい勢いに誰も寄り付かない。酔っているようにもみえた。

そのうちビール瓶を裾から洋服の下に入れ、突き立ててみせて、またなにやら喚く。

その女の様子を見ているうちに、根は人が好く、また私の取扱える範囲のタイプにみえてきた。人目に立つのが私は嫌いなタチだが、そのときはすこし酔っていて、

「ひとつ、いいところをみせてやろう」

とおもい、人垣から抜けて、その女に近づいた。暴れている女の肩をおさえてみると、

「なにさっ」

と、睨《にら》みつける。

片手でじわりと女の腕を摑み、もう一方の手で肩を撫《な》でながら、

「なにか気に入らないことがあって、アバレてるんだろ。もう、そのくらいでいいじゃないか、きみの部屋へ行って一緒に寝ようよ」

と言うと、すうっと女はおとなしくなってしまった。当時、私は貧乏出版社の編集者で、よれよれのレインコートを常用しており、上客とみえるわけがない。

「さ、行こう行こう」

と、うながすと、女は私の腕に腕を組んできて、そのままの恰好で店に入った。斜めに二階に上ってゆく梯子段《はしご》がまるで舞台装置のように、見物人からみえるところにあった。その梯子段を腕を組んで上ってゆくと、どっと拍手がきた。

これは、私は予想していなかった。

遠巻きにしていたのは娼婦と客と半々ぐらいで、一斉に拍手してくれたわけである。私は、赤線のアラン・ドロンになったような気分であった。

もっとも、自分の手に負えると感じたことがとんだ考え違いで、ビール瓶で頭を殴られてキャンキャンと退散することだって、起らなかったとはかぎらない。

91　葱（ねぎ）

ある料理雑誌から、アンケート用紙が送られてきて、幾つかの質問条項が並んでいる。

『あなたの好む簡単な酒のサカナ』

『あなたにとっての酒のイメージ』

などという質問内容なので、返事を書く気になりながら、終りまで読むと、「写真を一葉封入してください」という意味のことが印刷されている。

私は写真をうつされることも、それが紙面に載ることも大嫌いなのであるが、書物の広告に写真を入れることが慣例にちかくなってしまったので、仕方なく写されるときもある。なぜ嫌いか。明治の文明開化のころには、写真をうつされるとシャシン機に寿命を吸い取られる、という考え方があったそうだ。

私は昭和の時代に生きているのだが、そのことを信じているためだ、とでも考えておいてください。本当は、違うのだが。

もっとも、この短文集がいずれ本になるときには、イラストを全部載せさせてもらうつもりである。そのときに、生涯に一度だけの例外が起ることになる。私は積極的にカメラの前に立ち、カメラマンにいろいろうるさく註文をつけ、ソフト・フォーカスになどしてもらい、到底本人とはおもえないほどステキに撮してくれ、と言う。

カメラマンが怒ったときには、三日に二度は私の似顔の出ている夕刊フジをみせれば、相手は同情してくれて、私の註文を聞き入れてくれる。それにしても、あの似顔はずいぶんヒドク描いてあるが、よく似ている。むかし、日清戦争のときに木口小平（きぐち・こへい）というラッパ卒がいて、死んでもラッパを口から離さなかったということを、美談として教えられた。まるでそのラッパ卒の生れ変りのように、イラストレーターは私のコメカミの癇《かん》筋《すじ》をけっして描き落さない。

ついでに、山藤章二を拉致《らち》してきてカメラの前に立たせ、数人がかりで横腹をくすぐったり、尻をヤットコでねじり上げたりして、その顔のアップも本に載せてみようか、と考えたが、凝り過ぎになるのでそのアイディアは放棄した。

スケハ
トキドキ　タイトルニ
カンケイナイ　ブンシャ
ウヲ　カキマシタが、
シンデモ　タイトルニ
タベモノノ　ナマヘヲ
ツケルノヲ　ヤメヨウト
シマセンデシタ。
YAMA FUJI

話は横道にそれたが、写真の件が面倒でアンケート用紙をそのままにしておくと、電話がかかってきた。

返送しない理由を説明すると、写真はなくてもよい、というので書くことにした。

『簡単な酒のサカナ』についての回答。生の葱をきざみ、鰹節《かつおぶし》を削って混ぜ合せ、ショウユをかける。好みによっては、梅干の肉を千切って入れたり、タマゴの黄味だけを加えてもよい。

べつの料理雑誌から、同じような電話アンケートがきたので、

「味噌を焼いて、舐《な》めるとよい」

と答えると、

「へーえ、そんなものがあるのですか。どうやってつくるのですか」

と質問されて、甚だ面倒だった。専門誌の編集者なら、焼味噌程度のABCくらい知らなくては、プロとして恥ずかしいことである。

『あなたにとっての酒のイメージ』への回答。

『腹を立てて飲むと、酒に仇討《あだう》ちされて、ろくな酔い方はしない』

そう書いて送ったのだが、活字になって送ってきたものを見ると、

『腹を立てて飲む』

となっていて、これには驚いた。

こんな按配のことが多いから、アンケートの類は好まないが、電話の返事のときならまだ

しも書面回答がこうなってしまうのはさっぱり理解できない。

92 鯛（たい）

私は岡山生れだが、気がついたときには東京にいて以来そこで育った。しかし、祖父や叔父が郷里にいるので、ずっと縁がつづいている。

三、四十年前の瀬戸内海の魚は、たしかに旨かった。そのころの鯛《たい》の刺身や浜焼きは、絶品であった。東京にいて岡山の刺身はムリなので、浜焼きを送ってもらう。一匹の鯛が鱗《うろこ》をつけたままの姿で、二つ折りにした編笠の中に入っている。締まった身を両指で引っぱると、鳥の丸焼きの肉のように裂ける。

ときおり叔父が上京してくると、食べ物にうるさくて仕方がない。とりあえず、たくさんノリを置いためしの上に、アナゴを細く刻んだものを載せ、コハダを小さく切ったものをちりばめただけのチラシ鮨をすすめておくと、

「あんな甘ったるいスシが食えるか」

と、苦情をいい、

「東京の魚なら、どじょうがいい」

その言い分はもっともなのだが、いまちょっと忙しいので、駒形（こまかた）や高橋（たかばし）まで同行できない。

ただし、鰆《さわら》のようないかにも瀬戸内海風の魚でも、秋に食べるときには昔から小田原沖で獲れたもののほうが旨い、と聞いている。

浜焼きにしても、むかしはその名のとおり浜に堆《うずたか》く積んである熱い塩の山に、獲れたばかりのタイを突こんで蒸焼きにしていた。このごろでは、塩水を塗って電気処理で浜焼きをつくってしまうらしい。これでは旨いわけがないし、魚そのものが公害の海で泳いでいるので怪しくなっている。

叔父にあまりうるさく言われると、瀬戸内海という場所にたいしても腹が立ってきて、景色がいささか女性的に過ぎる、などとおもってくる。しかし、鷲羽山だけは鷲が翼をひろげたような形の男性的要素が加わっていて、推奨するに足りる景色だとおもっていた。

子供のころその土地に行くためには、岡山駅からローカル線に乗って三十分ほどのところで乗り替え、小さな電車で五十分も走る。降りた駅から、一時間くらい山を歩いて登ってゆく。半日がかりの仕事で、そのかわり山を越した海岸の料理屋で食べさせてもらえるタイの刺身はじつに旨かった。

もっとも、子供のころはいろいろ感激しやすいところもあって、五、六歳のときに駅弁を車中でひろげ、

「うまいっ、こんなおいしいもの、ボク生れてから食べたことがないっ」と叫んで、保護者の女性を赤面させたことがあるそうだ。余談だが、駅弁というのはフシギなもので、車中で食べるのが一番旨い。

以来、「瀬戸内海の景勝の地をあげよ」と質問されると、「鷲羽山」と答えることにしていた。因《ちな》みに、この発音は「ワシウザン」で、いま幕内で、面白い角力《すもう》をとってみせてくれて

その、ウマイ車中で駅ベンをたべて四時間後のいま、この絵をかいている
新神戸駅の牛肉ベントウ(500円)は本場だけあって肉がうまかった
ただ、胸につかえて困った。
原因は、ちょうど、のみ込もうとした時に、ドアがあいて、又ウッと山口瞳さんが入ってきたから……
では決してなく車内販売でお茶だけは売ってくれなかったからである!
ケシカラン!
週刊誌5冊を東京につくまでに読破した五木寛之さん
「話の特集」の矢崎泰久さん
ビュッフェで燃料を補給されたらしい山口瞳さん

いる力士は「ワシウヤマ」である。大相撲の世界では、だいたい「ナニナニヤマ」であって、「ナニザン」はいまは「晃山《こうざん》」だけのようである。「海山《かいざん》」はいまはいないが、以前には幕内にいて何代もつづいた由緒あるシコ名である。

昨年、久しぶりに帰郷して、タクシーで鷲羽山へ行ってみた。丁度その麓を走っているとき、「鷲羽山」が三役力士を倒したのをカー・ラジオで聞いた。そこまではよいのだが、いまでは岡山市から一時間くらいで山頂へ着いてしまい、ドライブウェイができたために山容が変ってしまった。近くに、コンビナート都市ができて、煙が上空をおおい、山頂からの見晴しもまるで違ってしまっていた。

93 鶏（にわとり）①

魚もマズくなったが、鳥獣の肉のほうもとくに鶏がひどい。ブロイラーというのは、ニワトリとは別種の食品といってよい。

昔は、ニワトリの脂身の多いところの肉と長目に切ったネギの二種類を鉄鍋で炒《いた》めて塩だけで味をつけて食べるのが好きだったが、いまそんなことをしたら一日中気分が悪くなってしまう。その肉は合成食品のような感じで、特異な臭いが我慢できない。地面を走りまわって、コッコッコッと鳴きながら餌《えさ》をついばんでよく運動しているニワトリでないといけない。

先日、久しぶりに青島幸男が訪ねてきたので、私は言った。

「おれは、機嫌がわるい」

「なぜか」

すぎる」

と、彼がたずねるので、

「税金を取られたばかりだからだ。税金を払うのは仕方がないが、政治家の税金と差がありすぎる」

口八丁手八丁のアオシマも困っている。

「オゴレ」

といって、鮨屋へ行った。

「このごろでは、カンパチやシマアジまで、養殖しはじめたんだってなあ。この店のは、違うだろうけど」

「ブロイラーというのはヒドイですな、あのトリはぜんぜん飛べないんですよ」

と、アオシマが話してくれた。

十年近く前、彼が自前で映画をつくったことがある。そのクライマックスのシーンに、トラクターが鶏小屋にぶつかり、たくさんのニワトリがバタバタ羽ばたいて飛び上るところを予定していた。

もともとニワトリは空高く飛べはしないが、そこがかえってよいという狙いである。

鶏舎の持主に金を払って話をつけ、カメラをまわして、トラクターをぶつけたが、ブロイラーたちは羽ばたきもしない。

ためしに、一羽つかまえて空に投げ上げてみたが、翼をしっかり体につけたまま直立不動で抛物線《ほうぶつせん》を描いて地面に落ちる。予算の関係でいまさら新しく段取りもつけられないので、スタッフ一同ブロイラーを摑んでポンポン空へ投げ上げて、そこを撮影した。したがって、そのシーンをよく見ると、ニワトリがみんな丸焼きの形で飛び上っていることになった。その後、鶏舎の持主から、賠償金を払えという申入れがあった。事情を聞いてみると、そういう撮影のときのショックでニワトリがタマゴを産まなくなってしまった、という。

ソバ屋で酒を飲むのを私は好んでいて、ソバ搔きで一パイなど悪くない。

味がよいことで名が通っている店にときどき行くのだが、トリの南蛮だけは一度註文して閉口した。ドンブリから立昇る湯気と汁に厭な臭いが入りこんでいる。

過敏になっているのかと考えているうち、となりのテーブルの頑丈な体格の青年が同じものを半分以上食べ残して帰ってしまった。

先日も、評判のラーメンの店を教えられて行ってみると、カウンター式で肩と肩が触れ合うほどの混雑である。

「ここのラーメンを食べてしまうと、ほかの店のがくえなくなってなあ」

という声が、近くから聞えてくる。

たしかに、麵はうまいし、汁もレンゲですくって飲むと異状はないのだが、ドンブリ全体からかすかに特有の臭いが漂っている。

94　鶏（にわとり）②

体力のあるころは、運転しているときには、車を停めてちょっと一服するという気分になれない。便所に行くのも難しくて、ギリギリまで我慢してしまう。「慣性の法則」というのがあって、それに似たものが速度感が入りこんでいる肉体に作用するためである。もっとも、これはシロウトの勝手な考え方である。

マージャンをしていて食事時になった場合、一休みして落着いて食べればよい、といつもおもう。店屋《てんや》ものなら十分間もあれば片付いてしまうのだが、それができない。運転しているときの状態によく似ている。

マージャンの溜《たま》り場のN旅館が上野にあったころには、近所にいろいろ旨い店があって出前もしてくれた。しかし、それでもゲームをやめないで、半分だけうまいと感じながら食べてしまう。

その旅館が赤坂に移転してからは、旨い店は出前をしてくれない。出前の旨いものもすこしはあるのだが、容器が三重になっていたりしてゲーム中には食べ辛い。

近ごろでは、もっぱら近所のソバ屋の親子丼か天丼を註文する。この種のものが一番食べやすいし、味についても過大な期待を抱いていないので裏切られることがない。

ニワトリがブロイラーになってからは、肉ばかりでなくタマゴまでかすかな異臭がするのだが、ソバ屋の親子丼の場合は煮込む汁が濃いためか、その臭いを感じないで済む。

以下は、ギャンブルの話になる。三年前に、マージャンの「幻の役満」といわれる九連宝燈（ただし準正）を「八索」で和了《あが》ったことは、私ももう言い倦《あ》きた。しかし、その後「八」の数字がギャンブルに絡んできて、吃驚《びっくり》することがいろいろ起る。

ラスベガスのカジノでのブラック・ジャックの場合、トランプを一度に四箱入れた木の箱を使って、胴元が客にカードを配ってるテーブルがある。

四デッキ・システムと称しているが、これを輸入変形させて、友人と二人だけのゲームのときに応用している。赤青一組で計一〇六枚（ジョーカー二枚を含む）を混ぜて切って二人の中央に積み、親が替るまではそのままの形でカードを配ってゆく。親は子の前の二箇所に一枚ずつカードを配り、自分の前の二枚のカードのうちの一枚を表にして示す。差し向いのゲームだが、親は二人を相手にしていると考えればよい。

昨年の秋、阿川弘之とこのゲームをしているとき、親になったアガワの開いて示したカードがダイヤの八だった。私に配られたカードは右も左も八である。まず右側のカードでゲームをはじめて、一枚配られたカードがまた八なので、もう一枚要求した。

同じ数字のカードが三枚揃うと、五倍の役（本場ではこの役はない）ときめてある。その一枚がまたまた八で、役ができた。

次に、左側のカードでゲームをおこなうと、こちらも八・八・八の役ができてしまった。

一〇六枚のうち八枚しかない同じ数字のカードが、テーブルの上に、七枚並んでいる。こういうケースの確率は九連宝燈よりもすくない。

親・子・孫の三代にわたって連日ゲームをしても、できないのではあるまいか。賭場《とば》で八と八で計十六になったときさらに札を要求したとすると、全体のバランスを崩してほかのお客さんに迷惑をかけた罪で指を切られるから確率はゼロだ、とある人が言った。

しかし、シロウト二人の差しのゲームなのだから、指のほうは勘弁してもらう。「八」の数のからんだ奇跡的な事柄に、私は深く驚いた。しかし、アガワは負けて口惜《くや》しがっているだけで、その事柄にはあまり興味を示さない。

95　鴨（かも）

昔のソバ屋には、トリ南蛮というものはなかったような気がする。鴨ナンバンというのはいまでもあるが、カモのかわりにニワトリを使っている店もある。

本物のカモを使っている店では、その肉の味のよい寒い季節しか客に出さない。となると、このカモは人工速成のものではない、と考えてよいだろう。

家の庭には、カモは飛んでこないが、山鳩はしばしば窓のすぐ近くの地面で遊んでいる。まるまると肥って旨そうだが、これを射って食べるわけにはいかない。

鳩には恨みがあるので食べてやりたいのだが、我慢している。三、四歳のころお寺の境内で遊んでいるとき、空を舞っているハトの糞《ふん》が額に命中して、その個体とも液体ともつかないものの薄気味わるさに泣いて家に帰ったことがある。

大空襲の期間、ずっと東京にいた私は、このハトの一件をおもい出し、直撃弾を受けるのではあるまいか、と厭な気分で過した。この点でも、ハトには恨みがある。

こういう鳩体験をもっている人は少ないであろう。どのくらいの確率に……、と「確率」という言葉が出てくると私はすぐにギャンブルに頭が向く。

三大本能は、食欲、性欲、あと一つは……、調査の結果おどろいたことに「——欲」というのも「三大本能」という言い方もないことが分かった。自己保存本能、種族保存本能、群居（社会）本能、と三つ並べることはできるそうであるが、私としては食欲と性欲にギャンブル欲（一種の闘争本能といえる）を加えてみたい。ギャンブル欲の強い人間が二人連れで歩いていると、走ってくる車のナンバーの末尾が丁か半かを賭《か》けたりするという話は、よく聞く。

これに似た賭で、私が関係した三大馬鹿話を書く。

一、いまでは鬼籍に入っておられる木山捷平《しょうへい》さんの出版記念会が催されたので、私も出かけて行った。会場の受付係をしていた友人が、

「おや、欠席じゃないの」

「木山さんの会に欠席はしないよ」

「でも、欠席という返信ハガキがきている」

「そんなバカな」

という問答のあげく、千円賭けることになった。

その友人は返信のハガキを調べて私の分を取出すと、「出席」「欠席」と並んでいる活字の右側のほうがペンで消してあった。

二、便所の戸を開けて、大量の脱糞をしてから後始末をして、また戸を開けて出てくることが一分以内でできる、と私が自慢した。友人が、そんなことは不可能である、と信用しないので、

「それじゃ、カケよう」

ということになった。そして、私が勝った。

三、芝居見物に行って退屈して、途中で友人と二人で廊下に出てソファに坐りタバコを喫った。上演中なので、あたりは閑散としており、側面の出入口の扉が三つみえている。

「おい、あのドアから最初に出てくるのは、男か女かカケよう」

芝居が終るまでにはまだ時間があるので、ドアから出てきた人は私たちに気づく。私たちは賭けているので、なにか曖昧《あいまい》な気配が漂ってしまうに違いない。それでは、失礼になるから、と、その賭はやめることにした。

やめておいて、よかった。

このかたも故人になられたが、最初にドアから顔を出したのは、壺井栄さんだった。壺井さんは、高齢でゼンソク症状に襲われ、特効薬の副作用で満月様顔貌症（ムーン・フェイス）になっておられた。

96　米（こめ）

健康がだいぶ回復したので、うっかり用件を増やしているうちに、収拾がつかなくなった。原稿なら家で書けばいいのだが、文字を書くほうは夕刊フジで手一杯なので、その替りに対談の類を引受けてしまう。仕事の打合わせに絡んだものや、個人的な話し合いの会食がつづいたりする。

川の向うは川崎市という場所に住んでいるので、往復の時間がかかるし、タクシーを使えば値上げのために往復の賃金がホテル代を上まわってしまう。

仕方がないので、銀座に近いホテルにもう半月以上泊まっている。

ここにいれば、仕事の行き帰りは徒歩で済むし、近くに映画街があるので長らく観ないフイルムを見にゆくことは簡単だし、赤坂のマージャンの溜り場も地下鉄で十五分だし、月二回の病院通いにも便利である。仕事のことで訪ねてきてもらうのにも、遠くまで足労をかけないでよろしいし、一石五鳥だとおもっていた。ところが、この期間に観た映画はブルース・リーの「燃えよドラゴン」だけだし、もう二十日間も牌《パイ》を手にしないし、酒はしばしば飲む羽目になるのだが一人でふらりと出かけたことは一度もない。そのあいだに厄介な原稿を書いたので、ついにフラフラになって、二日間ほどベッドを離れずに眠ったり、目が開いているときにもうつらうつらしていた。

歩いて三分のところに、ゲーム・コーナーがあって、電気仕掛のいろいろ凝った遊び道具が並んでいる。もともとこの種のものは大好きなので、これだけは三日つづけて通ってみた。ところが、なまじ複雑な器具なのがかえっていけなくて、間もなく倦きてしまった。パチンコなら倦きないのは、単純素朴なところがよいのである。

たとえていえば、パチンコは米の飯で、電気仕掛ゲームは、趣向をこらしたご馳走ということになる。美食というものも、連日となるとウンザリしてしまう。

ホテルの食事は、毎日となるとこれも家庭料理の素朴さがないので、倦きてくる。

そこで近くにあるキツネうどんや牛丼のうまい店を探し出して、済ますようになった。

一つだけ都合がよいのは、深夜に未知の人からの電話のないことである。ときおりそういう電話があって、まったく知らない女性がなれなれしく電話をかけてきたりする。

そういうときには、私のセリフはきまっていて、

「いまは、もう夜更けだから、明日の昼間にかけていらっしゃい」

と答えると、九十九パーセント翌日にかかってくるものはない。

酔った勢いでかけてくるらしい。

一度、深夜に若い男の声がし、こう言った。

「○△雑誌の何某が、いまそこに伺っている筈ですから、電話口に出して下さい」

そんな人はきていないので、そのことを言うと、

「そんな筈はない。どうしても出してもらいたい」

と押問答になり、そのうち相手が、

「おりょー、はて面妖《めんよう》な、そんなことはないんですがなあー」

と、まるで井伏鱒二《ますじ》さんの作中人物のような口調になってきたので、私も一計を案じ、

「君はいま酔っぱらっておる。くだくだ言うのはそのくらいにして、もう眠りなさい」

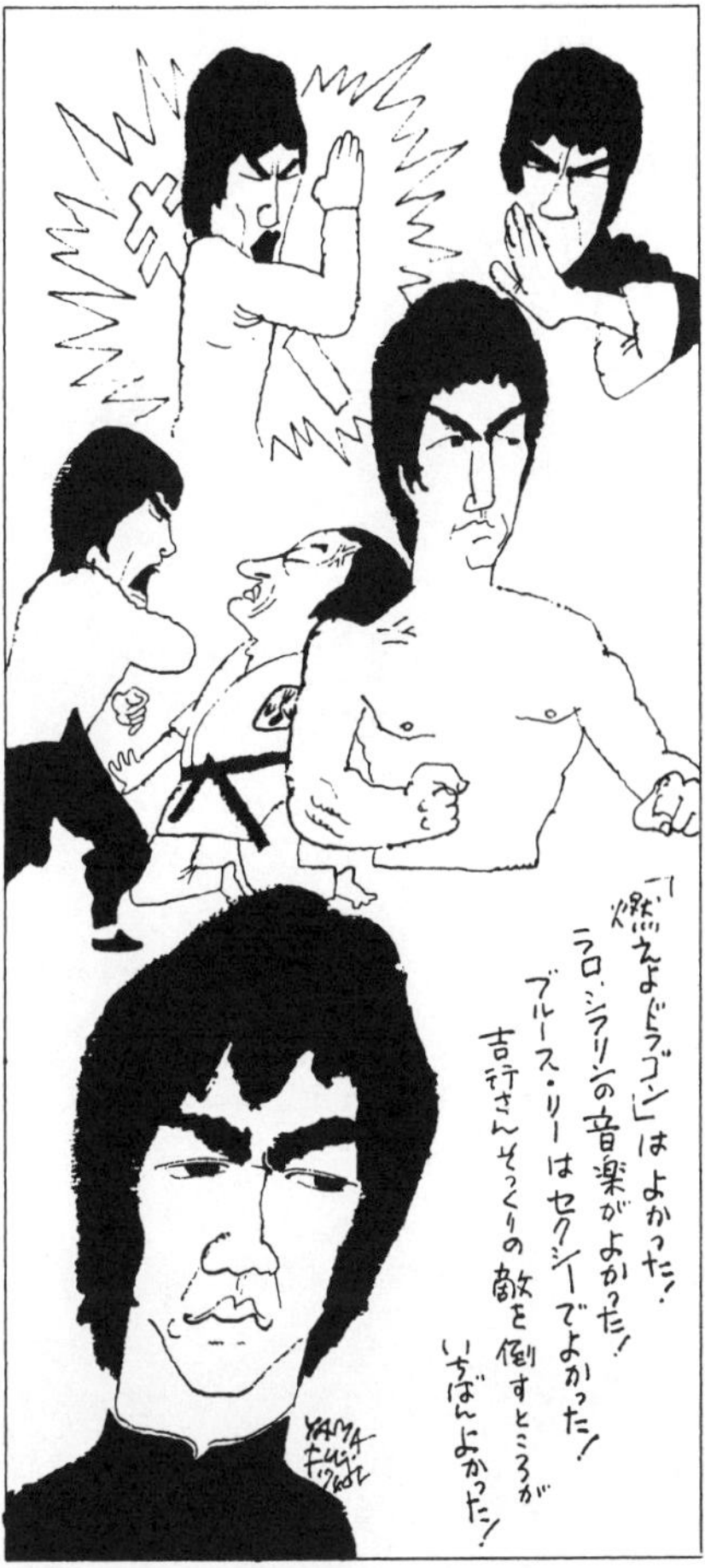
「燃えよドラゴン」はよかった!
ラロ・シフリンの音楽がよかった!
ブルース・リーはセクシーでよかった!
吉行さんそっくりの敵を倒すところがいちばんよかった!

と言ってみると、相手はまことに素直に、

「おやすみなさーい」

と、電話を切ってしまった。

97 林檎（りんご）

数日前、対談を終えて銀座の会場の裏手にあるバーへ行ってみると、鍵《かぎ》のかかったドアに貼紙《はりがみ》がしてあった。

『管工事のため本日休業いたします』

連れの男と三人、その貼紙をみてしばらく笑った。店の中で働いているのがおもに女性なので、その文句が甚だオカしい。

「なにも、律義にクダ工事と書かなくてもなあ」

「店内修理のため、とでも書いておけばいいのにな」

数日後、その店に行って、さっそくカラカウのだ。

「みなさん、クダの工事はもう完成しましたか。具合はよろしいですか」

女性たちは、声を出して笑ったり苦笑したりしている。次の店へ行くと、一カ月ほど病気欠席していた女の子が出勤している。

「きみ、長いこと顔を見せなかったけれども、どうかしたの」

と、連れの男がまともな質問するので、私が替りに答える。

「このかたも、管工事でしてね。なんですか、縦についていることに倦きたので、工事して

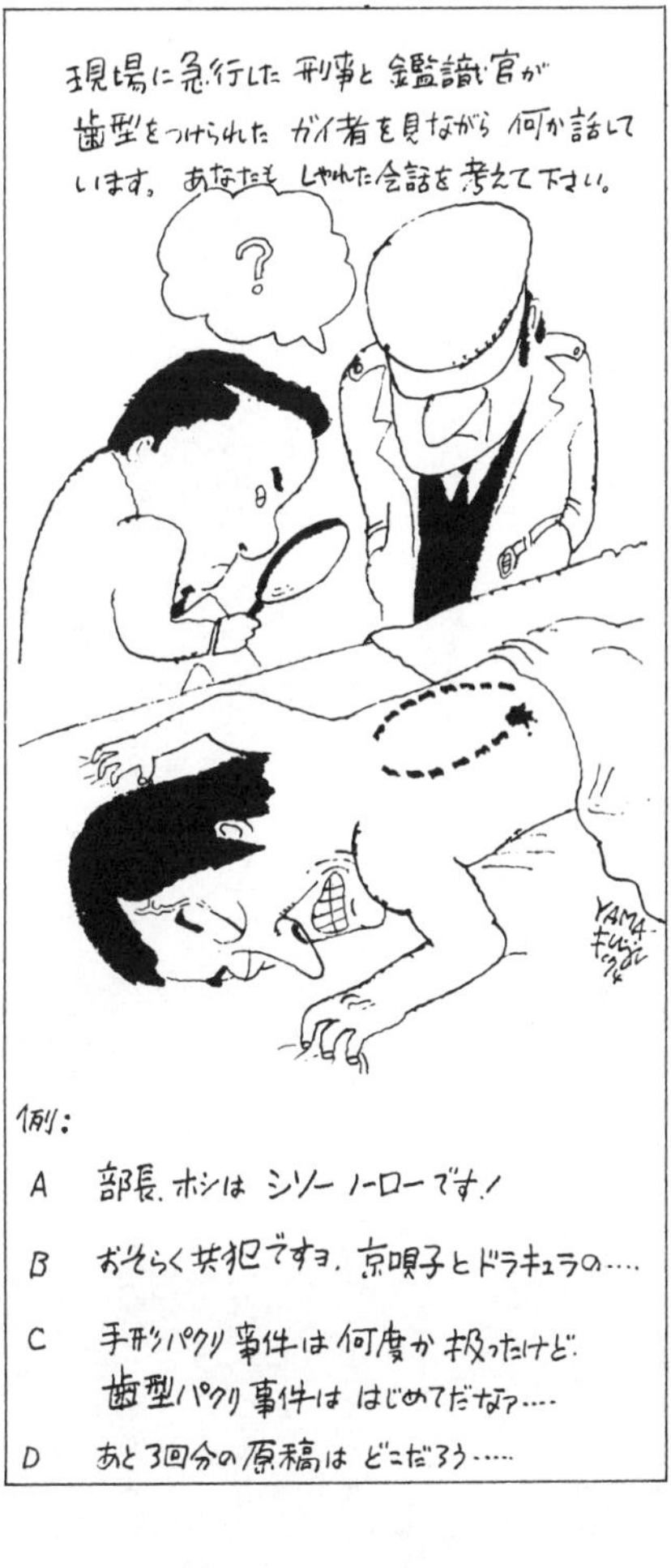
現場に急行した刑事と鑑識官が歯型をつけられたガイ者を見ながら何か話しています。あなたもしゃれた会話を考えて下さい。
?
例：
A　部長、ホシはシソーノーローです！
B　おそらく共犯ですヨ。京唄子とドラキュラの‥‥
C　手形パクリ事件は何度か扱ったけど、歯型パクリ事件ははじめてだなァ‥‥
D　あと3回分の原稿はどこだろう‥‥

横に裂け目を変えてみたのだそうです」

その店で出会って一緒になった友人が、阿呆らしいことを付け加える。

「ついでに、歯も生やしてみたそうで……。そおっと軽く噛むようにつくったので、結構な刺激《しげき》がつたわってくるそうです」

「しかし、工事は完成したがまだ試運転をしていないので、軽く噛むようにつくったつもりが、強くガリッとなってしまって、噛み切られるオソレがある」

「熊の仔《こ》を飼っているうち、しだいに大きくなった熊にガブッと噛まれてしまうことは、よくある話だな」

そんな会話をして騒いでいると、となりの女が口をはさんだ。

「ホテルのベッドのマットレスの下に、木の枠《わく》があるでしょう」

「そういえば、あるな」

「ホテルって、動物を連れて行っていいのかしら」

「人間という動物のほかは、禁止されていると聞いているがなあ」

「でしょう……、それなのに、どうしたのかしら。いつか大阪のホテルに泊まったら、その木の枠に物凄《ものすご》い歯型がついていたのよ」

ホテルに泊まっても、ベッドの枠など見たことがないので、私は驚いた。

「それは、枕もとの木のところではないんだね」

「そうよ、マットレスから何センチか下の枠のところについてたの」

「しかしきみはなぜ、そんな場所に視線が行ったのかね。そんな場所に気が付くためには、四つん這《ば》いで覗《のぞ》きこむか、床《ゆか》の上から見上げるしかないよ」

「ともかく、あんな凄い歯型って、人間の歯でつくものかしら」

「火事になると、女は馬鹿力を出してタンスを持ち上げるというからねえ」

私は果物が好物だが、林檎だけはあまり好まない。しかし、中身に半透明の箇所のあるものは「蜜《みつ》が入っている」と称して、これは旨い。

リンゴは丸かじりにしないと、味が落ちる。しかし、ベッドをかじったっておいしくはない。おそらく、おいしいことのあった結果、木の枠をかじることになったのだろう、と推察している。

98　コーヒー①

戦後、アメリカのコーヒーを知ったときには、奇異な感じを受けた。それまでのコーヒーとはまったく違っていて、これでいいのかとおもったが、番茶と同じに砂糖も入れずガブガブ飲めばよいことが分かってきた。

これでは、コーヒーの味に凝る必要はなく、これもいいな、とおもった。

私は三十歳くらいまではコーヒーを体が受け付けず、喫茶店ではもっぱら紅茶であった。その後、飲むようになったが、好みについてはイタリー式のエスプレッソか酸味がかったのが好きだ、という程度である。

コーヒーは、凝りはじめると際限がないようで、コーヒー挽《ひ》きにまで強い興味を示す。その品物で古風なものは、眺めるのは好きだが所有したいとはおもわない。

一昔以上前になるが、小島信夫がパリの蚤《のみ》の市で年代もののコーヒー挽きを二つ買って帰った。それを聞いた安岡章太郎がタクシーで馳けつけて、一箇貰ってきた。その情熱を、フシギに感じたのだが、要するにマニアと考えれば解釈はつく。

誰の神経にも欠落部分があるものだが、私は宝石にまったく関心がない。ひどく高価なダイヤモンドの指環を嵌《は》めた女が、その指を見てもらいたそうになにげないふりで動かしていても、気が付かない。あとで、同席者が、

「あの女、すごいダイヤをしていたな」

といっても、

「へえ、知らなかった」

で終りになってしまう。

宝石についての見解というのは持っていて、ダイヤモンドの指環を嵌めたいなら、数億円のものならいいだろう、とおもっている。しかし、そういう光景を見るのは私の接触範囲に

おいては不可能なことで、いっそのこと何もしないほうがよろしい。どうしてもなにか嵌めたいなら、千円くらいで面白味のあるというか奇抜なというか、そんな指環をすればよい。

しかし、それは考え方であって、興味ではない。

最近眠れないままにこれまでに深い関係をもった女性をおもい出してみていると、その数人のうち一人として指環を嵌めていた女がいなかったことに気付いた。ふとした浮気の場合

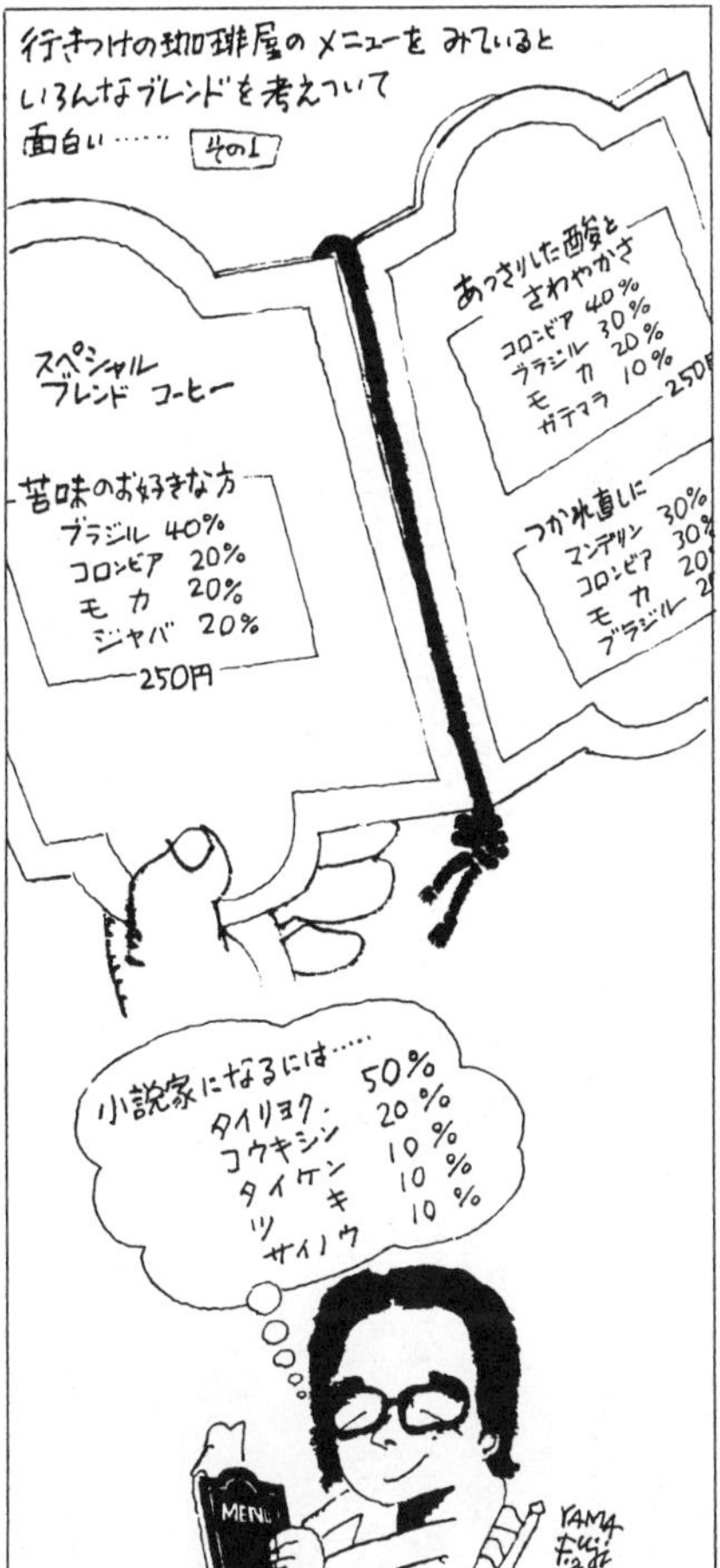

は、別である。

そのことに気付いて、あらためて私はそれらの女の精神構造に思いを至した。女たちはみんなやさしい良い女だったわけなのだが、それにしてもムゴイ目に会わされた感じも強いのは、これはどうしたわけなのだろう（というのは疑問ではない。答えは分かっている。つまり、詠歎なのだ）。

ところで、数億円の宝石の所有者は、それとそっくりのイミテーションをつくっておいて、パーティなどにはそっちのほうを嵌めてゆくという。これも、私には分からなかった。資産一千億の人間が、一億円のダイヤを紛失しても、それは私が千円札一枚落したようなものである。模造品を嵌めるなどとはミミッチイとおもっていたが、宝石マニアという点に考えを向ければ理解できる。

先日も、売価五千万円と称するサファイヤだったかエメラルドだったかを見せられたが、一向に美的な感じを受けない。

「なんだ、これは。夜店のアメみたいで、舐めると溶けてしまいそうではないか。ニセモノじゃないのか」

と言った。

相手は黙って笑っていたが、いまでも多少の疑いが残っている。

99　コーヒー②

子供のころは、ものを食べるとき本を読むクセがついていた。とくに塩センベイが好きだったので、頁のあいだが細かいカケラだらけになってしまう。そのころは、読書はこの上ない愉しみで、その喜ばしさを倍加させるためにセンベイをかじる。

青年になってからの読書には、子供のころほどの嬉しさが消えてきたので、ものを食べながらということもなくなった。その替り、食事のときには、新聞を読む。

二十五歳くらいになると、そういう恰好を見苦しくおもい（一人だけのときでも）はじめたので、十数年間やめた。

その後、朝食のときだけ、新聞を読むクセが復活した。

朝はトーストと紅茶またはコーヒーであるから、新聞も読みやすいのだが、悪癖の一つだとおもっていた。

十年ほど前、ローマの大きなホテルの食堂で、アメリカのジャーナリストとみえる中年の男が隣の席に坐っていた。オープン・シャツで、椅子に斜めに腰かけて足を組み、新聞を拡げて眺めながら朝食を摂《と》っている。その恰好はいかにも俊敏なジャーナリストという感じで、悪癖ときめるわけにもいかないな、とおもった。もっとも、ヨーロッパ人の眼には、「だからアメリカ野郎は困るんだ」と映ったかもしれない。

ところが、女のこういう姿にたいしては、私は絶対に厭である。編集者をしていた二十四、五歳のころ、同年輩の女子社員に緊急の仕事を言いつけた。その女は、新聞を読みながら弁当箱をひろげて昼食をたべていて、食べ終ってもいつまでも腰を上げない。その女の平素の振舞いが腹に据えかねていたこともあって、カッと腹が立った。私が怒るのは、十年に一度くらいなのだが、

「はやく仕事に行け、だいたいテメエはケツが重いんだ」

と怒鳴ると、腕を摑んで椅子から体を持ち上げ、その尻を蹴上《けあ》げてやった。

その女は驚いて、社から走り出していった。私がめったに腹を立てない証拠には、そのあと同僚がその女に、

「あの男はぜったい腹を立てないのだから、今度はよくよくのことだとおもいなさい」

と、注意したことで、分かるとおもう。

話は替って、コーヒーのことだけになるが、前回にも書いたように私は少青年時代にはこの飲料を胃に入れると、気分が悪くなっていた。喫茶店へ行くともっぱら紅茶で、それも砂糖を入れずプレーンで飲む。

都会の中学生は早熟なのが多く、そのころ友人と喫茶店へ行くと、私は紅茶のプレーン、友人はコーヒーをブラックで飲む。

その友人とはいまでもつき合いがあるが、私にはコーヒーのブラックというのが気に入ら

ない。

「おめえ、それはすこしキザじゃないか」

といって、口論になったことがあった。

以来数十年経って、「あのときあのヤローは砂糖もミルクも入れないのをブラックと称していたが、砂糖だけ入れるのをそう呼ぶのではあるまいか」という疑問が起ってきて、何十

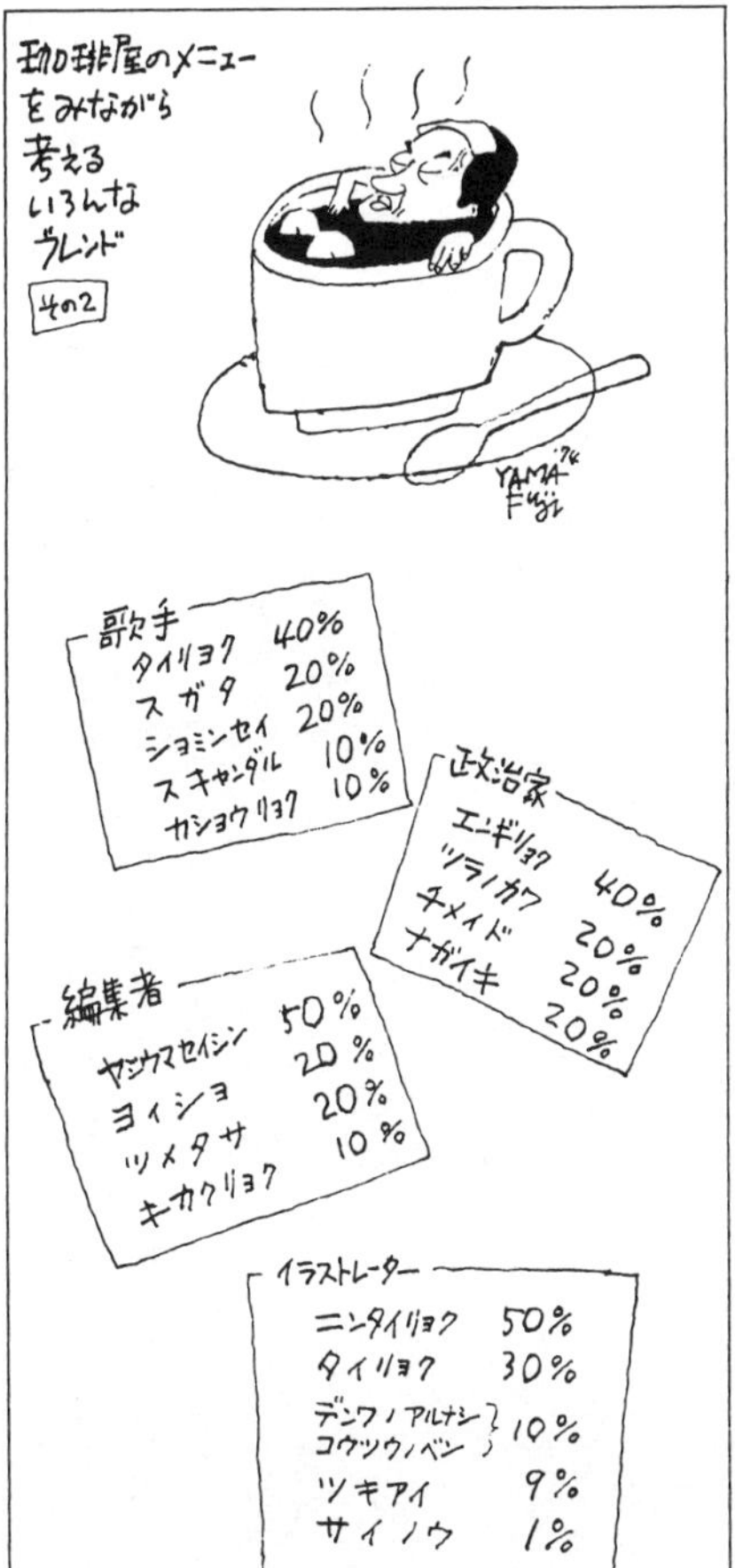
珈琲屋のメニューをみながら考えるいろんなブレンド
その2
YAMA FUJII '74
歌手
タイリョク 40%
スガタ 20%
ショミンセイ 20%
スキャンダル 10%
カショウリョク 10%
政治家
エンギリョク
ツラノカワ 40%
チメイド 20%
ナガイキ 20%
20%
編集者
ヤジウマセイシン 50%
ヨイショ 20%
ツメタサ 20%
キカクリョク 10%
イラストレーター
ニンタイリョク 50%
タイリョク 30%
デンワノアルナシ
コウツウノベン 10%
ツキアイ 9%
サイノウ 1%

年も正解を知らないまま過ぎてしまった。

この機会に、夕刊フジのHさんこと星裕さんに、例のごとく調べてもらった。アメリカ式コーヒーでは、砂糖ミルク抜きで飲むことが多く、これをブラックと称するようである。しかし、ヨーロッパのものは濃くて苦いので、すこしは砂糖を入れる。なかにはそのまま飲む人もいるが「ブラック」という言葉は使っていないようにおもえる、とヨーロッパ生活が長かった人が言っていた、という回答が戻ってきた。

100 紅茶

紅茶とトーストの朝食（たまには、コーヒーのこともあるが）を摂っているとき、このごろの私はまた新聞をひろげるようになった。もっとも、見出しくらいしか眺めないで、とくに関心を惹《ひ》く記事があるときには部屋へ戻ってからゆっくり読む。

ただ、東京新聞のテレビ・ラジオの頁の片隅に、「運勢」の欄があって、ここは読む。手相・人相・占星術・トランプ占いなどは、人生の香辛料であって、使い方によっては味わいを増す点もあるが、信じ過ぎるのは愚かなことである。カレー粉だけのカレーライスを食べたとしたら、胃がひっくり返る。

この七年くらい毎日この運勢の欄を見ているが、一度として同じ文句に出会ったことがない。「松雲庵主」という雅号がついていて、どういう資料を使っているか知らないし、どういう人かも知らないが、その文句にも奇妙な味がある。当る当らないについては無関心で、その文章の按配を愉しんで愛読している。

無事、100回を終えたところで
このコンビの相性を 街の占い師に
みてもらいました……
吉
千客万読、百回終結
あらあらうれし
尚、その上、単行本になる
凶
一匹のネズミ（大正13年）と
一匹のウシ（昭和12年）が
争いて お互いに
傷深き様
人相
周易
運勢

ある日、私の干支《えと》である「ね年」の項目に、「猿樹上にありて大いに威張るの象《かたち》」というのがあった。さっそく「さる年」の阿川弘之に電話して、

「いいことを教えてやる。今日おれとギャンブルをやると、かならず勝つぞ。そう占いに出ておる」

とその占いのことを話すと、さっそく現れた。その日、私が大勝したので、以来電話して、

「今日の占いはな……」

というと、うんざりした声で答える。

「もういい、そのテはくわない」

松雲庵主に聞けば、それは占いの言葉の解釈の謬《あやま》りである、と答えるだろうが、この人の異才には感心している。

数年間にわたって、とくに趣のある文章のときは切り抜いておいたので、紹介したい。自分自身に関する記事を切り抜くことはあるが、それ以外のものを保存することは稀《まれ》である。

『桃太郎のダンゴ味無しの象にて食難あり、飲みすぎ食べすぎ注意』

『番犬にほえられ腹立つ意あり、心の穏やかなものは畜獣もなつく』

『墓地に寝たるような夢を見る、これ先祖の供養をおこたる知らせ』

『二匹のネコが一匹のネズミと争いて、お互いに傷つかぬ様』

この文句は、「一匹のネズミを」の誤植かもしれない。そのほうが話の筋が通るが、ネズミが一匹で二匹のネコを相手に喧嘩して、引分けになったという卦《け》と考えたほうが、その非

論理的なところに味がある。

『カラスの群れなんじを見て笑う、とんまな事に手を出すなとの意あり』

『野球したるが雨やまず勝負定まりがたし、運を天に任せ一心に』

『コウシンコウシンと解りますか、口を慎めと天神知らす』

『青薫青また青の絶景にいでた象、売買旅行吉』

『二日酔いでふらふら腰の象、諸事手につかず天理にもとる』

『草木はなはだ枯骨なる象にて、運不順なるも悠々淡々として世を渡れ』

毎日こんな面白いものばかりあるわけではない、数年にわたって私が苦心研究して蒐集した言葉を並べた。

最後に、愛読してくださった皆さんに、とくに縁起の良いのを二つ贈る。

『千客万来商売繁盛あらあらうれし、尚その上善根をつめ』

『梵音《ぼんおん》天地にとどろきて天神天女ひらりひらりと舞い来る善日』

101　あとがき

この一〇〇回のエッセイは、昭和四十八年十二月十一日から四十九年四月十日まで、「夕刊フジ」に連載したものである。

エッセイの連載というのは毎回違う話を書くわけで、これは甚だ辛い。そういう仕事を引受ける気はなかったのだが、学芸部長の平野光男さんがなんの予告もなく月光仮面のオジさんのように、突如あらわれては「ヤレ」という。

ついに根負けして引受けてしまったが、かなりヤケクソで新聞連載のときのタイトルを『すすめすすめ勝手にすすめ』とつけておいた。

連載のはじまる直前に、一つの手口をおもいついた。いろいろの食物の名を列記しておいて眺めていると、なにか書くことをおもい付く。その内容は、食物のこととはかけ離れていることが多いので、書物としてまとめるときに、『贋《にせ》食物誌』というタイトルに変えた。

この手口は成功で、私は生れてはじめてといってよいくらい、気楽に原稿を書くことができた。山藤章二さんのところにはいつも数回分の余分の原稿が蓄っていたそうで、彼にイジワルなアイディアを考えるのに十分な時間を与えたことになる。

第一〇〇回が掲載になってから数日後に、私は五十歳になった。四十代の最後の仕事として、いろいろ感慨深いものがあった。

イラストを見るのも毎日たのしみで、それが仕事をつづける励みにもなった。『本モノのほうがずっといいのに、あんな絵を描かれてよく我慢してますわね。あのイラストレーターの男、いつか必ず崖《がけ》から突き落とすか、コインロッカーに閉じこめてやるわ』というような女性読者からの手紙を幾通ももらった。しかし、一〇〇回愉しませてくれたことについて、私は「イラストレーターの男」に感謝している。

大へん気楽に、一〇〇回の連載を終えたつもりだった。ときどき、何回分か余分に書きすぎて、ひそかに隠しておいたこともある。ところが、部長の平野さんと担当の星裕さんはとてもカンがよくて、

「部長、どうもあの作者は、三回分ほど隠しているような気がするんですが」

「ぼくも、そうおもう」

などという会話が交わされていたようだ。

この星裕さんが私の中学の数年後輩であることが、偶然のことから分かった。それは九〇回を過ぎたところで、いささか遅かった。

中学の先輩というのはイバることができるのだ。しかし、イバっていては、きっと原稿のほうを怠けることになって、結局辛いおもいをしたことだろう。知るのが遅くて、よかったのかもしれない。

要するに、余裕たっぷりに連載をつづけたつもりであったが、終ったとたんにドッと疲れ

が出た。この種の連載はもうできないだろう、とおもうくらい疲れていた。

第九一回で、この連載が書物になるときには、本人とはおもえぬほどステキな写真を入れると予告したが、改めて一〇〇回分のイラストを眺めているうちに、その気持がなくなった。もし私に絵の才能があるならば、「あとがき」には山藤章二の似顔を描いてやるのだが、残念である。

最後に、この書物をまとめるに当って、丹念な仕事を見せてもらった新潮社出版部の田邊孝治さんに感謝する。

吉行さんのイジワル・アイデアで、
あとがきは「絵が先で、それをみて
文章をかく」ということになった
が、ヒジョーにやりにくい！
延長戦での先攻のチームのような
あるいは、男色家に追いかけられて
いるような心もちで、ウシロの方が
甚だこころもとないのだ！
こんな心境が100回続いても平気な作家というのは、ヘンタイに違いない！
やはり

解　説

色川武大

　さて、如何《いかが》でしたか。一読巻をおく能わずという言葉があるが、おそらく貴方もひと息に読了してしてしまったのではなかろうか。

　私はあまり街に出ないので、本編が夕刊紙所載の時分は知らなかったが、一冊の本になり、作者から御送付いただいて（本編に限らず、私は、日本の現役作家でもっとも尊敬するこの先輩からたくさんの御著作をいただいている。なんと幸福な男であろう）ちょうどその夜、早寝《はやね》をするつもりで珍しく風呂に入り、パジャマに着かえて、火のない寝室の小卓のそばでこの本を開いた。ページをめくる手がとめられない。ニヤニヤしたり、うんうん頷《うなず》いたりしながら最終ページのあとがきまで、コップの底をなめるような按配で、全部読みきってしまった。それで身体《からだ》が冷えこんで、たしか晩秋の頃だったと思うが、数日風邪気味だったことがある。瞬間性睡眠発作の持病があってなかなか活字に親しむことができない私が、である。

　御著作を御恵送いただく幸運に甘えているうちに、その幸運の反動であるかのように、うしろのページに小文を記せというお話がきた。軽エッセイを、けっして軽く見るわけではないが、いうところの本筋の小説であれば、私ごときの出る幕ではないし、他に適当な解説者がいくらも居るであろう。これはこれで解説の必要がないくらいわかりやすいものであるし、気楽な気分で何か記しても、作者にも読者にもお目こぼしいただけるのではないか。本編が一〇〇話であとがきが一〇一話なら、その一〇二話ともいうべきスナップショットを記せば、責任の一端をはたすことができるのではないか。

そう思ってもう一度通読してみた。そうして、今、困惑している。完成された高速道路を、べつの人間があとからちょこちょこっとつけたそうとするようなもので、どうやってもうまくいくわけがないのである。本編で話のタネにされているのは、おおむね日常卑近の事柄であるが、実は、何が記されているかというと、吉行淳之介という一個の人物が何十年も培ってきた、知性、感性の綜合であり、いわば吉行さん固有の文化なのである。文化という言葉がこういう場合に適当かどうかわからないけれども、文章の下敷になっているその文化は、軽妙洒脱《しゃだつ》でありながらも自立しきっており、いうまでもなく私ごときを寄せつけない。

そのうえに、普通ならば作者の文章の余白になっている部分で、すごい才能人の山藤章二さんが、闊達自在ともいうべき猛活躍をしていて、私が参加するところがない。なんとも解説者泣かせの本である。

泣き言ついでにもうひとつつけ加えれば、作家の日常の一端を紹介する場合、その作家がいずれ自分流に書き記そうと思っている事柄や、その逆に、書き記すまいとしている事柄、そのいずれかの部分にお邪魔をしてしまうのではないかという危惧《きぐ》がある。この点もこの小文のブレーキになっているわけである。

昔、私は吉行さんを怖い人だと思っていた。今でも怖い人だと思っている。怖さの感じが少しちがってきて、今は、ニコニコしていて、怖い人である。もちろんこういう怖さの方が千倍も怖い。

けれども、ずっと以前、私などが吉行さんを遠見に眺めていた時分は、お書きになるもので折り折り社交的なお顔がのぞくにもかかわらず、なにかしら憂愁の気分の濃い、神経が細くてぴんぴんと鋭く弾いてくるような人を想像していた。世間の一部にも、そういうイメージを抱いている人が居るのではあるまいか。たしかに何につけずさんな人ではないけれど、そのイメージとは少しちがって、もっと太い人なのである。

誤解をおそれず乱暴ないい方をすると、吉行さんは陽気な人である。すくなくとも人中に出ているときの吉行さんは、本編の中の稚気横溢《おういつ》するさまにそっくりそのままである。或いはもう少し陽気の度が濃いかもしれない。冗談好きで、笑い声も大きいし、饒舌《じょうぜつ》である。人中でなくとも、身上判断詩など作って遊んでいると記されてあると、その表情がすぐに頭の中に浮んでくるから不思議である。吉行さんには初期の頃にすばらしい詩がいくつもあるが、その詩とこの身上判断詩なるものを並べてみると、なおなお笑いが増し、こちらまでとめどもなく陽気になってくる。

吉行さんが折り折り出かける銀座の酒場に新人のホステスが入り、その一人が早速吉行さんの席についた。彼女は吉行ファンであったらしく、また入店まもなくでもあり、酒場ではこういうふうにサービスするものと彼女が考えていたそのやり方で懸命になった。それで周辺より絶えず一オクターブ高くなる。彼女につきあってこちらもオクターブを高めるわけにもいかないし、だから他の子に向って何か話しかけると、その一言ずつにわきから過大すぎる反響が返ってくる。振り払おうにも彼女は受けているつもりなのだから宿縁のように離れようとしない。

「いやもう、えらい目にあったよ」

吉行さんはその一部始終を面白おかしく語ったあとで、こういった。

「あれはね、テンカツだよ、テンカツ――」

テンカツとは、大正から昭和にかけて魔術の女王とうたわれた松旭斎《しょうきょくさい》天勝のことである。私は晩年しか知らないが（吉行さんもおそらくそうであろう）、七十歳ぐらいだったろうか。それでも厚塗りで娘々した恰好で出てくる。魔術というものはいずれも押しつけがましくものものしいが、天勝というお婆さんはとりわけそうで、実に恬《てん》として照れない。照れずに真正面から金ピカピカのセリフをいう。

「なにしろ着てる物もテンカツだし、化粧もテンカツなんだよ、そう思ってみるとテンカツでこりかたまってるんだ」

あんまりテンカツだから、怖い物見たさに行ってみたくなった、あれがテンカツだって教えるよ、といって（和田誠さんやS社のY氏も一緒だったが）皆で出かけていった。

別の客のボックスに居る彼女を示されたが、噂《うわさ》にききすぎたせいか、大味な感じはあって

も遠眼にそれほど大仰には見えない。吉行さんもやや意外そうに、
「あれ、衣裳《いしょう》がちがってるせいか、こう見るとそんなでもないね」
などといっている。おそらく彼女の方も店に慣れてきて修正していたのであろう。その次ご一緒したときに我々の席にきたが、そのときは吉行さんもスムーズに対応していた。もう怖くもなんともないよ、と我々にもいっていたが、或いは、一時はやしたてたことで、配慮していたのかもしれない。

もっともご自身のセリフによると、体調が原因で躁鬱《そううつ》症の傾向があり、人前に出てくるときは常に躁状態のときなのだそうである。

それはきかなくともわかっている。喘息《ぜんそく》という持病があり、この病気は場合によって神経過敏の傾向をもたらすようだが、その点をべつにしても、人前の顔の他に、密室内の自分一人きりの顔があって当然である。私は後輩としてある意味で大変失礼なのだが、吉行さんのお宅へ一度も伺ったことはない。電話すら、私が入院して死期を感じていた折りをただ一度の例外として、さしあげたことがない。本編中にもチラリ出てくるとおり、突然の他人の来訪が重たい負担になるのを恐れてのことだが、そればかりでなく、吉行さんの密室にほど近いところに伺うのを、依然として怖がっているようでもある。

だから私が試みるスナップショットは、酒場での、麻雀《マージャン》での、パーティでの、吉行さんの人前の顔の方になってしまう。

近頃は、外で仕事をされるとき、好んで帝国ホテルを使われているようである。どうして

帝国ホテルかというと、人に会ったり銀座で呑んだりするのにこのホテルが一番便利なのだからだそうで、

「銀座の端っこまで歩いていっても、適当な距離なんだよなァ」

しかし、呑んだあとはハイヤーを呼ぶ。銀座から帝国ホテルまで、目と鼻のところをハイヤーでというのはかなり無駄な贅沢《ぜいたく》のように見えるけれども、この時間、そんな短距離ではタクシイはいやがるのである。乗車拒否されればまだよいが、ツイてないなァという顔つきをされ、小さくなって運ばれるのも面白くないし、運転手が不満をあらわにせず気持よく乗せてくれるとなおなお心苦しい、そんな感じなのであろう。

ハイヤーならばその点の気使いがいらない。しかしそのハイヤーでも、同席の編集者などを誘って、

「短距離じゃ車にわるいからね、俺はホテルでおりるが、あと家まで乗ってってくれよ」

これは同時に、夜おそくまでつきあわせる編集者に対する配慮にもなっている。

吉行さんはホテルの前で客待ちしているタクシイにも乗らない。ホテルの前で客待ちしているタクシイは、遠距離の客を狙ってわざわざ居るので、その運転手のもくろみに気をかねている。流しのタクシイをとめる場合も、近距離なら必ず五百円札を用意していてチケットのように渡してくる。

襞《ひだ》のこまかい柔らかな配慮をする人である。それからまた、いつまでも稚気を失わない人でもある。そういう配慮や稚気の下敷に、密室で培われたきびしいものが横たわっている。

そこが大勢の人たちから慕われるところでもあり、おそれられるところでもあるのである。

最後にご本人からの電話で今仕入れたばかりの話をひとつ。私はまだ見ていないが、山藤画伯えがくところのこの本のカバーは、雁と貝の絵だそうである。原画を見たとき吉行さんは、ははァ、雁首と貝か、と思った。男なら誰だってそういう連想が湧《わ》く。

するとすると山藤さんから電話があって、

「雁首と貝を連想してそれでいいんですけれど、他に何か気がつきませんでしたか」

「他に、ですか。ええと――」

「贋食物誌の贋という字は、雁と貝なんですよ。どうです、一本まいったでしょう」

ずっと以前、体操のコマネチ嬢を見て、吉行さんが、カーク・ダグラスに似てるね、といった。同席していた山藤さんが、うーん、と唸《うな》って、

「まいったな。そういう発想は似顔絵かき泣かせですよ。いつか一本とりかえしてやる」

といった。そのお返しであろう、といって吉行さんは楽しそうに笑った。

蛇足に蛇足を重ねるようであるが、以上、よろよろと記してみても吉行さんの外貌すらちゃんと描くことができなかったようでまことにおはずかしい。この本の読者は多かれ少なか

れ吉行文学の愛読者だとは思うが、もし万一、このあたりを入口にしてという方であれば、数多い長編短編、どれでもよろしい、吉行さんの作品をできるだけたくさんお読みになってください。私としてはこう申しあげるほかはない。作家の肉声は、作者自身が書き記した文章の中にのみ色濃く存在するように思える。

（昭和五十三年四月）

本文中には、現在の人権意識に照らして不適切な表現がありますが、執筆当時の時代背景、および著者が他界していることなどに鑑み、原文のままとしました。

（編集部）

『贋食物誌』一九七八年　新潮文庫

中公文庫

贋《にせ》食《しょく》物《もつ》誌《し》

2010年11月25日　初版発行
2021年 6 月10日　再版発行

著　者　吉行《よしゆき》淳《じゅん》之《の》介《すけ》

発行者　松 田 陽 三

発行所　中央公論新社
〒100-8152　東京都千代田区大手町1-7-1
電話　販売 03-5299-1730　編集 03-5299-1890
URL http://www.chuko.co.jp/

DTP　嵐下英治
印　刷　三晃印刷
製　本　小泉製本

Published by CHUOKORON-SHINSHA, INC.
Printed in Japan　ISBN978-4-12-205405-9 C1195

定価はカバーに表示してあります。落丁本・乱丁本はお手数ですが小社販売部宛お送り下さい。送料小社負担にてお取り替えいたします。

各書目の下段の数字はISBNコードです。978−4−12が省略してあります。

中公文庫既刊より

あ-13-6
食味風々録
阿川弘之
生まれて初めて食べたチーズ、向田邦子との美味談義、海軍時代の食事話など、多彩な料理と交友を綴る、自叙伝的食随筆。〈巻末対談〉阿川佐和子〈解説〉奥本大三郎
206156-9

い-2-7
浪漫疾風録
生島治郎
『EQMM』編集長を経てハードボイルド作家になった著者の自伝的実名小説。一九五六～六四年の疾風怒濤の編集者時代と戦後ミステリの草創期を活写する。
206878-0

い-2-8
星になれるか
生島治郎
直木賞受賞、睡眠薬中毒、そして再起へ。一九六四～七八年の綺羅星の如き作家たちの活躍を描く戦後ミステリ裏面史。『浪漫疾風録』完結編。〈解説〉郷原宏
206891-9

い-38-3
珍品堂主人 増補新版
井伏鱒二
風変わりな品物を掘り出す骨董屋・珍品堂を中心に善意と奸計が織りなす人間模様を鮮やかに描く。関連エッセイを増補した決定版。〈巻末エッセイ〉白洲正子
206524-6

い-38-5
七つの街道
井伏鱒二
篠山街道、久慈街道……。古き時代の面影を残す街道を歩いて、史実や文献を辿りつつ、その今昔を風趣豊かに描いた紀行文集。〈巻末エッセイ〉三浦哲郎
206648-9

い-42-3
いずれ我が身も
色川武大
歳にふさわしい格好をしてみるかと思っても、長年にわたって磨き込んだみっともなさは変えられない――永遠の〈不良少年〉が博打を友を語るエッセイ集。
204342-8

い-42-4
私の旧約聖書
色川武大
中学時代に偶然読んだ旧約聖書で人間の叡智への怖れを知った……。人生のはずれ者を自認する著者が、旧約と関わり続けた生涯を綴る。〈解説〉吉本隆明
206365-5

い-87-1
ダンディズム　栄光と悲惨
生田耕作
かのバイロン卿がナポレオン以上に崇めた伊達者ブランメル。彼の生きざまやスタイルから〝ダンディ〟の神髄に迫る。著者の遺稿を含む「完全版」で。
203371-9

う-30-1
「酒」と作家たち
浦西和彦 編
『酒』誌に掲載された川端康成ら作家との酒縁を綴った三十八本の名エッセイを収録。酌み交わし、飲み明かした昭和の作家たちの素顔。〈解説〉浦西和彦
205645-9

う-30-2
私の酒　『酒』と作家たちⅡ
浦西和彦 編
『酒』誌に寄せられた、作家による酒にまつわるエッセイ四十九本を収録。酒の上での失敗や酒友と過ごした時間、そして別れを綴る。〈解説〉浦西和彦
206316-7

う-30-3
文士の食卓
浦西和彦 編
甘いものに目がなかった漱石、いちどきにうどん八杯を平らげた「食欲の鬼」子規。共に食卓を囲んだ家族、友人、弟子たちが綴る文豪たちの食の風景。
206538-3

う-37-1
怠惰の美徳
梅崎春生
荻原魚雷 編
戦後派を代表する作家が、怠け者のまま如何に生きてきたかを綴った随筆と短篇小説を収録。真面目で変でおもしろい、ユーモア溢れる文庫オリジナル作品集。
206540-6

お-2-10
ゴルフ酒旅
大岡昇平
獅子文六、石原慎太郎ら文士とのゴルフ、一年におよぶ米欧旅行の見聞……。多忙な作家の執筆の合間には、いつも「ゴルフ、酒、旅」があった。〈解説〉宮田毬栄
206224-5

か-2-3
ピカソはほんまに天才か　文学・映画・絵画…
開高健
ポスター、映画、コマーシャル・フィルム、そして絵画。開高健が一つの時代の類いまれな眼であったことを痛感させるエッセイ42篇。〈解説〉谷沢永一
201813-6

か-2-6
開高健の文学論
開高健
抽象論に陥ることなく、徹頭徹尾、作家と作品だけを見つめた文学批評。内外の古典、同時代の作品、そして自作について、縦横に語る文学論。〈解説〉谷沢永一
205328-1

各書目の下段の数字はISBNコードです。978－4－12が省略してあります。

か-2-7
小説家のメニュー
開高　健
ベトナムの戦場でネズミを食い、ブリュッセルの郊外の食堂でチョコレートに驚愕。味の魔力に取り憑かれた作家による世界美味紀行。〈解説〉大岡　玲
204251-3

く-2-2
浅草風土記
久保田万太郎
横町から横町へ、露地から露地へ。「雷門以北」「浅草の喰べもの」ほか、生粋の江戸っ子文人による詩趣豊かな浅草案内。〈巻末エッセイ〉戌井昭人
206433-1

く-25-1
酒味酒菜
草野　心平
海と山の酒菜に、野バラのサンドウィッチ……。詩作のかたわら居酒屋を開き、酒の肴を調理してきた著者による、野性味あふれる食随筆。〈解説〉高山なおみ
206480-5

く-28-1
随筆　本が崩れる
草森　紳一
数万冊の蔵書が雪崩となってくずれてきた。風呂場に閉じこめられ、本との格闘が始まる。共感必至の随筆集。単行本未収録原稿を増補。〈解説〉平山周吉
206657-1

た-24-3
ほのぼの路線バスの旅
田中小実昌
バスが大好き——。路線バスで東京を出発して東海道を西へ、山陽道をぬけて鹿児島まで。コミさんのノスタルジック・ジャーニー。〈巻末エッセイ〉戌井昭人
206870-4

た-24-4
ほろよい味の旅
田中小実昌
好きなもの——お粥、酎ハイ、バスの旅。「味な話」「酔虎伝」「ほろよい旅日記」からなる、どこまでも自由で楽しい食・酒・旅エッセイ。〈解説〉角田光代
207030-1

た-28-15
ひよこのひとりごと　残るたのしみ
田辺　聖子
他人はエライが自分もエライ。人生はその日その日の出来心——七十を迎えた「人生の達人」おせいさんが、年を重ねる愉しさ、味わい深さを綴るエッセイ集。
205174-4

た-28-17
夜の一ぱい
田辺　聖子
浦西和彦編
友と、夫と、重ねた杯の数々……。四十余年の長きに亘る酒とのつき合いを綴った、五十五本のエッセイを収録、酩酊必至のオリジナル文庫。〈解説〉浦西和彦
205890-3

た-34-4
漂蕩の自由　檀　一雄
韓国から台湾へ。リスボンからパリへ。マラケシュで迷路をさまよい、ニューヨークの木賃宿で安酒を流し込む。「老ヒッピー」こと檀一雄による檀流放浪記。
204249-0

た-34-5
檀流クッキング　檀　一雄
この地上で、私は買い出しほど好きな仕事はない――という著者は、人も知る文壇随一の名コック。世界中の材料を豪快に生かした傑作92種を紹介する。
204094-6

た-34-6
美味放浪記　檀　一雄
著者は美味を求めて放浪し、その土地の人々の知恵と努力を食べる。私達の食生活がいかにひ弱でマンネリ化しているかを痛感せずにはおかぬ剛毅な書。
204356-5

た-34-7
わが百味真髄　檀　一雄
四季三六五日、美味を求めて旅し、実践的料理学に生きた著者が、東西の味くらべはもちろん、その作法と奥義も公開する味覚百態。〈解説〉檀　太郎
204644-3

ふ-2-8
言わなければよかったのに日記　深沢　七郎
小説「楢山節考」でデビューした著者が、武田泰淳、正宗白鳥ら畏敬する作家との交流を綴る文壇日記。巻末に武田百合子との対談を付す。〈解説〉尾辻克彦
206443-0

ふ-2-9
書かなければよかったのに日記　深沢　七郎
ロングセラー『言わなければよかったのに日記』の姉妹編（『流浪の手記』改題）。飄々とした独特の味わいとユーモアがにじむエッセイ集。〈解説〉戌井昭人
206674-8

ま-17-13
食通知つたかぶり　丸谷　才一
美味を訪ねて東奔西走、和漢洋の食を通して博識が舌上に転がすは香気充庖の文明批評。序文に夷齋學人・石川淳、巻末に著者がかつての健啖ぶりを回想。
205284-0

ま-17-14
文学ときどき酒　丸谷才一対談集　丸谷　才一
吉田健一、石川淳、里見弴、円地文子、大岡信ら一流の作家・評論家たちと丸谷才一が杯を片手に語り合う。最上の話し言葉に酔う文学の宴。〈解説〉菅野昭正
205500-1

各書目の下段の数字はISBNコードです。978－4－12が省略してあります。

よ-5-8
汽車旅の酒
吉田健一
旅をこよなく愛する文士が美酒と美食を求めて、金沢へ、そして各地へ。ユーモアに満ち、ダンディズムが光る汽車旅エッセイを初集成。〈解説〉長谷川郁夫
206080-7

よ-5-10
舌鼓ところどころ／私の食物誌
吉田健一
グルマン吉田健一の名を広く知らしめた「舌鼓ところどころ」、全国各地の旨いものを紹介する「私の食物誌」。著者の二大食味随筆を一冊にした待望の決定版。
206409-6

よ-5-11
酒　談　義
吉田健一
少しばかり飲むというの程つまらないことはない——。飲み方から各種酒の味、思い出の酒場まで、ユーモラスに綴る究極の酒エッセイ集。文庫オリジナル。
206397-6

よ-17-9
酒中日記
吉行淳之介編
吉行淳之介、北杜夫、開高健、安岡章太郎、瀬戸内晴美、遠藤周作、阿川弘之、結城昌治、近藤啓太郎、生島治郎、水上勉他——作家の酒席をのぞき見る。
204507-1

よ-17-10
また酒中日記
吉行淳之介編
銀座や赤坂、六本木で飲む仲間との語らい酒、先輩たちと飲む昔を懐かしむ酒——文人たちの酒にまつわる出来事や思いを綴った酒気漂う珠玉のエッセイ集。
204600-9

よ-17-11
好色一代男
吉行淳之介訳
生涯にたわむれし女三千七百四十二人、終には女護の島へと船出し行方知れずとなる稀代の遊蕩児世之介の物語が、最高の訳者を得て甦る。〈解説〉林　望
204976-5

よ-17-13
不作法のすすめ
吉行淳之介
文壇きっての紳士が語るアソビ、紳士の条件。著者自身の酒場における変遷やダンディズム等々を通して「人間らしい人間」を指南する洒脱なエッセイ集。
205566-7

よ-17-14
吉行淳之介娼婦小説集成
吉行淳之介
赤線地帯の疲労が心と身体に降り積もり、街から抜け出せなくなる繊細な神経の女たち。「赤線の娼婦」を描いた全十篇に自作に関するエッセイを加えた決定版。
205969-6